新潮文庫

聖痕

筒井康隆著

新潮社版

10398

聖痕

悩ましきかな、未《いま》だわが聖痕《せいこん》なき頃の記憶はさだかならず。それはただ五年の、貴重で短く、そして心や肉体に魅惑の不浄が発現してはいない時代だったのだ。幼児期に根源から断ち切られたその快感は最初から失われていたに等しく、追体験しようもなく、幻肢を見せる脳もそれに対応する神経回路を残してはいない。快美感を招くと聖人が言うそのクオリア*を、脳に蘇《よみがえ》らせることは不可能なのだ。原初の記憶をなかば想像力とともにまさぐって遡行《そこう》し、ひたすら清浄な時代を辿《たど》りなおそうとしても、自らが発する音響、飛び込んでくる画像は、ただ幼年時代の渦巻く渾沌《こんとん》でしかないのだった。

もとへ戻してくれ。いやだ。いやだ。この息苦しさはなんだ。この重苦しい、黴菌《ばいきん》

クオリア　主観的な「あの感じ」。

だらけの湿気とむっとする熱気にはとても堪えられない。さかさにしては頭に血がさがるじゃないか。眼が痛い。鼻孔の奥が痛いじゃないか。あの心地よい羊水の中に帰らせてくれ。なんたる喧噪《けんそう》だ。なんたる臭気だ。この消毒薬の匂《にお》いのする空気そのものが毒じゃないのか。汚くて冷たい手で足をつかむな。尻《しり》を叩《たた》くんじゃない。怒っているんだぞ。怒っていることがわからないのか。鈍感なやつらめ。その勝ち誇ったような笑いは何なんだ。こんな不潔な場所はいやだ。もとへ戻せ。もとへ戻せ。もとへ戻せ。

甘やかな時代の存在はなかば想像力とあと記憶の中にある。甘やかされ褒めそやされた至福の時を、わが幼児期は今こそがそれなのだとは意識せず、ただ陶然として受け入れていたのみだ。それはさぞかし愉悦であったろうと思えることのひとつ。なぜならすべての経験にわたり、未だ欠落なき完璧《かんぺき》で健全な身体《からだ》からのみ生まれる満足感を伴っていたからである筈《はず》だが、それものちになっての推測に過ぎない。例えば「苦み走った」などという言葉が幼稚の頭にとどめ置かれる筈はないのだ。それはきっと、のちによく言われるようになった常套句《じょうとうく》や慣用語を、それ以前の時代に、眼を見開いて自分を見つめる大人たちの口から出た賞讃《しょうさん》へと重ねあわせるか、あるいは置換したに違いあるまい。

ええっ。男の子。まあ。男のお子さんなの。嘘《うそ》みたい。女の子だってこれほどの。ああ葉月《はづき》の奥さん。この子は成人した時にゃあ女を泣かせますぜい。ひひ。あっ。抱かせて。奥様。わたしに抱かせて。うわあ可愛《かわい》い。笑った。笑った。おやまあ。男の子ですって。まだ二歳なの。この子はまあ凄《すご》い美男子になるわ。いいなあ。おれもこんな顔に生まれたかったよう。あらま。三歳半だっていうのに、もう苦み走ったりなんかしちゃって。いやあ社長。この子は男には惜しい顔してますよまったく。ああ。この肌、この肌。真っ白ですべすべでしっとりして。羨《うらや》ましいわあ。ねえ貴夫《たかお》君。この皮膚、頂戴《ちょうだい》。頂戴。

葉月貴夫はそれまでその男のことをほとんど意識してはいなかった。塀に囲まれたセイタカアワダチソウの生い繁《しげ》る空地にひとりで来て、その暗緑色の作業服を着た男の姿を見た瞬間、もう幾たびか彼が誰《た》そ彼《がれ》どきの貴夫の家の前の道路や、近所の遊び仲間と追いかけっこをする広場や、幼稚園の庭が見える鉄柵《てっさく》の外などにあらわれ、薄笑いの顔と眼を貴夫ひとりに膠着《こうちゃく》させていたことを思い出したのだった。そのように讃美や羨望《せんぼう》や物欲しげな視線を投げかけられるのが日常であった貴夫に、職工と思えるそんな男の存在など何ほどのことでもなく、常なら一顧も与えることはなかったのである。

ぼくのあとを追ってきたんだな。あっ。思い出した。以前からずっとぼくのこと、見ていたんだった。でも何の用があるんだろう。ああ、いやな眼だ。笑っている。ぼくはなんでこんなところへたったひとりで来てしまったんだろう。必ず誰かと一緒にいるよう言われていたのに。その男の顔は平面的で、むしろ鼻の周囲だけが陥没しているようだったと言うべきか、顔の輪郭が中央部から迫《せ》り出しているようだったと言おうか。額に垂れた脂気《あぶらけ》のない髪は埃《ほこり》で薄い灰色をしているように見えた。いやなことだなあ。何か悪いことが起きるようないやな気がするなあ。胸の底が重い。いやだな。こいつ。ほんとにいやだなあ。悪いやつなんだろうな。きっと。坊やはいいなあ。可愛くて、いいなあ。いいなあいいなあと、口をあまり開かぬくぐもった声で言いながら、男はまるで股間《こかん》に刺《とげ》のある物体を挟み込んでもいるかのようながに股《また》で貴夫に迫ってくる。五体ばらばらに機能しているかに見える大男だった。むろん大男というのは幼い貴夫からの目測に過ぎない。あっ。ぼくは逃げられない。空地の入口は男のうしろだ。ああわかった。こいつはぼくが逃げられないことを知っているんだ。いいな。いいな。坊や。男が両手で、折り曲げた指を貴夫の柔らかな肩の肉に食い込ませて摑《つか》んだ。その直前に貴夫は、軍手をはめているような肉厚の手と、油に汚れているような黝《くろ》い指と、黒いものが詰っている伸びた爪《つめ》を見ていた。坊や。いいな。

いいな。何もしないけどな。いやまあ何かするけどな。いいことだ。いいことだからな。声を出すなよ。いいことしてやるんだからな。男は貴夫の褐色をした羅紗《らしゃ》の半ズボンに手をかけた。ゴム紐《ひも》を縫い込んだベルトだから、ズボンはすぐに引きおろされた。何すんの。やめて。しっ。黙ってろったら。やめてよ。逃げるな。こら。蛙《かえる》ちゃんみたいにじっとしていろ。

空地にたった一本だけ立つ櫟《くぬぎ》の木は、そこにクワガタがいるかもしれないと駄菓子屋の爺《じい》さんから教えられて貴夫がやってきた目あての木だったのだが、その根かたの叢《くさむら》に貴夫を抱き込むようにして男はゆっくりと押し倒した。羊歯《しだ》の葉を背に敷き、自分の顔に見開いた眼を向けている貴夫を見て、ほほ、ほ、ほほ、ほ、ほと途切れる溜息《ためいき》をつきながら、なんて綺麗《きれい》なんだと男は思う。薄茶と白の海賊縞《じま》の半袖《はんそで》シャツがその男の子を童話の挿絵の如《ごと》く幻想的に見せていた。瞬間ごとの貴夫の表情の変化を見逃すまいとして、男は貪欲《どんよく》に男の子の面差しを記憶に溜込んだ。それを小出しに想起するたびの大きな悦楽を、男は早くも予感して陶然としていた。ああっ、いやだ、やめてという可愛いこの声も忘れまい。大丈夫だ。近くの住宅に聞こえることはない。その心配から自分の行為に没入できないことを恐れたための今までの観察と待機ではないか。今痛いほどの隆起を意識している男には、貴夫の美貌《びぼう》によって自分の欲望までが美しいピンク色に染まっていると感じられていた。男が切望し、とある脳神経の回路を経て彼がそう思い込んでいる美しい稚児《ちご》の美の根源がそこにある。

夏の嵐《あらし》の先触れかもしれぬ風が櫟の葉をさざめかしている。断雲が行く。青空を背にして同じ空の見知らぬ場所の何処《いずこ》へ走り去る運命なのかその千切れ雲は。そして今、透明感のある優雅な悲鳴が空地の草いきれをつんざく。虫たちの周章狼狽《ろうばい》が悲劇を停滞させることはなかった。

網膜に接写された男の顔の、剃《そ》りあとの毛穴を粗く疎《まば》らな黒い点として認めたあとに、貴夫の記憶は途切れる。決してすぐ意識を失ったのではない証拠には、空地の隣の西洋館に住み、夕刊を取りに玄関から出た初老の主婦は、貴夫の悲鳴を聞いている。長く尾を引く疳高《かんだか》いさえずりのような声は、歌っているようでもあった。少し血を浴びた男が夕焼け空に嫋嫋《じょうじょう》と響く泣き声に急《せ》かされ、切断したばかりの、子鼠《こねずみ》の死体ほどの物体を乾いたハンカチにくるみ、大切そうにやや前へのばした手で押し頂くようにしながら背を丸め、空地を走り出る。

喧嘩《けんか》なのか怪我《けが》なのかと不審げに主婦が門から人通りのない高級住宅街の道路へ出てきた時には、もうその男の姿はない。ふと悲鳴が途絶えたその残響に導かれて塀の内側に入った初老の主婦は、叢の上に横たわり、すでに*絶入《せつじゅ》している貴夫の姿と股間から流れ出ている鮮血を見て、たちどころに極めて淫猥《いんわい》で凶暴な犯罪が行われたことを、女の勘と歳《とし》相応の経験から確信した。彼女は咄嗟《とっさ》に手にした新聞を貴夫の股間に当てがい半ズボンを引きあげて固定する。貴夫ちゃん。貴夫ちゃん。ああ。ああ。なんてこと。しっかりして。しっかりしていてよね。今すぐ電話するからね。そして誰かつれてくるからね。じっとしてるのよ。おお可哀想《かわいそう》に。なんてことでしょう。なんてことなの。その声がすでに貴夫には聞こえないことを承知していながら、彼女は家に駆け戻りつつも声を出し続けないではいられない。

天使みたいな子ですね。鋭利な刃物だ。西洋剃刀《かみそり》だろう。命が危なかったな。最初の発見者の老婦人が新聞紙を当てがってくれていたのがよかった。救急隊員が現場ですぐ止血処理してくれたのも助かった原因だ。さもなきゃあ出血多量で死んでいただろう。先生、警察の人が来ていますが。今、手術中だと言え。被害者の子供は麻酔で眠っているから何も訊《き》けないってな。ひどいことするなあ。変態だ、犯人は。男色の変質者だ。そうに決っている。おい、ちょっと君、汗拭《ふ》いてくれ。可哀想になあ。ほんとにねえ。こんなに綺麗な子なのにねえ。先生。あのう、警察が、どんな手術かと

絶入　気絶。

訊いていますけど。傷口の周囲の皮膚を尿道口下部に縫合する手術だ。そんなこと警察だってわかってるだろうが。いつ意識が戻るか、そんなことわかったって、どうしようもないだろう。えらいショックで、当分質問に応《こた》えられる状態にゃならんと思うよ。

葉月佐知子《さちこ》は飛び込んできた隣家の娘婿《むすめむこ》から一人っ子の受難を知らされ、その被害箇所を聞いて動顛《どうてん》した。舅《しゅうと》と姑《しゅうとめ》に叱咤《しった》されて深紅の錯乱から正気に戻り、彼女は舅とふたり、どちらも普段着のままタクシーで病院へ向かう。彼女は胸に羊毛のフェルトを詰め込まれたような気分のままだ。猛禽《もうきん》類のように眼を剝《む》いたままの舅がそんな彼女に言う。ひとりにしちゃいけなかったんだ。あんな可愛い子なんだ。ついこの間、誘拐《ゆうかい》されたら大変だなんて話していたばかりじゃないか。舅はあきらかに犯人への憤《ふん》怒《ぬ》を嫁に向けていた。すみません。すみません。佐知子は呪文《じゅもん》のように言う。わが子ではなく自分が無事でいることの辛《つら》さで身を揉《も》まずにはいられない。だが彼女はまだ息子の生命の危険さまで思い及ばず、性器の喪失を貴夫があまり悲しまないでくれればいいがなどと思っていた。

惰弱な人間になるのかもしれん。指先が激しく顫《ふる》える激怒の中で葉月猛夫《たけお》は早くも孫の将来を心配しはじめていた。命に別状がなければよいが。一命をとりとめたとしても、おかまにはさせぬようにしないと。混乱の中で猛夫の思考はあちこちへ不規則に飛んだ。おかまになる筈などあり得ぬことにまではまだ思い到《いた》らなかった。会社を継がせなきゃならんが、ただ人に好かれるという以外の、経営者に必要な素質は失われるのだろうか。闘志とか決断力とか意志とか他にもあれとかこれとか。彼は自分や息子の満夫《みつお》が持つ長所だけを数えあげた。何よりもあいつの性的な欠陥が多くの人に知られることだけは避けなければ。あいつが無茎であることを知る人間をこれ以上増やしてはならん。医者や、警察や、新聞記者や、隣近所や、それから、それから。早く手を打たないと。おい君。君っ。運転手さん。もっと急いでくれ。もうちっとばかり早く頼む。

　明治生れの葉月猛夫は大叔父の洋服屋で見習いをしたのち、地主だった父の遺産で独立した。戦時中は財閥系企業が独占していた軍需産業界に、得意先の陸軍将官を通じて食い込み、陸軍将校用の外套《がいとう》を中心に軍服一般を作って軍に納入し、その縁で陸軍大佐の娘朋子《ともこ》と結婚した。だから食料不足の時期には陸軍から随分と食料品の恩恵を受けている。戦後は製造を作業服や学生服に切り替え、やがてレディメイドの背広も作るようになって会社は規模を大きくした。一人息子の満夫には大学で経済学を学ばせ、一人娘の計伊子《けいこ》は和菓子の老舗《しにせ》「寿観」の跡取り息子に嫁がせた。満夫は父親の会社で営業に携《たずさわ》り、三十歳になってから同窓生の妹である奈本《なもと》佐知子を知った。花菖蒲《はなしょうぶ》のように可憐《かれん》でありながら、清楚《せいそ》でありながらも、舌を刺激する蜂蜜《はちみつ》のように蠱惑《こわく》的なその美貌に魂を奪われた満夫は、両親の反対を押し切って結婚した。彼女の父親はデパートの営業部長であり、佐知子はまだ二十一歳だった。猛夫が会長に退いたため社長に就任した満夫は、ハーフメイドの高級紳士服や婦人服にまで業務を拡張し、成功させている。会社名は「葉月衣料株式会社」である。

不審な男を見かけませんでしたか。お宅の周辺をうろついているとか立ってじっとお宅を見ているとかしていた、見かけない人物です。ご近所のかたがそういう者を見かけたという話をなさってはいませんでしたか。刑事はふたりいて、病院のロビーの埃っぽい合成皮革の長椅子《ながいす》に掛けた猛夫と佐知子をなんだか逃がすまいとしているかのように、それぞれが長椅子の両端の斜め前に立ちはだかり、時おりこんな時にすみませんがと詫《わ》びながらではあるが、何度も同じような質問を繰り返し続けている。お父さんかおじいさんが仕事の上で誰かから恨みを買ったというようなことは。なんでもよいのですがねえ。

お父さん。佐知子。貴夫はどうだ。会社への電話で驚き、会社の乗用車でやってきた満夫は髪を額に粘着させていて、夏の背広は汗で黒く濡《ぬ》れていた。彼は父親似の峻《しゅん》厳《げん》な顔をしていたが、今その顔は冷たい汗で青黒く光っていた。貴夫は今、どうしてるんだ。

お父さんですね。さっそく満夫に気ぜわしく問いかけようとした若い方の刑事を、さっきからのありきたりな質問の繰り返しに苛《いら》立っていた猛夫がいがいがとした声で叱《しか》りつける。いかにも他の捜査と同じような習慣的問いかけに、自分の孫が特別な被害を受けたという特殊性を毛ほども感じていない若い者への怒りだった。家族だけの話があるんだ。質問はあとにしてくれ。目明し風情《ふぜい》とでも思われたか。そんな感情の昂《たかぶ》りで刑事も顎《あご》をあげ、三白眼になる。犯人を早いうちに摑まえなきゃならんでしょうが。おい青山、と三十半ばの刑事が眼で同僚をたしなめ、手をふらりとさせて入口を指す。

佐知子はぼんやりしていた。感情の周囲に絶縁体の膜ができたような気持で、刑事たちが去ったあと、舅と夫が押し殺した声で交すことばを聞いていた。貴夫は男でなくなっちまった。前に立つ息子の顔を見あげた猛夫の深い彫込みのある頬に涙が流れていた。だがな、このことは秘密にしなければならん。誰にもだ。と言ってももう遅いが、しかしできるだけ隠さなければならんのだ。今すぐ、これからだ。お前は会社の連中に何も言わなかっただろうな。ええ。事故に遭ったということさえ言ってません。そんなことを言っている余裕もありゃしませんでしたからね。満夫は薄い唇を痙《けい》攣《れん》的に顫わせ続けている。警察には、新聞に出ないようわたしから頼み込んでみます。病院にもだぞ。ええ、そうですね。病院にもです。それから近所の連中にも、と舅が言った時、佐知子は初めて、鉄砲水が噴出するように自分から口を開いていた。あの、それは。そんなことできません。人って、口止めされると喋《しゃべ》りたくなるんです。舅と夫がまるで彼女が彼女ではないような顔で見ていた。舅は嫁の口出しに対する癇癪《かんしゃく》を瞬時額に走らせたが、嫁の考え深さに自分より信をおいているらしい息子がそれはそうだと言ったので、呻《うめ》きながら頷《うなず》いた。そうよなあ。猛夫は女のような嘆き節の抑揚でくり返す。ああ。それはもう、そうよなあ。握りこぶしで両膝《りょうひざ》を叩きながら彼は急に気弱な口調になって息子に訊《たず》ねる。じゃあ、どうしたものかな。お引っ越しするしかありません。向かい側の壁しか見えない真正面を細くなった眼で見据え、佐知子は決然と言う。嫁を見直す気になっていた猛夫は、さらに彼女の思いきった考えに愕然《がくぜん》とする。そんなことをこの女が言うなんて初めてのことだ。そして確かにその通りなのだが、しかしあの屋敷は戦後のわしの苦労で実現した長年の理想の邸宅だ。この女はそんなことを知らんから、こんなにきっぱりした態度でものが言える。しかしそれこそが他をよせつけぬ母親の知恵であり、転宅は貴夫にとってもよいことなのであろう。それははっきりしておる。ああ。それにしてもわしのあの糸杉と楓《かえで》と槙《まき》の木の庭と十坪あまりの果樹園。

それはまた、家でゆっくり。満夫が彼方《かなた》から近づいてくる医師の白衣に気づいて言う。こちらを注視しながらやってくる彼の緊張した様子で、これが息子を手術した医師なのだと悟ったからだ。その若い医師は三人の前に立って右、左と少し足踏みをしてから言う。手術は無事終りました。実は出血多量で危険な状態だったのですが、一命はとりとめました。それほどのこととは思っていなかったので家族は驚き、それぞれの仕草で医師への感謝を示す。それで、ご心痛お察し申しあげますが、残念ながらお子さまの性の機能は失われてしまいました。家族にはあらためて痛手の口が開いた。三人は胸を詰らせ、一様に狗尾草《えのころぐさ》の穂の如く頭《こうべ》を垂れる。

最初の夜は猛夫のみが帰宅し、満夫と佐知子が貴夫の目醒《めざ》めを待って、朝がたまで病室にいた。貴夫の夜驚《やきよう》に夫婦は立ちあがる。彼の汗を夫婦は競って拭《ぬぐ》う。患部のコルセットで毛布の下の下腹部は妊婦のように膨れあがっていて巨大な河豚《ふぐ》のようだ。何か小声で喋っただけで貴夫は魘《うな》されて身動きするから、夫婦はずっと沈黙したままである。お母さん。あいつが来るよ。怖いよ。もう来ないからね。大丈夫。大丈夫。だが夫婦はほとんど言葉を失っている。この子にはまだ、自分からその重要な器官が失われた現実の重大さが理解できていないのだ。それを知った時の苦悩はどれほどのものか。痛くないかい。今は痛くないよ。お父さん。ぼくはもう、ひとりでおもてには出ないよ。うん、うん、そうだな。ずっと家にいるといいよ、貴夫。

ぼくはもう、ぜったいにひとりではおもてへ出ないぞ。鎮痛剤、精神安定剤、睡眠剤を交互に投与される日日。排尿のたびに激痛が走る。痛い痛い痛い、痛いよ、痛いよ。患部から膀胱《ぼうこう》へ、腎臓へ脊髄《せきずい》へとその痛みが駆け巡るとき、下腹部全体の神経の繊維が眼に浮かぶような知覚がある。もういやだ。貴夫のいる個室と隣の病室との隔壁は淡黄色に塗られ、廊下との間の壁や入口は白かった。ここは病院の何階だろう。やはりクリーム色をした天井。冷房装置がゆるく作動する蠅《はえ》の羽音。ベッドの横にある窓からは何も見えなかった。樹木の梢《こずえ》さえ見えないのだ。暑いよう。暑いよう。貴夫はねっとりとした汗をかいていた。自分のその汗の臭《にお》いに彼は驚く。なんていやな酸《す》っぱい臭いなんだろう。彼はそれまで、汗の臭いなどを気にしたことはなかったのだ。パジャマの衿《えり》が汗を吸い込んで、湿った皮膚を持つ大蛇が頸《くび》に巻きついているようだ。人間から理不尽な酷《ひど》いめに遭わされた犬の気分で、貴夫はあの男に冷たい怒りを覚えていた。ぼくは綺麗だから、あいつはぼくのおちんちんやたまきんをちょん切ったんだ。そんな不可解なことをする人間もいるということを、彼は明確に、全身で知ったのだった。それは処女が痴漢の存在を、誰に教えられることもなく童女のうちから知っていて警戒心を抱くのに似ていた。だが幼女の場合は本能だが貴夫の場合は体験によるものであり、知った時にはすでに遅いのだった。

警察の人は嫌いだ。嫌いだ。会いたくないよ。しかし、刑事たちは何度もやってくる。どんな顔をした男だったかね。思い出しておくれ。黄色い眼をした刑事と、白い眼をした刑事。若い青山は貴夫の気分に頓着《とんちゃく》せず、思い出すのも恐ろしい男の顔が頭の中で鮮明度を増そうとするたびに泣き出す彼に苛立つ。貴夫の感覚を鞭打《むちう》つ刑事たち。眼はどうかね。顔全体の形は。どんな服を着ていたの。背は高かったかい。若い男かね。犯人より、あいつらの方が嫌いだ。刑事さん。もう、やめて貰《もら》えませんか。五歳の子に人間の顔かたちの特徴を思い出せと言ったって無理なんじゃないんですか。刑事たちは前科者の写真を持ってくる。いずれも無残なほどに禍《まが》まがしい凶悪な顔だ。貴夫は最初の顔の陰惨さに号泣して、あとは見ようとしない。怖いよ。ぼくは怖いよ。あいつが来る。あいつが来るよ。そこにいる。刑事たちを毛嫌いするあまりの、いささかの佯狂《ようきょう》でもあったのだろうか。今日も無理なようだな。年長の飯田はもう半ばあきらめている。

近所の聞込みからも成果はなかった。この辺ではずっと前から、子供に悪戯《いたずら》するやつなんて出たことないんですがねえ。貴夫ちゃんは特別ですよ。他にあんな可愛い子はいませんものね。また近くであんな犯罪が起るなんて考えられませんな。実際附近には、警察の記録に残るような犯罪者、虞犯《ぐはん》者はいず、浮浪者の溜《たま》り場はもちろん、個人の敷地内へ侵入でもしない限りは、たった一人の居場所すらなかったのである。ではあのすばらしい美少年、甘やかな面立ちの童子の存在を、犯行に及んだ者はいったいどこで知ったのだろうかと飯田は考える。家族連れで出かけた先を葉月家の者から聞き出そうとしても、彼らはみなけんもほろろで、まるで犯人を捕まえてほしくないような様子だ。実際、家族にとっては、犯人が逮捕されたところで、貴夫の失われた機能が恢復《かいふく》する筈はないのだった。新聞記事にならないために捜査を打ち切ってほしいと願っている親たちの心情を、しかし飯田や青山が推測できる筈もなかった。

夜ごと家族四人はギリシア悲劇を思わせる悲嘆の中の団欒《だんらん》でさまざまに望むべき将来、有りうべき未来を考え、論じ、一族安泰に到達する術《すべ》を模索する。親戚《しんせき》にも隠しとかなくちゃなあ。そうだよ。真岡《もおか》のおっちゃんは口が軽いよ。最初に発見した中山さんの奥さんには、手当てしてもらったお礼に行かないとね。ええ、すごく同情してくれていたから、あの奥さんなら誰にも言わないと思います。近所の人にしても、おちんちんをちょっと傷つけられただけと思っている人が多いわ。ああああ。わしの逸物《いちもつ》はまだ役に立つんだがなあ。これを移植してやるわけにはいかんのか。父さん。それは無理です。嫁と姑が顔を見あわせて薊《あざみ》の花のちかちか笑い。あなた、こんな閑静な住宅地でないところに引っ越してください。ああ、そうしよう、と猛夫は妻に言う。家族が話している座敷は冷房のきいた六畳の間で、縁側の彼方には庭園灯に照らされた庭があり、槙や楓の木がぼんやりと見えている。そのついでに、ここよりもっと会社に近いところがいいんだけど、と満夫。そうか。そうすると文京区あたりか。会社を挟んで反対側だ。梨《なし》の森《もり》不動産に調査させよう。いいところがあればわしが見に行く。ねえ佐知子さん、と朋子が姿勢を正し、卑屈な懇願の色を出すまいとして、故意に猿猴《えんこう》類の眼で嫁に言う。あなたにはもうひとり男の子を産んでもらわなきゃなりませんね。瞬間、佐知子が憎しみのうわ眼を向けたので朋子は顔色を失うが、嫁のことばにすぐ血の気をとり戻す。お母さん。それはわたしが言おうとしていたことです。そうかそれで怒ったのかと思い、朋子は言う。ご免なさい、余計なこと言ったわね。あいつ弟を虐《いじ》めねえかなあと、満夫は蒼《あお》い額を畳に向ける。あらどうして。だってその子にはおちんちんがあるんだ。貴夫にはない。いいえ。貴夫は弟を虐めたりしないでしょ。えっ。なんでそう言えるんだ。だから貴夫にはおちんちんがないからですよ。凝然として猛夫は坐《すわ》りなおす。喧嘩するような性格にはならんと言うのか。おだやかな性格になると言うのか。そう問いなおしてから、この女隅に置けんことを言うと舅は思う。こんな事態に陥ってはじめて嫁の頭の良さがわかるなんて実に奇妙なことだ。そう言えば、と猛夫が話す。わしの高校生時代の友人で僧侶《そうりょ》になったやつがいた。そいつは四十歳を過ぎてから、煩悩《ぼんのう》を断ち切ろうとして自分のペニスを切断した。しかし陰嚢《いんのう》はそのままだったために、煩悩は断つことができず、なまじ陰茎がないゆえに悩みが大きかったそうだ。あるいは貴夫は、陰嚢ごと断ち切られて幸いだったのかもしれん。欲望から完全に解放されたわけだからなあ。医師の話だと、睾丸《こうがん》からのテストステロンなど男性ホルモンの分泌《ぶんぴつ》がないために、変声期も来ないし、髭《ひげ》も生えないそうです。いわゆる二次性徴というものが訪れないと言ってました。えっ、それじゃ成長も止るのと朋子が息子に叫ぶ。いやいや母さん、成長ホルモンはまた別だよ。あれは主に脳下垂体やら副腎から分泌されるんだ。運動してれば人並みに成長する筈だよ。

ぼくにはもう、おちんちんがないんだ。そうなんだ。ぼくにはもう、おちんちんがない。今の貴夫の喪失感は、まだ、男の子の誇りの象徴をなくしたことだけに過ぎなかったが、それでも痛みにとってかわって患部に存在しはじめた堪え難い痛痒感《つうようかん》は、彼をすすり泣きさせた。その感情は、彼の神経の末端から漏れ出た分泌物のようだった。ああ。あれが夢だったらどんなによかっただろう。
忌《いま》わしい事件から十日経《た》ち、抜糸を終えて貴夫は自宅に戻ってきた。彼はコルセットを嵌《は》めて下半身を膨れあがらせたままだったので、満夫は佐知子とふたりだけで、息子を会社のバンに乗せ、帰ってきたのだった。猛夫も加わって家族は彼らの大事な愛する子を担《かつ》ぎ、庭の槙や楓が見える八畳の座敷に運び込んだ。ぼく、もう歩けるんだよ。いやいやまだ無理だ。じっとしていなさい。病院ではもう、彼は自分で歩き、便器を跨《また》げるようになっていた。立ったままおしっこをすることが、ぼくにはもう、できないんだ。すでに患部の腫《は》れはおさまり、コルセットはただ、貴夫に患部を掻《か》き毟《むし》らせないためだけのものだった。その固形のトランクスのようなコルセットの股間からは、ビニールのチューブが二センチほど突き出ている。それは尿道に差し込まれた小便の導管である。

夏の明るい太陽、そして芝生に点描される陽光。夕方には雷光と雷鳴を伴った夕立が降る。*細波《さざなみ》の夜は濡れた庭が庭園灯に照らし出され、見知らぬ世界のようだ。木木は亡霊のように恨めしげだ。ああ。これがぼくの家の匂いなんだ。おじいちゃんが隣

細波の 「夜」 の枕詞《まくらことば》。

の部屋で何か言っている。おばあちゃんがぼくの名前を言った。あれはきっと、みんなでぼくのことを話しているんだろうな。おちんちんがなくなる前と同じだ。そして、だから、ぼくの家の匂いがするんだ。病院のご飯は不味《まず》かったよ。とてもとても不味かったよ。そうだろうねえ。可哀想に。さあお食べ。鰆《さわら》の味噌《みそ》漬《づけ》と蟹《かに》のコロッケとお大根の信太《しのだ》巻《まき》だよ。あんたの好きなものばかりよ。痒《かゆ》いよう痒いよう。これ、はずしてよう。駄目よ掻き毟るから。我慢して。我慢して。

帰宅して四日後、貴夫が痒みを訴えなくなってからやっと、佐知子はコルセットとチューブをはずしてやった。それをはずしてからも、男性用便器の前に立って用を足すことができない貴夫に、家族全員が涙した。患部は陰嚢の付け根だった部分で菊座のような皺《しわ》を寄せ、その中央には小さな穴が閉じていた。排尿の際に、それは僅《わず》かに開くのだ。母にはそれが聖痕のようにも見え、それ故《ゆえ》にわが子の未来をさまざまに想像させられるのだった。この子は聖人みたいになるのだろうか。どんな一生を送るのだろう。それはまるで犯してもいない罪を贖罪《しょくざい》し続けるような生涯なのだろうか。

怪我のことを誰にも言ってはならない。家族全員が交互に繰り返すその言葉は、そもそも恥かしいので誰にも言うつもりのなかった貴夫ではあったのだが、やはり蒲団《ふとん》の上の石臼《いしうす》に似た重圧だった。誰かがそう言うたびに怪我などという言葉、そんな表現で片づくことではないと貴夫には思えたのだが、それは貴夫に軽い事故であると思わせるためであったのか、あるいは自分たちがそう思いたいためであったのか。叔母の計伊子が見舞に来るという日にも事前に、言ってはならぬと祖父から念を押された。えっ。叔母ちゃんにも言っちゃいけないの。何も言ってなかったの。

貴夫は和菓子の老舗に嫁いだ計伊子が大好きだった。黒眼が黒耀石《こくようせき》のようにきらきら輝いている美貌の叔母はふくよかなからだつきでありながらもスマートで、その日の訪問も貴夫の好きなあの濃紺のサン＝ローランのワンピースという清楚な夏姿だった。計伊子はいつも仄《ほの》かに桂皮《シナモン》の香りがしたが、それは銀座にある店や工場から運ばれてくる芳香なのだろう。「寿観」には貴夫も何度か家族に連れられて行ったが、そこは店の間や座敷いっぱいにナツメッグなどの甘い香りが拡《ひろ》がる幻想的な魅惑の異空間だった。計伊子はみやげに貴夫の好物の寿観餅《もち》を持ってきた。少量の粒餡《つぶあん》を抹茶《まっちゃ》の香りがするライト・グリーンの餅で包んだ、檜《ひのき》の箱に並ぶ和菓子である。もう怪我は治ったの。うん。もう治ったよ。よかったわねえ。わが子のように貴夫を愛している彼女の黒眼は潤《うる》んでいる。

コルセットをはずして八日目、脊椎《せきつい》下部に稲妻のような激痛が走った。器官の消失に身体が馴《な》れようとするため、さまざまなことがある筈と医者が予言していた通りだった。それまではバチスミンという痛痒感を抑える薬を服《の》んでいたのだが、貰っていたパピナールを、貴夫はこの時初めて服んだ。これは粉末のモルヒネで、その効果は鎮痛以上のものであり、貴夫はこの世ならぬ甘美の躍動にうっとりとした。以後、痛みがあると偽ってまで貴夫が切実に投与を欲したこの薬は、次第に間隔を開きながらの何度かの痛みが治まる頃にはなくなっていた。

梨の森不動産はさまざまな物件を持ち込んできたが、家族全員のそれぞれが執着している条件すべてに適《かな》うものはなかなかなく、貴夫の通う幼稚園が始まる寸前、やっと一件、二対三の長方形という土地の形も角地という立地条件も申し分のない古い住宅が提示された。猛夫は全権を委《ゆだ》ねられて現地を訪れる。壊れたままの一角を亜鉛の板で塞《ふさ》いだ石塀に囲まれてその西洋館は建っていたが、老朽化していたので新たに建てなおすしかなかった。無論家族には、葉月一族の家である以上は理想の家屋を新築することが当然と了解されていたのではあった。その家を買おうと猛夫が決断を下すきっかけになったのは、実は庭のあちこちに点在する低い臘梅《ろうばい》のたたずまいに美意識が刺戟《しげき》されてのことにすぎなかったのだが、無論そんなことは家族に黙っていた。

家を建てる土地を買ったのなら、一刻も早くその附近のマンションに引越しをと慌《あわ》ただしく満夫に迫ったのは佐知子である。幼稚園児の付添いでやってくる住宅街の主婦の間に、貴夫受難の噂《うわさ》が燎原《りょうげん》の火となるだろうことを懸念《けねん》したためだ。それは佐知子の付添いで貴夫が通園する姿を見られることにより、事件のことを知る一部の主婦から知らない主婦たちにまで取り沙汰《ざた》されてしまうということだった。佐知子は早いうちから退園届を出していた。なので新しい家が建つまでもとの家に住んでいたのでは、なぜ幼稚園に行かないのかと悪意のない疑念を無邪気に質《ただ》されることにもなる。佐知子は誰にも何も告げぬままに、誰にも行く先を告げぬままに、まるで神隠しのようにこの土地から貴夫や自分たち家族を消し去ってしまいたかったのである。だから九月の初めには、豪壮な葉月邸が無人となって取り残されていた。区役所と郵便局に転宅届を出しただけで、近隣には何の挨拶《あいさつ》もしなかったのだが、運良くと言うべきか、直後のオイル・ショックのために、附近の住民たちは葉月一族がその影響で破綻《はたん》に追いやられたことを恥じたのであろうと噂していたらしいのだが、それは佐知子がずっと後になってから知ったことであった。

あのマンションで暮した一年足らずの時期をぼくは鮮明に記憶している。あの時は愉《たの》しかったなあ。まるで家族全員が温泉旅館に泊っているようだった。何よりも五人が大きな部屋で、床に蒲団を敷いて寝たのだ。奥から順に、お祖父《じい》さん、お祖母《ばあ》さん、ぼく、お母さん、そしてお父さんが寝た。ラッカーやワニスの臭いがしていた部屋は、たちまち以前のぼくの家の匂いに満たされた。お祖父さんだけは、なんでこんな難民のような不自由な生活を強いられなきゃならんのかと言って不機嫌だったが、昼間、設計事務所の人や大工の棟梁《とうりょう》が打合せに来るとたちまち気分を昂揚《こうよう》させて、終《つい》の住処《すみか》となるであろう邸宅のプロジェクトにのめり込むのだった。あの、ここは子供部屋でございんしょ。なんで便所や風呂《ふろ》がいるんですかい。いやこれは必要なんだ。そうか。子供部屋はもうひとつ要るんだった。そっちの方には便所も風呂もいらん。いらん。イラク。カンボジア。わははははは。何を言うておる。ぼくがテレビで「バビル2世」を見ているうしろの高笑い。イタリア人みたいにいつも陽気なお祖父さんは、あんな会議が好きだったなあ。

貴夫が新たに通い始めたカソリックの幼稚園は、白堊《はくあ》の教会を南端にした園庭がポプラに囲まれていて広かった。まるで常時一面に金粉がまぶし続けられているようだった。以前の、祖母に伴われた園児が多かった幼稚園と異り、朝はわが子に付添う若い母親たちの、甘ったるく重苦しい、むっとする母乳の匂いがあたりを包んでいた。園児には大学教授、会社社長、医師などの子弟が多かったが、それでも貴夫は鶏群の一鶴《いっかく》であり、誇りに満たされるべき佐知子は逆に心配した。お便所に行く時はね貴夫、戸をしっかり閉めてするのよ。誰かに開けられて、見られちゃいますからね。ほんとは行かないのがいちばんいいの。お家でしていって、あとはお家に帰るまで我慢しているのがいちばんいいんだけどね。まるで園児のひとりひとりが何らかの病に侵されているように、みんな控えめで兎《うさぎ》のように温和な子ばかりだった。周囲にレーダーの空気を張って警戒心の逆毛を立てていた貴夫もやがて安心した。この幼稚園はいいなあ。ゆったりとたゆたっているようだ。ぼくはこの幼稚園、大好きだ。イエス様のお話も、絵物語のようでいいなあ。だが貴夫は知らなかったのである。早熟な女児たちの間で彼をめぐる思慕と牽制《けんせい》が潜行していたことを。

若い知的なママたちの会話。モナ・リザが来るでしょ。わたしも博物館に知ってる人がいるから、梱包《こんぽう》解く時に行って見せてもらうわ。わたしはパリで見てるから。新婚旅行がフランスだったから。ああ。ルーブルね。実は佐知子もそうだったのだが黙っている。ねえ母さん、モナ・リザって何なの。貴夫が訊くので佐知子はその夜、画集を見せてやる。いやだ。気味悪いなあ。それにこの人、なんだか男みたいだ。

あら神父さま。奥様がた。たまには教会の方へもお越しくださいアンセルモ神父はスペイン人。赭顔《しゃがん》、褐色の髪、猪《しし》の首に水玉の眼、太くて柔らかな声。わたしたち不信心ですわね。おほほほほ。貴夫君綺麗ねえ。お母様もだけど。お母様はラファエロみたい。あら。ラファエロとはちょっと違うわ。ロムニーって知ってる。葉月さんあの画家の絵にそっくりなのよ。

次つぎに迫る納期に追われて多忙な会社での満夫が心の基調としていた愉しみは、週に一度ほどの若草の妻との逢瀬《おうせ》だ。＊ビター・スゥイートなリキュールの時間はホテルでの昼下りが多かった。今でも妻に恋している満夫にとって一週間に一度の佐知子は清冽《せいれつ》である。買い物に行くと言う妻の真の目的を両親は勘づいているに違いないと満夫は思っていた。そして佐知子は妊娠する。

貴夫受難後の最初の大晦日《おおみそか》と元旦《がんたん》は、例年通り箱根強羅《ごうら》温泉への家族旅行だ。何よりもその温泉旅館は、自家源泉かけ流しの露天風呂が客室についていたから、貴夫が大浴場へ行く危険を冒さずにすむのだ。この宿を猛夫が好む理由は、客室にすべて欅《けやき》が使われているからだ。宿の部屋からは明星ヶ岳と、冬にだけ出現する雪の大文字が見えた。子供らしくもなく貴夫はこの宿の京会席を好んでいる。炭火の上の焙器《あぶりき》には但馬《たじま》牛が音を立てている。テレビを見ながら貴夫はフィンガー5の「個人授業」をボーイソプラノで歌う。満夫が感嘆する。天使の歌声だ。

入母屋《いりもや》の瓦葺《かわらぶ》きで二階建て。家の建築が始まると猛夫は毎日のように出かけて行って、愛する女を見るようなほとんど淫蕩《いんとう》ともいえる眼で隅ずみまで観察し、こまかい部分にあれこれと注文をつけた。檜の無垢《むく》材を使った数寄屋風《すきやふう》書院造、土壁通し貫《ぬき》でありながら応接室やリビングルーム、若夫婦の寝室や子供部屋、満夫の書斎は洋間である。一階の客間と茶の間、二階奥の猛夫の居間などの和室は床の間や書院や戸袋など、特に凝る。建前の空間に場所を取られているので庭はまだ造らない。猛夫は家ができてからの愉しみにする心算《つもり》なのだ。もう先もあまり長くないしな。興味の対象も視界が狭まって、数少くなってきておるから、せめて庭くらいは意地汚く、ねちねちと時間をかけて愉しませて貰おうわい。ぬはは。

　飯田と青山は怪訝《けげん》と不信の空気を顔のまわりに立ち迷わせてあれから三度やってきた。連絡もなしに転宅されては困りますなあ。捜査の進展がまったくないんですよ。ご協力いただかなくっちゃねえ。事件の解決を望んでおられないんですか。まあ、なんとなくわかりますが、警察としては犯人を挙げなきゃならんのでして。今日も貴夫くんには会わせていただけないのですかねえ。ふたりの眼からはなぜか貴夫の姿をもう一度見たいという切実な願望が窺《うかが》える。冷静に事件を思い出していただくだけの時間は過ぎていると思うのですがねえ。上層部はなぜか捜査打切りの雰囲気なんですが、わたしども担当としましてはやはりねえ。そうですかあ。今日も貴夫くんにはお目に

若草の　「妻」の枕詞。

かかれないのですかねえ。悲しげに肩を落して帰っていく刑事たちを、朋子と佐知子は危惧《きぐ》と安堵《あんど》の入り混った視線で見送るのである。

また蹴《け》った。佐知子の内部の小さな可愛い暴力は、男の子の仕業に違いなかった。事実男の子であることは医師により、五か月めに断定されていた。闇《やみ》の中、内側から蹴られる踝《くるぶし》の動きは何を伝えようとしているのか。生まれるのを嫌っているのかしらと佐知子は思う。貴夫もこんなだったかしら。おとなしい子ならいいなあ、と、満夫はまだ何かしら鬼胎《*きたい》を抱いていた。ぼくはやはり女の子の方が無難だったように思うんだが。しかし猛夫と朋子は手放しで喜んでいた。葉月家、安泰じゃあ。

幼稚園の先生たちは笑いながら、貴夫をめぐる女児たちの鞘当《さやあ》てを噂する。亜実《あみ》ちゃんがいちばんお似合いね。でも貴夫ちゃんの美しさには及ばないわ。カソリックの園でありながら彼女たちはギリシア神話のナルシス、アドニス、ガニュメデスに貴夫を喩《たと》えて讃美《さんび》するのだ。あら、でもレンブラントのガニュメデスはあまり可愛くないわよ。ああ、あの鷲《わし》に攫《さら》われておしっこ洩《も》らしてる絵ね。西洋絵画の天使だのキューピッドだの、どれも貴夫ちゃんには似てないわね。あんなに肥《ふと》ってないのよ。貴夫くん、甘ったるいだけじゃないわ。なんだか苦み走ってるのよ。全員大笑い。広辞苑に「美少年」の項目はあるけど、「美少女」はないってご存知。あら知らないわ。だいたい「美人」って、ほんとは男性のことなのよ。女性は「美女」なのよ。身重の佐知子に替って貴夫の送り迎えをするようになった朋子は、貴夫を囲繞《いにょう》*する欲望を感知して凝然とする。それには女児のみならず男児や保姆《ほぼ》や、さらにはアンセルモ神父までが加わっているのだった。

　ズボンを脱いだ貴夫の股間を見て、満夫はそこに生殖器の膨らみがないことに気づく。彼はブリーフの下の欠落、貴夫の成り成りて成り合わざるところが、体操などの着替えの際、誰かに気づかれないものでもないと慮《おもんぱか》って、会社の工場で誰もいない時に軟質のポリ塩化ビニールで小さな疑似茎を十数個作り、持ち帰った。これを妻に命じて息子のブリーフの内側、聖痕から腹部に向けてそれが接する筈の部分に縫い込ませた。貴夫は触感が悪いので最初は厭《いや》がったものの、やがてこの似而非《えせ》器官が無くてはならぬものとなり、満夫は貴夫の成長に伴い順次太さ長さを加えながら、以後何度もこれを作ることになる。また成人してからは、睾丸の膨らみがないために疑似嚢を作り、これをブリーフの股間に縫いつけたりもするのである。

　新居の形が整い、雨露が凌《しの》げるようになると、歩いて六分、猛夫と満夫は蒲団を運

鬼胎を抱く　心でひそかに恐れる。　**囲繞する**　完全に取り囲む。

び込み、警備のため交代で寝泊りした。石塀がまだできていないから、浮浪者に入り込まれて焚火《たきび》でもされた日には一大事である。座敷に寝て、森林浴をしているような木材の厳しい香りに包まれ、柱に繋《つな》がった天井裏の大梁《おおばり》小梁を見あげるのが父子の悦楽だ。彎曲《わんきょく》した大梁と大黒柱との出逢うあたりを見ていると飽くことがない。晴れて涼しい夜には貴夫も祖父と共に、また父と共に寝た。まだ*竹小舞《たけこまい》だけの壁から侵入した夜風が住まいを吹き抜けて行く。家が完成してしまえば、短期間なればこそのこのような愉しみはない。

　また暑い暑い夏がやってきた。ぼくは汗の臭いのする夏が嫌いだ。これからも夏が来るたびにあの胸の底が重くなるいやなことを思い出すんだろうなあ。それに幼稚園では、プールに入って泳がなければならないんだ。いやだなあ。あの水道水と消毒薬のプールの臭いも嫌いだけど、きっとみんなぼくの裸をじろじろ見るんだぞ。今までだってみんなぼくのことをいつもじろじろ見たんだものなあ。ぼくの裸がどんな裸なのかと思っていて、裸になったところを見たいと思っているんだ。そしてぼくが裸になったら、裸になったと思って、きっとじろじろ見るんだろうなあ。どうやって、水泳パンツをはくのかなあ。水泳パンツの裏にもあのにせもののおちんちんをつけるのかなあ。水泳パンツを家からはいて行くのかなあ。でも濡れたパンツをズボンにはき替える時はどうするんだろう。おちんちんのないことがわかってしまうんじゃないだろうか。おばあちゃんはどうやってみんなから隠して、ズボンにはき替えさせてくれるんだろう。

すみません。この子風邪をひいているんです。見学させてやってください。朋子は毎回のような断りがともすれば懇願の口調になりそうなことに着意しながら、いつかは訝《いぶか》しがられるであろうと怯《おび》えている。彼女は無邪気に游泳《ゆうえい》する男の児《こ》たちを憎いと感じている。それでも貴夫は泳げなければならないと満夫は思う。いずれは水泳の技能を否応《いやおう》なしに試され採点される時が来るだろう。泳げないと体育で合格させてもらえない小学校があるとも聞く。だから満夫は息子をホテルのプールにつれて行かねばならない。ホテルなら部屋で着替えさせることができる。だが、ああ、小学校へ行けば、濡れた水泳パンツを脱ぐ時にこの子はどうするのか。ぼくはもう泳ぐことができるようになった。だから小学校に行ける。字も読める。足し算もできる。絵も描ける。そしてぼくは歌も歌えるんだ。おちんちんがないだけだ。

産褥《さんじょく》にある佐知子を除き、貴夫が寝たあとの会話は親子三人だけだ。貴夫は匂いに

竹小舞　竹で編んだ土壁の芯《しん》。

敏感になったな。わたしたち老臭に気をつけなきゃねえ。味覚も繊細だよ。いい子だなあ。いい子ねえ。やはり智徳学園に行かすんだろ。善槙《ぜんしん》学院よりは環境がいいからね。家族に公立小学校という発想はのっけからない。野放図に発育した岩蓴《がんまく》な生徒ばかりに決っているからだ。低次の破壊衝動を自由に発散させているそんな子の中に入ったら何をされるかわからないのだ。さて今夜はわしが新居で寝るか。風邪ひかないでくださいね。そろそろ夜風が冷たいですよ。もう少ししたらぼくがずっと寝に行くよ。ああ。早く新築祝いをやりたいもんだなあ。

十月。佐知子は予定日より五日早く男児を出産する。生まれたばかりでも美貌を見定め得た貴夫に比べれば、その子は南方原産の猿のようだ。どんな子になるのかなあと不安を抱えて佐知子は窓の外を眺める。中庭を隔てた病室の多くの窓。そこにはみんな産む人ばかりがいて、階段室の総ガラスの断面の彼方の、ひっきりなしに階段を上下する看護婦の姿によって、ひっきりなしの誕生は確かなのだ。そんなに多くの子の中で、ああ、この子はどんな子になるのかなあ。朋子と貴夫が見舞に来る。貴夫ちゃん、弟を可愛がってやってね。えっ、可愛がるって、何をするの。どうしたらいいの。おじいちゃんも満夫も、登希夫《ときお》にすると言ってるわ。こんな字よ。いい名よね。登希夫。登希夫。どんな子になるんでしょうね。

豪邸と格付けされるのを避けた瀟洒《しょうしゃ》な新居が完成して、石塀もでき鍵《かぎ》もかかるようになったので、もう寝泊りに行く必要はない。建具が入り、建設会社の倉庫に預けてあった家財道具が運び込まれ、あとは電気工事と配管、炊事場や化粧室や浴室など水廻りの造作だけだ。急がせた工事だったから木材はまだ乾燥し切っていず、時おりぱきぱきと引き締まる音を立てるのも猛夫の機嫌をよくする。いいなあ、これ、ぼくの部屋なんだ。トイレとお風呂がついてる。時計や鉛筆削りなどの附属品がいっぱいあり蛍光灯を書棚の上部に内蔵させた勉強机が到着。これ、凄いなあ。引越した日の夜は登希夫を加えた家族六人がリビングルームで新居を祝う。貴夫は佐知子さん似だが、登希夫は満夫似かな。似てませんよと満夫は照れる。そうね。ちょっと怖い顔になりそうね。わあ、凄い声で泣くなあ。耳が痛いよ。貴夫ちゃん、そんなこと言わないで。佐知子は隣接する茶の間へ移り、過剰に豊満な乳房を出す。吸われるのも待たず、乳は滲《にじ》み出ている。刺すような痛みを快感としながら強い吸引力の登希夫に佐知子は授乳する。

新居に本籍地を移して以前の土地邸宅を梨の森不動産に売却し、これで過去とは訣《けつ》

岩驀な　わがままで乱暴な。

別《べつ》して新たな土地に根をおろしたという想《おも》いで葉月家には静穏の日日が続く。＊久方の雨もよいの庭を八畳の座敷の縁側から眺めながら、いくら何でも少しは格好をつけなければなと猛夫は思う。以前の西洋館の庭に生えていたままの躑躅《つつじ》や、あちこちの叢や灌木《かんぼく》の茂み、そしてお気に入りの臘梅が雑然と散らばっているだけだ。とりあえず何か植えるか。槙、糸杉、楓などを塀の前に植えて、あとはいい庭石が見つかるまで花壇にしておこう。彼は縁側から眺めながら文机《ふづくえ》に拡げた美濃紙に庭の図面を描き樹木の配置を書き込む。花壇はどうでもいいが嫁が花に詳しいから彼女にやらせよう。舅からの依頼で佐知子は造園業者が木を植えたあとの庭に花壇を造る。パリを出はずれたばかりのセーヌ川と同じ形に曲りくねらせた小径《こみち》を造り、周辺の花壇には水仙、山茶花《さざんか》、西洋蒲公英《たんぽぽ》、金盞花《きんせんか》、彼岸花など季節の花を鏤《ちりば》めた。猛夫が縁側で眼を細める。こいつはまたえらく叙情的な庭になったな。わはははは。

　幼稚園ではクリスマスに父兄を招いて園児に歌を歌わせ、劇を演じさせる企画がもちあがった。例年は歌だけなのだが、アンセルモ神父のたっての希望で「受胎告知」と「キリスト降誕」の二場面が演じられることになったのである。そんな難しいこと園児にできるんでしょうか。なあに、今年は優秀な子がいますから。神父の脳裡《のうり》に美しい貴夫の存在があることだけは確かである。

「受胎告知」はルカ伝にしか登場しない大天使ガブリエルとマリアだけの劇。「キリスト降誕」はマリア、ヨゼフ、東方の三博士が出てくる科白《せりふ》なしの劇に、卒園して教会の合唱団にいるお姉さんたちと園児たちのコーラスで讃美歌百十二番「諸《もろ》びとこぞりて」と「聖《きよ》しこの夜」だ。えっ。貴夫くんにガブリエルやらせるんですか。はい。彼ならできます。めでたし恵まるる者よ、主、なんぢと偕《とも》に在《いま》せり。こんな難しい科白。しかも昔の新約聖書そのままじゃあないですか。はい。子供向けにやさしくした言葉はいけません。わたくし日本語詳しくないが、すらすら憶《おぼ》えられて言える言葉はあとに残りません。よいですか。これはそもそも難しい内容の言葉なのです。難しいことは難しい言葉で言わねばなりません。その方がいつまでもあとに残るのです。

「受胎告知」は百人を優にこえる多くの有名画家が題材にしていて、フラ・アンジェリコなどは何十枚も描いている。情景も人物もその描きかたはさまざまで、ダ・ヴィンチやラファエロの描くマリアは天使の告知にも従容《しょうよう》としているが、ボッティチェリやアンドレア・デル・サルトのマリアはあきらかに迷惑そうである。中には天窓を突破して落ちてきたガブリエルに仰天して引っくり返っている娼婦《しょうふ》風のマリアがいるか

久方の　「雨」の枕詞。

と思えば、庭から飛び込んできた天使に吃驚《びっくり》して眼をぱちくりさせているベティ・ブープに似た幼いマリアもいる。小林亜実ちゃんの演じた可愛いマリアはこれに近かったと言えよう。

クリスマスの日の教会は園児の父兄に加えて近所の信者もたくさんやってきたため満席だ。これが興行なら大儲《おおもう》けですねと神父は保姆のひとりに耳打ちしてけけけけと笑う。登希夫を臨時の乳幼児室に預けてきた佐知子や叔母の計伊子を含め、葉月家全員が聞こえるほどの動悸《どうき》でまだ始まらぬ舞台を見守っている。「受胎告知」が始まり、貴夫の大天使が登場する。その美しさに感嘆の声があがり、誰、誰、どこの子などという声もする。マリアよ、懼《おそ》るな、汝《なんぢ》は神の御前に恵《めぐみ》を得たり。視《み》よ、なんぢ孕《みごも》りて男子を生まん、其《そ》の名をイエスと名づくべし。彼は大《おほい》ならん。至高者《いとたかきもの》の子と称《とな》へられん。また主たる神、これに其の父ダビデの座位《くらゐ》をあたへ給《たま》へば、ヤコブの家を永《とこ》遠《しへ》に治めん。その国は終《をは》ることなかるべし。先生たちが凝りに凝って作った本物の羽毛の羽根を背負い、すらりと下手《しもて》から出現した貴夫の姿は至純にして妖美《ようび》にして崇高、その科白は透徹した鈴のようなボーイソプラノで澱《よど》みがなく、亜実ちゃんの声の方が低いくらいだ。われ未《いま》だ人を知らぬに、如何《いか》にして此《こ》の事のあるべき。おばさんみたいねと誰かがくすくす笑う。聖霊なんぢに臨み、至高者《いとたかきもの》の能力《ちから》なんぢを被《おほ》はん。この故に汝が生むところの聖なる者は神の子と称《たた》へらるべし。場面が終ると客席総立ちの拍手で、してやったりのアンセルモ神父がにたにた笑いを隠し、朋子と満夫はただ唖《あ》然《ぜん》としたままであり、猛夫と計伊子は涙を流している。ただ佐知子だけがこの大き過ぎる反応を何かしら不吉に感じ、胸騒ぎを覚えていたのだった。

案の定、クリスマス当日の観客の中には芸能関係者がいたのである。芸能プロダクションの重役と称して熊谷《くまがい》なるその人物は前以《もっ》て電話することもなく来訪し、応対に出た佐知子に貴夫の資質を熱讃《ねっさん》した。演技者としてでもよいし、単にキャラクターとして人気を得るためだけでもよいので、是非とも世話をさせて戴《いただ》きたい。この業界、今や昔のように搾取《さくしゅ》するだけのやくざな世界ではありません。むしろご子弟の教養や社会的常識、礼儀作法を身につける存在として、ご父兄にも認められております。貴夫君ならほとんど教育の必要はないわけですから破格のパーセンテージでマネージメントさせて戴きます。コマーシャルなんぞに出演なさろうものなら、ギャランティは天井知らずでしょうな。彼は自社の所属タレント名を列挙した。いずれも有名なタレントばかりだったから佐知子はむしろ慄然《りつぜん》とする。マスコミで*嘖嘖溢美《さくさくいつび》されようもの

嘖嘖溢美　口ぐちに褒めること。褒め過ぎること。

ならたちまち過去を探られて秘密を暴《あば》き立てられるに相違ないのだ。あとは畸形《きけい》扱い、異形のタレントと珍重されて貴夫の場合は一生が台なしとなろう。佐知子は*峻拒《しゅんきょ》した。ついに取りつく島なしと見たか熊谷は名刺を置いて帰って行ったが、以後彼女は貴夫がいかなることであれ表舞台に立つことを極度に怖《おそ》れることとなる。

智徳学園への入学が決り、貴夫はあらためて公文式《くもんしき》と漢字を学修する。同じ学園へ小林亜実ちゃんも行くことになった。あの子ったら、貴夫くんと同じとこへ行くんだと言って泣き叫んだんですよ。おほほ。

雪割草《ゆきわりそう》、南山菫《なんざんすみれ》、スノードロップ、雲南桜草、花韮《はなにら》などが花壇に咲き乱れた四月、貴夫は小学校へ通いはじめる。キャンディーズ「年下の男の子」が流れていた。身自らの欠落と美貌が形作る不穏の予感に*玉かづら、絶えず襲われ、何が待ち受けているのかと*白露の、知らず知らずのうち憂《うれ》い顔の童子となり、貴夫はもう、不安で挫《くじ》けそうだ。

わが投入されたはある通性を持つ未完成で未成熟な個性ばかりの渾沌《こんとん》。あの坩堝《るつぼ》の中を跋渉《ばっしょう》した頃の記憶はほんのけころも*を時おりの閃光《せんこう》による残像の連なりでしかない。さまざまな方向へ少しずつ常軌を逸している奇態な子供たちの中にあって、それならわが欠陥による性質の奇矯さも彼らの中に埋没するかと楽観することはできなかったのだ。狐群《こぐん》、狼群《ろうぐん》に囲繞《いにょう》されている野兎《やと》の如《ごと》く怠りなき防備と警戒をするわが肝《きも》*向《む》かう心構えによって、体重測定のための脱衣、排尿、体操服への着替え、その他聖《せい》痕《こん》が露呈しそうな危険行為も次第に難無く滑らかとなり、あの頃のその日その日はどうにか無事に過ぎて行ったのである。

学年が進むたびに同じクラス、違うクラスになったりしたものの、守護の天使でもあった亜実ちゃんは影が実体から離れられぬように常に貴夫を意識の中心にとどめ、休み時間に誰かから虐《いじ》められていれば、寒鴉《かんがらす》のような叫び声をあげて暴力の中断を強い、時には先生の名を大声で呼ばわったりもして、幾度とも知れず彼の危難を救った

峻拒　厳しく拒む。　玉かづら　「絶えず」の枕詞。　白露の　「知らず」の枕詞。
けころもを　「時」の枕詞《まくらことば》。　肝向かう　「心」の枕詞。

のだ。男女のアベックがまだ級友たちから冷かされたり笑われたりすることのない三年生までは、早朝は葉月家まで誘いに立寄って一緒に登校し、帰途も待ちあわせて共に下校した。それによって、校外で貴夫を待ち受ける苛《いじ》めっ子をも遠ざけ得たのである。守護神の名に相応《ふさわ》しく物恐ろしげな*面輪《おもわ》まで纏《まと》い、ついには恐ろしくも美しく美しくも恐ろしい彼女に怒鳴られて小便を洩《も》らす男児もいたのだった。

　その一方で貴夫は、美を醜に貶《おとし》めたい、美しいものを汚《けが》したい、そして壊したい、美しい者の泣き顔を見たいという悪童たちの、貴夫の中にはまったく不在で想像することさえできない、エロスとタナトスの劣悪な混在による衝動を知った。彼らは隙《すき》を見ては貴夫を突っ転ばせようとし、誰も見ていない時を見計らっては貴夫の頭を小突いた。醜い泣き顔を見ようとして貴夫を泣かせた腕白《わんぱく》がその泣き顔までが美しいことに驚いたりもした。彼らがそれ以上の腕力を振るうことはさすがになかったが、それでも家柄や成績が上位にある子ばかりの私立学校ですらこの有様なら、公立とはどのような醜状が跋扈《ばっこ》する修羅の場であることかと貴夫は戦慄《せんりつ》するのだ。

　上級生で五年、六年くらいになると第二次性徴が出現してうっすらと髭《ひげ》が生え、こういう者はもはや年下の美少年を虐めようとはせず、早くも中年の相貌《そうぼう》となって所有欲をあからさまにし、おれの子分になれなどと要求してくる。特に男色の性向がなくても権勢の誇示であろうか、可愛《かわい》い男の子を傍らに侍《はべ》らせておきたいと思うようだ。だが女生徒はもっと早くて三年生になった頃から乳頭期となり、乳房が発育し始めて第二次性徴に入り、異性を意識しはじめる。亜実ちゃんはもう亜実ちゃんではなくなり、同級の子は亜実と呼び、彼女も貴夫からそう呼んでほしい様子だったが、貴夫は彼女の化粧もしていないのに脂肪の臭《にお》いのする女臭さに辟易《へきえき》しはじめていた。だが亜実の存在は、乳房が膨らみはじめウエストがくびれはじめた、貴夫に憧《あこが》れる女生徒たちから彼を守っていたのだ。いずれ貴夫がすべての女生徒から*翹望《ぎょうぼう》されるであろうことは亜実にもわかっていたのだったが。

猛夫や満夫は貴夫の細い*白皙《はくせき》の裸身を見るたび、身体《からだ》を鍛えさせる必要を切実に、切迫して感じた。本人が頑健な肉体を持ちたいという男らしい意欲や願望をまるで持たないことは家族の眼に明らかだったからである。猛夫は彼自身あまり得意でない水泳に貴夫を誘い、プールへ連れて行き、時には家族打揃《うちそろ》って海へも行った。満夫は自分の趣味でもあることから、彼をしばしば年齢的にはやや苛《か》酷《こく》と思える登山に伴った。そのせいで、家系的にも巨軀《きょく》の遺伝子を持つ貴夫はクラスでも大柄になり、筋肉も次

面輪　顔の輪郭。　**翹望**　心から待ち望むこと。　**白皙**　皮膚の色が白いこと。

第に引き締っていった。

貴夫は相変らずのボーイソプラノだったが、真のボーイソプラノのような弱よわしさがなかったので、もう少し年長になれば実声によるカウンターテナー、またはソプラニスタ、またはオートコントルとも称すべき音域を保つのであろう。実際には彼は変声期以前に去勢されたカストラートだったのだが、それに気づく者は誰もいなかった。金属的というよりもっと柔らかな彼の声の素晴らしさや音程の確かさは音楽の教師も認めるところだったが、その表現力はまったく表面的で歌唱も言わば無表情であることに芸大出身の教師は気づいていた。偶然にも佐知子の願い通りではあったのだが学芸会での独唱に選ばれなかったのはそのためである。貴夫は決して歌が嫌いではなかったし、夏になれば桜田淳子の「夏にご用心」を自らへの戒めを込めてこっそり歌ったりもしていたのだが、どうしても歌いたいという内発する芸術的な表現意欲が決定的に欠けているのだった。

アメリカと中国が国交を樹立したその年以後、満夫は多忙を極め、もう貴夫と登山に行くことはできなくなった。朝は会議を開いて他の会社の販売網に食い込む方策を重役たちと鳩首《きゅうしゅ》相談し、昼からは新しい機械を導入するための融資を求めて銀行へ行き、パテント使用料と歩合を条件にした技術提携の話をイタリアのメーカーと話し、そのあい間あい間に工場との打合せや下請会社との交渉をする。夜は主に銀行関係者の接待で料亭に行く。家にいる時間が急速に削られ、子供たちと顔をあわせることが少くなってきた。そんな中、次男の登希夫はいささか不羈奔放《ふきほんぽう》に育ち、五歳になろうとしていた。

　あああ。またやったな。困却と悲嘆で貴夫は呻《うめ》く。きちんと整理してある国語と理科のノートの、書かれている頁《ページ》、まだ何も書かれていない頁の見境いなく、ほとんどすべての頁にマジックペンで登希夫は落書きをしていた。それは何かを書いたり描いたりしようという意図で書かれたものではなく、只管《ひたすら》ノートを汚そうとする目論《もくろ》みで書きなぐられた無意味な曲線や渦巻きや、稲妻のようにヒステリックなジグザグの直線などで、恥かしくて貴夫がそのノートを学校へ持って行けないように落書きは表紙裏表紙にまで及んでいた。全部に書き散らそうとして大急ぎでめくったため、頁には皺《しわ》が寄ったり、破れていたりもする。わざわざ兄の部屋に侵入してまで、なんでこんなことをするのか。見ているだけで苛立《いらだ》たしさがこみあげてくるような*瞋恚《しんい》の籠《こも》った描線にしばらく見入ってから、なぜなんだろうなあと呟《つぶや》きながら貴夫はノートを持

瞋恚　怒りと憎しみ。

って隣室に行く。

登希夫の部屋は通常子供部屋がそうであるように玩具《おもちゃ》や絵本などが乱雑に散らばっていたが、掃除に入った大人があっと叫んで一瞬蒼《あお》ざめるていの、何とも表現しようのない精神的荒廃を見せていた。そこは部屋に入った者の気まで荒らげるほどの虚無感と投げやりさに満ちた空間であり、投げ出されたすべての物体ががらくたと化していて、登希夫はその中にあって小さな椅子《いす》に掛け、やってくる筈《はず》の兄に身構えて鼬《いたち》のように背を丸め、ドアに瞳《ひとみ》を据えていた。

なあ登希夫。こんなことされたらお兄ちゃん、困るんだよ。ほんとに困ってしまうんだ。新しいノートに全部書き直さなきゃいけないだろ。何日もかかるんだよ。前にも同じことやったよなあ。もういいだろ。お兄ちゃん、さんざ困ったんだからさ。お兄ちゃんが何か登希夫の気に障《さわ》ることやったんだったら謝るからさあ。頼むからもうやらないでくれよな。下から無言で兄を白眼《にら》みつけていた登希夫は、期待していた彼の返事を諦《あきら》め、蕭然《しょうぜん》として部屋を出ようとする兄の背中へ大太鼓に撥《ばち》を叩《たた》きつける勢いで叫ぶ。またやってやる。

困り果てた貴夫は誰に相談しようかと考える。もうぼくの手には負えない。ああ。お祖父《じい》さんは駄目だろうなあ。猛夫はもともと登希夫の悪たれぶりを嫌って悪餓鬼などと公言しているのであり、貴夫から訴えられればただひたすらがみがみと、怒り毛逆立てて登希夫を罵《ののし》るに決っていたのだ。祖母も登希夫の行儀の悪さを嫌っているし母もただ困るだけではないかと思って、貴夫は帰宅の遅い父を待ち、母のいないところで訴えた。でもあまりひどく怒らないでね父さん。仕返しが怖いんだよ。満夫は呻いた。予覚は登希夫の生まれる前からあったのだ。そして記憶の中の瑣事《さじ》の堆積《たいせき》を一挙に思い出した。翌晩早く帰宅した満夫はあとで自分の書斎へ来るよう言いつけた登希夫がいつまで経《た》っても来ないので仕方なく自分から登希夫の部屋へ行く。

登希夫、なぜ来ない。超現実派の絵のような荒野の如き部屋の片隅に置かれた何の飾りもないベッドに尻《しり》を据え、満夫は怯《おび》えた顔で椅子に掛けた次男を見る。だって叱《しか》られることがわかってるんだもん。叱言《こごと》を抜きに単刀直入、満夫は訊《たず》ねる。なんでそんなに兄ちゃんを憎むんだ。父の穏やかな声で涙腺《るいせん》が堰《せき》を切った。だってお兄ちゃんは綺麗《きれい》だから。しゃくりあげながらそう言い、*忽焉《こつえん》と蛮声はりあげ大口あけて怒号する。なんでお兄ちゃんだけあんなに綺麗でぼくは汚いんだ。お兄ちゃんは真っ白なのにぼくは真っ黒けの黒猿じゃないか。そうだよ。ううんだってそうだよ。よその子か

忽焉と　たちまち。にわかに。

ら黒猿黒猿って言われてるんだもん。だからよその人もみんなお兄ちゃんだけ可愛がって、ぼくが嫌いなんだ。お兄ちゃんの部屋はなんであんなに大きくって、お風呂《ふろ》やらトイレやらまであるんだ。ぼくの部屋はなんでこんなに小さくて、何もないんだ。ぼくが嫌いだからじゃないか。違うよ。みんなお兄ちゃんとはにこにこして話したりするのに、ぼくには知らん顔するじゃないか。ぼくを見たら顔を横に向けるじゃないか。ぼくが汚いからなんだ。*宿意が膨張していつ果てるともなき登希夫の叫喚が満夫の胸を痛打し耳を劈《つんざ》く。手の甲で拭《ぬぐ》った涙は登希夫の吠《ほ》え猛《たけ》る満面を蛍光灯にてらてら照り返らせる。ぼくはこの家《うち》の子じゃないんだ。ぼくは知ってるんだ。ぼくだけみんなと違うんだもん。おばあちゃんだって、お前なんかこの家の子じゃないって言ったもん。ううん、そう言ったんだもん。ぼくは捨て子なんだ。拾われてきた子なんだ。みんな綺麗だけど、ぼくだけ不細工な顔だもん。お祖父ちゃんだってよそへ何か食べに行くとき、お兄ちゃんだけつれて行くじゃないか。みんなお兄ちゃんのことばっかり世話焼いて、ぼくにはなんにもしてくれないじゃないか。ぼくにばかり怒って、お兄ちゃんのすることはみんないいことで、ぼくには行儀が悪いとか乱暴だとか叱ってばっかりじゃないか。その声は家族それぞれの部屋にまで届くが皆がそれぞれの深い蟠《わだかま》りや*萎靡《いび》した懐抱《かいほう》でほうっと嘆息するだけだ。貴夫のノートへの落書きはなくなったものの、それは登希夫が憤懣《ふんまん》を吐露し尽したためでは決してない。貴夫の部屋のドアに鍵《かぎ》がかけられたからである。

夏草の繁《しげ》き八月が過ぎ九月には、それまで皆に迷惑をかけるからというので行かせて貰《もら》えなかった幼稚園、貴夫が通ったあのカソリックの園に年中組として編入され、登希夫は通いはじめた。彼はそれまで近所の子と遊んでいたのだが、必ず喧嘩《けんか》をした し悪戯《いたずら》をしたので、やはりキリスト教のアガペー、その中でも特に隣人愛を、より多くの友人と共に学ぶのがよいのではないかと家族は推断したのだ。幼いながらも独立不遜《ふそん》の葉月登希夫は誰に付添われることもなく独りで通園しはじめた。しかし近所の子供たちと遊ぶことをやめたのではなく、より年長の小学生などに混ってビー玉の勝負を競ったりしたのだったが、言うことなすことのすべてが何かしら小憎らしいので常に虐められていた。

ある日貴夫は登希夫を伴って下校してきた。抵抗したため尚更《なおさら》疵《きず》だらけになった登希夫が、泣きながら猛夫に訴える。大きな子に虐められてるのに、お兄ちゃんは見ているだけで、ちっとも助けてくれなかったんだもん。どうしてだ貴夫、なぜ弟を助け

宿意　かねてからの恨み。　**萎靡した懐抱**　外に示さぬ失った気力。

てやらなかったんだ。しかし貴夫の返す言葉で猛夫は憮然《ぶぜん》とし言葉を失う。お祖父ちゃん。ぼくは喧嘩ができないんだよ。

時おり会長として出社する以外に、猛夫は昔からよく行く十数軒の料亭やレストランを地廻りのように巡ってどの店にも二か月に一度、少くとも三か月に一度は顔を出し、たいていは朋子を同伴して、しばしば貴夫も伴った。叔母の計伊子が同席することもあった。佐知子は滅多に随従しなかった。満夫と外食を共にすることもなく同窓会にさえ行かなかった。そのような逸楽は家庭婦人に相応しくないと*戒飭《かいちょく》していて、そもそもそんな家庭には育たなかったのである。いずれ家事が暇になればそんな機会も増えるだろうが、まだ早い、そう思っていたのだ。舅《しゅうと》が貴夫を自慢げに連れ歩くことにはいささかの介意*があったものの、その都度貴夫の味覚が洗練されていくことは喜んでいた。だってあの子はほとんど貴族なんだから。貴夫君また寿観へいらっしゃいよ。麻衣子が喜ぶから。麻衣子はいくつになった。もう中学三年よ。十五歳。少しは綺麗になったのか。駄目よ。主人に似ちまったの。従弟《いとこ》の貴夫君が男の癖にこんなに綺麗なのにねえ。葉月様、いらっしゃいませ。お孫様、ますます美しくおなりですなあ。ボーイ共が嘆息しております。貴夫様はお肉になさいますか。ぼく、リブロースが好きなんだけど。貴夫がリブロースを好むのは、サーロインは脂《あぶら》っこくリブは脂がないからだ。ああ申し訳ございません。本日リブロースはございません。貴夫君凄《すご》いわね。この子、好みがうるさくて困るのよ。いいえお母さん。好みがはっきりしているのはいいことよ。貴夫は学校でスポーツやっとるのか。サッカーとか野球とか。しかたないからやってるけど、ほんとはあんなに大勢で勝ったり負けたりするのはぼく嫌いなんだ。だからぼく鉄棒やってる。休み時間にひとりでやってると、六年の子がきて教えてくれるんだ。真鍋《まなべ》君は凄いよ。大回転できるんだ。ぼくもあれをやろうと思ってるんだ。

　それで。と猛夫が訊ねる。その子はお前が好きなんだな。うん。好かれてると思うよ。計伊子の手前、朋子が猛夫に危険信号を瞬《まばた》きで打電する。気をつけろよと言いかけた猛夫が言葉を呑《の》み込む。計伊子は気づかない。それでなのね。貴夫君、すごくがっちりした体格になったわよね。彼女は正面の席の貴夫をうっとりと見る。打ち靡《なび》く黒髪。俊敏そうな細い眉《まゆ》。気高い鼻梁《びりょう》。憂《うれ》いを帯びた＊菅《すが》の根の長い睫毛《まつげ》の瞳。初《うい》ういしく赤い唇。引締った＊栲綱《たくづの》の白い頰。梨園《りえん》の御曹司《おんぞうし》を慕う女学生のような気分になり

戒飭　自ら戒めつつしむこと。　**介意**　気にかけること。　**菅の根の**　「長」の枕詞。
栲綱の　「白」の枕詞。

溜息《ためいき》をついて計伊子は貴夫を称美せずにいられないのだ。

おいおい、ハイパー・リアリズムかい。眼で見たままに描くんじゃなく、心に映じたものを描くんだよ。美術の尾高光焔《こうえん》先生は貴夫の絵を見て思わず助言する。秋の夜には紅葉がライトアップされる六義園《むくさえん》に午後、クラス全員で写生に来ていたのだが、貴夫だけは鉛筆で、青木、楓《かえで》、躑躅《つつじ》などうち靡く草の葉や木の葉の一枚一枚にいたるまでをミニアチュールの細密さで正確に描写していたのだ。この上から水彩絵具で葉の一枚一枚を塗り分けていくのだろうか。ちょっと異常だと尾高先生は思うが、まあこんな絵を描く子の存在も貴重なのではないかと思ったりもする。そして貴夫は困惑の表情で言うのだ。でも先生、ぼく、こんな風にしか描けないんです。

そうだ、目尻はもっと上っていたんだ。あの男の顔を思い返すたびに貴夫は自分の中のイメージを修正し補正する。もう何枚描いたことだろうか。三年の終り頃から何度も暗闇《くらやみ》で想見したことを大きなケント紙に描き、鼻がもう少し横に拡《ひろ》がっていたことを想起すると起きあがって手を加え、消しゴムの跡で画面が黒く汚れるとまた新たな紙に描き直し、そして四年になってからはもう最初から起筆することはやめてひたすらその一枚のデッサンのみを訂正し続けたのだ。あっ。額に何かあったな。吹出物だったろうか。何かあったんだ。思い返すたびに細部の其処彼処《そこかしこ》が無意識の底から沸沸と浮かびあがってきて、ベッドから起きあがれば勉強机はすぐ横だ。その肖像画はいちばん大きな抽斗《ひきだし》の底に裏を向けて敷き、その上に各種の文房具を置いているから、誰かが開けたとしても敷紙だと思う筈だった。たまに長期間忘れていて久しぶりに取り出した似顔絵を見ると思わずわっと叫びそうになるほど今やそれはあの男そのものの顔であり、飯田と青山が見れば大喜びしたであろうリアリティと特質を具備していた。中央部が窪《くぼ》んでいる男の顔をどう表現していいのかと悩んでいた貴夫は、五年生になったばかりの春、境目の部分に稜線《りようせん》を描くことで顔面の凹みを描写できることが誰に教わらずとも自得できたのだった。無論誰に見せる気もない。そんならぼくはなんでこんなものを描いているんだろう。大人になると忘れてしまうと思うからだろうか。そんならなんで忘れることを怖《おそ》れているんだろう。

春過ぎて夏来にけらしこの庭の、猛夫が気に入った花壇はあのままだ。今はスターグラス、秋海棠《しゆうかいどう》、百日草、天竺葵《てんじくあおい》、ペチュニア、孔雀草《くじやくそう》などが咲き誇るのを見ながら彼は葉月家の家系図に想《おも》いを馳《は》せる。これまでは誰に面伏せることなき立派なファミリー・ツリーであったのだ。たしかに真岡《もおか》の義弟のような*不道化《ふどうけ》で面妖《めんよう》な者もいるに

不道化　場所柄に似合わぬ道化。

はいるが、あれとて作陶の業界では名代である。しかしあの登希夫には、*危懼《きく》し憂慮せざるを得ない。無頼漢になるのではなかろうか。あのままではとても人倫の道を歩む者になるとは思えぬ。ああ。そして貴夫には子供ができないのだ。嫁はもう子供を産んではくれまいなあ。三十四歳だから産める年齢ではあるのだが、言い出し難い。満夫はどんな気でいるのだろう。あいつはきっと登希夫のような子ができることを怖れているのだろうなあ。

さて今年の強羅《ごうら》温泉だが、三歳四歳の登希夫は粗暴で猥雑《わいざつ》、*放恣《ほうし》で憎体口《にくていぐち》を叩き*邪《じゃ》僻《へき》で逆上癖もあり、他の客の*忌諱《きい》に触れ、わしらの癇《かん》にも障るから三年間連れて行かず、わしらも行かなかったのだが、今年はもう五歳、少しは世間もわかってきただろうから一度連れて行って見ようか。わしらにしても四年振りだ。ああ。あの乱暴者の登希夫が、三蔵法師の傍にいる孫悟空《そんごくう》みたいに貴夫に近侍して彼を護衛する存在であれば、わしにどれほどの休心が訪れることか。しかしそれは望み薄なんだろうなあ。そんな人物がファミリーの傍役《わきやく》として登場してくれれば嬉《うれ》しいのだがなあ。

*露霜《つゆしも》の秋、貴夫は男子生徒たちの体臭と行為に悩まされている。未《いま》だ対象が未分化なる彼らの自分への欲望はまず、その鼻腔《びこう》を衝《つ》く磯臭《いそくさ》い口臭で感知できる。それはたいてい、お前はおれと仲が良い筈だろうと権柄尽《けんぺいず》くで肩を組んでくる生徒のものだ。

さらには巫山戯《ふざけ》て取っ組みあったり押合いへしあいしている時に下半身を押しつけてくる腐った縮緬雑魚《ちりめんじゃこ》のような男子生徒の体臭、そして勃起《ぼっき》した陽根の不愉快な量感だ。そうした性徴の通性や行為の*因由《いんゆ》が貴夫にはまったくわからない。

ねえお父さん。ああいうのって、いったい何なの。満夫は官能の根源を体覚できない息子に、だからこそ早いうちに性教育を施してやらねばなるまいと考える。それは貴夫に対しては字義通りの性教育ではなくて性的行動というものに関する知識に過ぎないが、もうすぐ思春期に到達する他の男子生徒たちが性欲に振りまわされている言動の根源、リビドーの原理を知っていなければ、息子は彼らの不可解な行為に対応できない筈と考えたのだ。助かったのは、性への含羞《がんしゅう》がないから平気で相談してくれることだ。と言って性を特に汚らしいものとも思っていないようである。無縁だからこそ恬淡《てんたん》としていられるのだろう。満夫は人体解剖図を持ち出してきて、息子にとっては仮想である筈の感覚を*縷述《るじゅつ》し、さらに図鑑には描かれていない少年の同性愛傾向に

危懼　危ぶみ恐れる。
忌諱　嫌って避ける。
縷述　詳しく述べる。
放恣　勝手気ままでだらしがない。
露霜の　「秋」の枕詞。
邪僻　ひがみっぽい。
因由　何かが起る原因。

ついても話してやらねばならないのだ。

あいつはまたお父ちゃんから何か教わっている。なんだかこそこそしているみたいだ。お父ちゃんはぼくに、あんなふうに本を見て、何か教えてくれたことは一度もない。ふたりともぼくを、近くに寄ってきてはいけないという眼で見る。だからぼくはあいつが嫌いなんだし、それはあたり前のことなんだ。

小林亜実は思春期に突入。もう貴夫には声をかけようともしない。異性への恋慕はこの年齢、父親を代表とする男性への羞恥や拒否反応ゆえに禁忌となり、自己の二次性徴に基く戸惑いで接触を避けるのだ。代替行為として彼女は同性に愛を向ける。特定のシスターを決め、自分を慕う美しい数人の下級生を童女として侍らせる。彼女たちと抱きあったり顔にキスしたりできるのは異性相手にはできない悦楽だ。だが決して貴夫を断念したわけでもなく彼に飽きたのでもない。いつか大人に成長した二人が誰憚《はばか》ることなく愛しあうことを、大いなる予覚を伴って、*雲居《くもみ》なす心に秘しているのだ。

霜月三日の智徳学園祭に、五年二組の生徒たちは「ヘンゼルとグレーテル」を上演しようと一決した。担任の城戸《きど》先生が訊《たず》ねる。ヘンゼルは誰がやるのかい。先生。わたしは葉月君がいいと思います。歌もうまいし。賛成する人は。よし。では賛成多数ということだな。貴夫は慌《あわ》てて立つ。本人の意見も聞かずに決めるとはなんと言うことだ。先生。あのう、ぼくはお芝居はできません。下手ですから。嘘《うそ》だよ。真摯《しんし》な眼にいささかの*瞋恚を籠《こ》めて山際《やまぎわ》賢が立ちあがる。ぼくと葉月君は幼稚園が一緒で、ぼくはクリスマスに葉月君が難しい天使の役をするのを見ました。一組にいる小林君がマリアをやったんです。まいったなあ。貴夫は立ちあがりながら口籠《くちごも》る。本当はあのう。ただそれだけで女の子たちはくすくす笑う。貴夫の困惑を眺めるだけで彼への好感度が高まり、それに面白いのである。ほらね。やっぱり葉月君は上手なのよ。あのう、あれをやった後で芸能プロダクションの人が家に来て、テレビに出ろって言ったんです。お母さんは、断るのに大変だったと言ってました。それからはもう、お芝居には絶対に絶対に出るなって。あのう、これはお父さんも、それからお祖父さんもお祖母《ばあ》さんも同じです。はい先生、と演歌の好きな安藤奈美《なみ》が立つ。テレビに出たい人はたくさんいるのに、葉月君は贅沢《ぜいたく》です。わたしはテレビに出ている葉月君が見たいのでヘンゼルをやってほしいと思います。*鼎《かなえ》が沸く。静かに。静かにしなさい。葉月はどうしてもいやか。はい。民主主義なんだぞ、と誰かが言う。みんなで決めたこと

雲居なす　「心」の枕詞。　**瞋恚**　自分の気持にあわぬものを怒る。　**鼎が沸く**　大勢が騒ぎ立てる。

なんだぞ。貴夫はまた立ちあがる。家族の言うことに反対はできません。それだったら、家族みんなが許してくれたらヘンゼルをやります。よし。城戸先生が言う。では誰かが葉月の家へ行ってご家族を説得してきなさい。誰が行くかね。自分が行くと言い出す者はひとりもいなかった。

ぼくが低い声で話すよう*自彊《じきょう》しはじめたのは、あの頃からではなかっただろうか。早くも変声期に入った同級生がいたし、自分には咽頭宝起《いんとうほうき》は訪れず声変りもしない筈という知識はあったし、いつまでも「鈴のような声」でもないもんだと思ったのだった。アルトの声で話せるようになると祖父や父は喜んだものの、祖母はたちまちプールのような泪眼《なみだめ》になって、無理にそんな声出してるのねと言ったものだ。母だけはそこは語尾だけ下げればいいなどとあれこれ注意してくれた。

強羅温泉へ連れて行く、と祖父から聞かされて、登希夫は有頂天になった。彼は強羅温泉へ、まだ物心つかないうちに連れて行かれたきりだったからだ。それまで家族が行かなかったのは自分の*背馳《はいち》粗暴のためと聞かされていたため、彼は初めて素直になった。暴れちゃいけませんよ。悪戯も駄目ですよ。温和《おとな》しくするんだぞ。はい。ぼくは暴れません。悪戯もしません。温和しくします。そんなに家族旅行がしたかったのかと思い、満夫と佐知子がひそかに*流涕《りゅうてい》した程だ。

巍峨《ぎが》として聳《そび》えるあしびき*の山が窓の彼方《かなた》。登希夫は宿に来るまで温順だった。電車の中でも騒ぐことなく、旅館に着いても寡言《かごん》だった。おとなしいな、と猛夫が褒めた。朋子も満夫も褒めた。登希夫の本質を知る佐知子だけが危疑*を抱いていた。そして一族が迎えた新玉《あらたま》*の元旦《がんたん》、家族それぞれのいずれかが少しずつ秘《ひそ》かに滾《たぎ》らせていた内的葛藤《かっとう》と憂患が示顕《じげん》したように、それは生起した。頭部が空気に冷却され、身体が熱く湯舟に浸るというふたつの快感を、同時にしかも飽きるまで味わった愉楽と、家族だけの露天風呂という今まで同様の気楽さから無防備になっていた貴夫が脱湯したとき、あるべきものが失われている股間《こかん》を、兄と共に湯に浸るつもりで部屋との境の板戸を開けて入ってきた浴衣《ゆかた》姿の登希夫に目撃されてしまったのだ。

登希夫の騒ぎかたは尋常ではなかった。彼は両親の部屋、祖父母の部屋を行き来しながらぱちぱちと音を立てて弾《はじ》けている火花のように騒ぎ立てた。お兄ちゃんにはおちんちんがない。お兄ちゃんは女だったんだ。綺麗だと思っていたけどやっぱり女だ

自彊　自ら努力し励むこと。　**背馳**　理に背き食い違っていること。
流涕　落涙。　**あしびきの**　「山」の枕詞。
危疑　危ぶみ疑う気持ち。　**新玉**　初春。正月。

ったんだ。ぼくは見たんだ。お兄ちゃんにはおちんちんがないおちんちんがない。だからあれはお兄ちゃんなんかじゃない。女だ女だ。家族は*挙措《きょそ》を失った。それまで屠蘇《とそ》機嫌だった大人たちの酔いはたちまち醒《さ》めた。猛夫と佐知子は顔色をなくしてただ*瞠若《どうじゃく》とし、朋子は座敷机に泣き伏した。満夫は*馳駆《ちく》する息子を追いまわした。

貴夫は弟に秘密を知られた衝撃と*驚駭《きょうがい》でしばらく風呂の中で凝然としていたが、やがて服を着て両親のいる和室に戻るなり座蒲団《ざぶとん》の上に倒れ込んだ。彼はそのまま澱《よど》んだ水槽の底の蛸《たこ》のようにいつまでもぐったりとしていた。ああもう駄目だ。あいつは大喜びしている。あいつは皆に言い触らすだろう。友達にも。近所の人たちにも。皆にわかってしまうだろう。ぼくはもうおしまいだ。

大人たちが正座する祖父母の部屋の座敷机に、まだ騒ぎ続けている登希夫は父によって引き据えられた。静かにせい。猛夫の一喝で彼は不服そうに黙る。隣接し、あるいは廊下を隔てた他の客室には、ただ子供が騒いでいるだけとしか思われていない筈だ、と佐知子は*揣摩臆測《しまおくそく》する。猛夫の声もただ騒ぐ子を叱咤《しった》しているとしか思われまい。満夫が徐《おもむろ》に話しはじめる。お兄ちゃんはね、不幸な目に遭ったんだよ。たちまち登希夫が叫ぶ。違うよ。お兄ちゃんじゃないよ。やめんか。またしても猛夫の一喝。登希夫は*反噬《はんぜい》の眼で祖父を睨《にら》みつける。ちょうどお前の歳《とし》にお兄ちゃんは悪いやつから酷《ひど》いことをされたんだ。刃物で、おちんちんを切られてしまったんだ。だからお兄ちゃんはおちんちんを失《な》くした。それが他所《よそ》の人に知られると、お兄ちゃんはもっともっと不幸なことになるんだ。だからお父さんたちは、それを皆に知られないようにと、今まで一所懸命に隠してきた。苦労して、苦労して隠してきたんだ。お兄ちゃんもだ。お前に今までそれを隠してきたのも、お前の口から他所の人に知られることがないようにするためだ。だからお前が騒いで皆に知られてしまったら今までの苦労が無駄になってしまう。わかるだろう。お前もわたしたち家族の一員なんだから、一緒になってお兄ちゃんを護《まも》ってあげなければならないんだよ。諄諄《じゅんじゅん》と説かれる父の話を聞く登希夫の眼がいつしか豆電球を仕込んだように爛爛《らんらん》とし はじめ、狂喜の色が表情にあらわれてきた。何がおかしい、と猛夫が叱正しても五歳の登希夫は無表情になる芸を持たず、他に感情を隠す技もない。ああ、こりゃ駄目だ。猛夫は悔悟の念をその夜、夜具の中で妻に洩らす。登希夫にもっと早く兄の秘密を教えてわしらと一緒に

挙措　通常の立ち居振舞い。　**瞠若**　驚いて眼を見張る。
馳駆　駈《か》けまわる。　**驚駭**　非常に驚くこと。
揣摩臆測　人の心や周囲の状況をおしはかる。　**反噬**　恩ある人に反抗する。

貴夫を護ろうとする気持を育ててやれば、あるいはあんな子にならずにすんだのかもしれんなあ。朋子も言う。あのままの性格ではねえ、あの子はいつか蠍《さそり》が自分の毒で死ぬように、ひどい目に遭うことは間違いありませんよ。

もし誰かに喋《しゃべ》ったら、お祖父ちゃんもお祖母ちゃんも、もうお前を孫と思わないからね。お母ちゃんだってお前を見放すんだよ。お前はお母ちゃんにまで見放されたらもう、おしまいだよ。そう言った朋子の諫止《かんし》にはさすがに*驚悸《きょうき》したようで、登希夫はそれ以後兄の秘事を口にすることはなかった。しかし兄への軽侮の念は隠しようがなく、まるで薄汚れた痴漢のように大人びた視線でついじろじろと薄笑いを籠めて兄を見たりしてしまい、そんな時は誰かに今の表情を見られなかったかと慌てて家族を見まわしたりもして、実際にも祖父に気づかれて睨みつけられていたことすらあったのだ。

あのあとしばらく、聖痕の存在が大いなる禁忌となったため、登希夫が口にすることはなくなったのでぼくは少し安心した。それでも斑気《むらき》な弟のぼくに対する*云為《うんい》には常に神経に障るところがあった。弟はあきらかに喜んでいた。口外を禁じられた鬱結《うっけつ》などは、ぼくの秘密を握った嬉しさに比べれば何ほどのことでもなかったのだろう。いざとなればタブーなどは何のその、いつでもぶちまけてやるぞという気でいたのは間違いなかった。あのにたにた笑いは秘かにそれをぼくに告げている笑いだった。さもなければあれほどまでに勝ち誇ったような笑いにはならない筈だ。あの頃ぼくはこのいやな憂患はいつまで続くのか、弟かぼくのどちらかが死ぬまで続くのだろうか、ああなんと鬱陶しいことだろうと悩み続けていたのだった。

六年生になり、貴夫は金杉君と親友になった。男臭さのまったくない金杉君は、忙しく栗鼠《りす》のように眼をしばたたき続けている黒縁眼鏡の奥の大きな目玉と今にも笑い出しそうな口もとが諧謔《かいぎやく》的で、最初は貴夫にもそうだったのだが級友への態度はなんとなく不真面目《ふまじめ》だった。常に巫山戯ているように見え、皆から嫌われていた。級一番の成績を貴夫と競っていたが、仲良くなってからは争うというよりも国語は金杉君、理科は貴夫と科目別にトップを譲りあう按配《あんばい》だったのだ。金杉君はすでに数多く読破している内外の名作文学の内容を貴夫に教えてくれ、何冊かは貸してもくれた。しかし貴夫には興味が持てなかった。いずれも主人公たちが肉欲、あるいはそこから昇華された衝動に振りまわされているように思えてならず、そもそもそれを書いた作者自身が作中人物たちと同じ官能の奴隷《どれい》であり文学性の高さというのがより多くのリビド

驚悸　驚きで胸がどきどきすること。　**云為**　言うこと為《な》すこと。

ーによる営為から生まれたものではないかと思えたのだ。つまりは華麗な文学的表現も、実は作者の剝出《むきだ》しの性欲を覆《おお》い隠すための鎧《よろい》に見えたのだった。葉月家はもともと小説を読まない一族だったが、たまに卓袱台《ちゃぶだい》の上に抛《ほう》り出してある、母が友人から読めと押しつけられて借りてきたものらしい流行の大衆小説など、貴夫にとっては論外だった。学校から強制される課題図書などを除き、文学作品をまったく読まなくなったのはこの頃からだったろう。

なに。庭の花壇で野菜を作るだと。猛夫は顔をしかめる。彼の美学からまったく遠いところの提案だ。すみません。でも貴夫がどうしてもと言いますので。夏休みの宿題なんです。うん。宿題かあ。理科の観察記録なら朝顔ではいかんのか。すみません。なるべく綺麗な花の咲く野菜にさせますので。うん。貴夫の頼みならしかたがないなあ。それにしてもなあ。貴夫はまたなんで野菜なんぞに興味を持つようになったのかなあ。

尾高光焰先生はしばしばひとクラス全員を美術展に引率した。が貴夫は絵にも心を魅《ひ》かれなかった。美とはつまるところ、画家の官能性が強ければ強いほど高く昇華され、見る者が程度の低い下品な官能性に蝕《むしば》まれていればいるほどよく理解できるていのものではないのだろうか。美はすべて官能の産物であって、貴夫にとっての美とは官能に汚染されていないただひとつの美、即《すなわ》ち「美味」だけである。

貴夫君、みんな待ってるよ。六年になって同じクラスになった小林亜実が、休み時間になっても鉄棒をするため校庭に出てこない貴夫を呼びにやってくる。今では亜実が貴夫に口をきくのはこの時だけになっている。すでに大車輪もできるようになった貴夫の妙技を見るため、昼休みには女生徒たちが鉄棒の周囲に蝟集《いしゅう》するのだった。しかたなく貴夫は彼女たちのために、できる限りの技をひと通り演じてやらなければならない。

立夏を過ぎて小学校は修学旅行の季節を迎えたが、貴夫は行かなかった。日光へ一泊二日の旅行だったから、必ずや級友たちと同室に寝ることであろうし浴場も一緒であろう。あまり早くから不参加を申し出ればいらぬ憶測を呼ぶことになるから前日から風邪を理由に学校を休み、佐知子が電話で五年から持ちあがった担任の城戸先生に旅行へ行けぬ旨《むね》を伝えた。その二日間貴夫は外出せず家にいたが、旅を楽しむ学友たちへの羨望《せんぼう》はまったくなかった。

金杉君とは月に一度ほど一緒に映画を見に行ったが、作品を選ぶのはいつも金杉君だった。映画に不案内な貴夫には選びようがないからだ。たいていの映画は作り物の感を免れていなくて退屈だった。一度映画の帰途、裏通りで高校生二人組に現金を洗いざらい巻きあげられたことがあった。電車賃だけ残してくれと言やあよかったなあと金杉君は言ったが、もう後の祭だ。ふたりとも派出所で巡査に事情を話せば電車賃くらいは貸してくれることをまだ知らなかったのだ。歩き続け、途中道を間違えたりしたため家の近くまで来た時には*緋袍《あけごろも》、すでに明るくなりはじめていた。夜そのものをひと巡りしたような気分だった。

　金杉君の父親は釣道楽で釣竿《つりざお》を何本も持っていたから釣に誘われたこともあった。父親が使わない古い釣竿を二本持ち出してきた金杉君とふたり、大人たちが釣をしているには*たづみ、川べりに並んで糸を垂らしたものの、魚はちっとも釣れなかった。何人もの太公望だって一匹も釣ってはいないようで、そもそも魚を釣りたがっているようには見えなかった。釣るふりをしているだけのようだ。水の中には魚影があったが、彼らだって慣れているのだろう、釣られたがっているふりをしているだけに見えた。そんな魚を釣ったところで食べられるわけでもない。馬鹿馬鹿《ばかばか》しくなり、以後貴夫は一度も釣をしたことはない。

　その日、放課後、級友たちの囀《さえず》りが廊下の彼方へ消えていくまで、貴夫はいつものように学んだことを忘れぬうちノートに記し、立ちあがった。クラスにはもう四、五人しか残っていない。ランドセルを片手に廊下へ出ようとした貴夫の前に、それまで仲間と話していた船越徹也がついと蟹行《かいこう》して、にやにや笑いながら立った。ただそれだけですでに中年の薄汚さをまばらな髭に示す彼の春機がむっと鼻を衝く。貴夫は悍《おぞ》ましさに自分より逞《たくま》しい級友のからだを一瞬突き退《の》けた。厭悪《えんお》の念が露《あらわ》になったその表情を見て、船越の笑みが消えた。なんだよう。なんで逃げるんだよう。恨めしげに貴夫の顔を見た船越徹也の眼に情慾《じょうよく》の笑みが戻る。こら。そう言って彼はおぞけをふるって逃げようとする貴夫の背後から腕を首にまわして抱きつき、下腹部の男性器を尻に押しあててきた。この男おんな。お前ちんぽあるのか。見てやる。巫山戯ているふりをしながらの淫欲《いんよく》に、船越の口はもはや腥《なまぐさ》い。やめてくれよ。振払おうとしてもすでに大人の体格になった船越徹也の腕力からは逃れることができない。鯖折《さばお》りされて、貴夫の腰がぐずぐずと崩れる。船越に手籠めの愉悦が滾る。凝《こご》った肉塊を美少年の局部に押し当てて、馬乗りになる痛覚と陶酔。彼は貴夫のベルトに手をかけ、慌ただしく引っこ抜き、前ボタンを外そうとする。あっ。やめろ。わずか一秒のうちに貴夫の脳梁《のうりょう》を思考と感情が大量に往還した。

警告警告警告警告警告警告警告警告警告警告警告警告危険危険危険危険危険危

緋袍　「明ける」の枕詞。　にはたづみ　「川」「流る」の枕詞。

おしまいだ見られたらおしまいだ見られたらおしまいだ見られたら険危険警戒警戒警戒警戒警戒警戒警戒警戒警戒警戒警戒警戒危機危機危機危機危機危機危機危機眼が見る眼が見る眼が見るこいつの眼が見るこいつの眼が見るこいつの眼が見るこいつの眼が見る見せるな見せるな見せるな一生が一生が一生が一生が台なしに台なしに台なしに見るな見るな見るな見るな見るなこいつの眼をこいつの眼をこいつの眼を潰《つぶ》せ潰せ潰せ潰せ潰せ潰せ潰せ潰せ潰せ潰せ潰せ潰せ潰せ潰せ潰せ。

貴夫は手加減することが無益に繋《つな》がることを信じ、力一杯、右手の人差指で船越の左の眼を突いた。船越は瞬間、海老《えび》反《ぞ》りになって豆が爆《は》ぜるように後方に跳ねた。彼は床に仰臥《ぎょうが》して傷ついた眼を両手で押え、廊下にまで響き渡る汽笛のような鋭い中高音で咆哮《ほうこう》した。級友たちがやってきてふたりを取囲んだ。この場は離れた方がいいと貴夫は判断し、早く医者につれていかないと失明するという意味のことを早口に教えてから、急ぎ足に教室を出た。彼はそのまま帰宅した。

祖父母と母が茶の間に集っている場で今し方教室で起ったことを報告し縷述しているさなか、五年から持ちあがった担任の城戸先生が電話をしてきた。船越君は眼科医に運ばれて検査を受けましたが、角膜と水晶体皮質に傷を負っています。視力に影響が出るかどうかはまだわからないそうですが、そのことについて、船越君のご両親も含めてご家族で話しあっていただかねばなりません。はい。やはり船越さんのお父さんが、だいぶお怒りのようです。明日の午前十時、できればご両親で校長室へお越し願いたいのですが。心配する家族に、もう落ちついている貴夫が言う。大丈夫だよ。先生も校長先生も、みんなぼくの味方だから。

友達の眼に指を突っ込むという行為はどう考えても異常です。入院費を負担するという満夫の申し出にも農林水産省に勤務している船越氏の怒りは収まらなかった。窓の外のポプラの葉影で全員の顔が蒼く見える。校長室の応接セットにいるのは校長、城戸先生、船越夫妻、満夫と佐知子の六人である。しかし船越君は、貴夫のズボンをおろそうとしたんですよ。巫山戯てズボンをおろそうとしたくらいで、眼に指を突っ込むのは、やはり凶暴というしかありません。では、わたしたちにどうしろと。貴夫君は普段、おとなしい子なんですがねえ。貴夫の言った通り、校長先生も城戸担任も貴夫の味方のようだった。そのため船越氏はますます熱《いき》り立つ。あなたがたには、謝罪するつもりがまったくない。どうあっても、警察に通告して補導してもらわねばなりません。待ってください。そうなると貴夫は、船越君の男色傾向についても警察で話すことになりますが。息子の性癖のひとつに何やら想到した様子で船越夫妻は顔を見合わせて暫時《ざんじ》沈黙するが、やがて船越夫人が声を出して失笑を表現する。男色だなんて、そんな。まだ小学生なんですよ。城戸先生、と佐知子が担任に頼む。授業中ですけど、貴夫をここへ喚《よ》んでいただけませんか。君。六年一組の葉月君を喚んできてくれ。女性事務員は貴夫をつれて戻ってきた。貴夫の美貌を見るなり船越夫妻は感電したような為熟《*しこな》しののち、茫然《ぼうぜん》自失した。お返しする言葉もありませんな。頑固そうな船越氏の口からそんな言葉がやっと漏れ出る。

船越徹也は手術を終え、視力はほぼ元通りだが僅《わず》かに斜視となり、退院した。彼は智徳学園に戻らず、そのまま転校した。貴夫に与《くみ》する教員や生徒たちの反感があり徹也が孤立することを両親が予察したためでもあったろうか。葉月家では、兄の身に出来《しゅったい》したことを聞いた登希夫が、穏やかな兄もいざとなれば思い切った行動に出ると知り、見直すと同時にいささか警戒を強めたりもしたのだった。満夫は別の加害者による事件の再発を予測して、その備えにポリプロピレンのアンダー・サポーターを作り、貴夫に穿《は》かせた。疑似茎や疑似嚢《ぎじのう》の上からこれを穿いておけば無理矢理ズボンを脱がされた場合も、肌に吸いついて伸縮自在のこのサポーターまでを引き下ろすことは困難と思えたからである。

新年が近づいてきたが、慣例の強羅温泉へ行く話は誰の口からも出なかった。一年前の禍事《まがごと》の記憶が皆にあり、もう強羅へ行くことは二度とあるまいと家族の全員が思っていたのだ。でもそれは自分の所為《せい》ではない、と登希夫は思っている。だってあの時までみんながぼくに隠しごとをしていたんだ。それがいけないんだ。だってぼくはまだ子供なんだ。騒ぐのは当り前だ。

　京陽は中学、高校の一貫校で、都内有数の進学校である。貴夫は早くから京陽へ行くことに決めていて、年が明けると受験勉強に着手した。金杉君も京陽を志望していた。登希夫は小学校へ行く年だったが、兄の行った智徳学園へ行くことは厭《いや》がった。兄を知る教師たちから事毎《ことごと》に兄と見比べられることが疎《うと》ましいのであろうことは家族にも理解できたので、そもそもが私立に通うだけの学力もないと思われる彼は、公立の小学校へやることにした。

　小林亜実が公立の中学校へ行くということは佐知子が彼女の母親から聞いてきた。あの子なんて初《はな》っから、とても京陽へ行く力ありませんものねえ。でも亜実ったら、自分の頭の悪さが恨めしいって言って、わあわあ泣くんですよ。可哀想《かわいそう》に。貴夫君と一緒に京陽へ行きたかったんでしょうけどねえ。

為熟し　振舞い。身ごなし。

人目も草も枯れる筈の冬となっても、菠薐草《ほうれんそう》、蕪《かぶ》、大根、白菜、牛蒡《ごぼう》そして葱《ねぎ》、庭の菜園はそのままだ。それどころか着着と花壇全体を侵食し、今では花の顔が姿がどこにも見えない。猛夫は嘆息する。やれやれ、えらいことになったなあ。貴夫はまたなんでこんなものに興味を持ちはじめたのか。しかし大したもんだ。いずれもすくすくと育っておるではないか。まあ、わが家の庭にできた旬《しゅん》の冬野菜を毎晩食べられるというのも、なかなか乙なものではあるのだが。

ローマ法王初来日を祝い、登希夫の通うカソリックの幼稚園でも父兄や卒業生を招いて祝賀の会が開かれた。貴夫は行かなかった。テレビのニュース番組では航空機から降り立った法王が大地に接吻《せっぷん》する情景を放送していたが、なんであんなことをするのかと思い、幼児期にアンセルモ神父の表情や言動からうっすらと感じ取れたのと同じ欺瞞《ぎまん》性を見て取ったからだった。

*冬籠《ふゆごも》り春の進学。貴夫と金杉君は京陽中学に合格した。制服は男子も女子もブレザーである。黄唐茶《きがらちゃ》とヴァンダイクブラウンの中間の色は、*さ丹頬《につら》う色白の貴夫によく似合った。送られてきたその写真を見るなり瞠若した叔母の計伊子が何十枚もコピーして知人親戚《しんせき》に散蒔《ばらまき》送りをしたほどだ。通学は電車で三駅。ラッシュアワーの人いきれと埃《ほこり》の臭いの混った脂臭く汗臭い体臭の充満を思い、厭だなあと貴夫は考えるだに

鬱陶しい。さらにまた中学では、小学生どころではない早生した上級同級の男子女子生徒が早春期相応の劣情を野卑に放散させていることは間違いないのだ。ああぼくはまた何かされそうだなあと思い、貴夫は早くも憂鬱だ。

貴夫ちゃん。入学祝い、何が欲しいの。*あえぬがに笑みを浮かべた計伊子の問いに貴夫は傍らの母へ顧慮の眼を向けながら言う。ぼく、お料理の本が欲しいなあ。貴夫をよく知る叔母と母は彼の望みを奇とも思わない。何やら心当てのある様子の計伊子が楽しみにねと言い置いて帰った二週間ほどのち、フランスから何巻にも及ぶ革装・金文字表紙、美しいカラー・グラビアの豪華本が届いた。後日、叔母からは仏日のコンサイスも送られてくる。

MILLE MENUS DU
NOUVELLE CUISINE
FRANÇAISE

冬籠り　「春」の枕詞。　**さ丹頬う**　「紅顔」の意から「色」にかかる枕詞。
あえぬがに　こぼれ落ちんばかりに。

発行はS・A・FEMMES D'AUJOURD'HUIであり、その後この本は日本でも『現代フランス料理100MENUS』として翻訳され出版されるのだが、貴夫は宝物としてこのフランス版をいつまでも持ち続けたのだった。日本料理の好きな猛夫はこれに触発された。彼は競うように講談社から発行の『日本の料理』全六巻・別巻一の豪華本を貴夫に贈って祝う。四季の料理で四巻、あとの巻では食材などが紹介され、カラー・グラビアの美しさは同じだがフランス料理とは異りレシピは載っていない。

京陽へ行くのね。卒業式の日、廊下で鉢合せしそうになった貴夫にいささかの怨《えん》色《しょく》を籠めて亜実は言う。笑ってはいる。貴夫は笑い返せない。うん、と言ったきり何も言えないのだ。この子にどれだけ助けられ守られてきたことだったろうか。それなのにぼくはこの子を疎ましく思い、避けたりもしてきたのだった。*懐抱《かいほう》の念が膨満しているのに、貴夫にはどんな言葉も思いつかなかった。言葉が返ってくるのを諦めた亜実が、ああやっぱりという失意の表情を見せ、去って行きそうになったので貴夫は呼びとめる。あのう、亜実ちゃん。振り向いた彼女に貴夫は言う。ありがとう。くっ、と胸を詰らせて亜実は走り去る。

わが痼疾《こしつ》たる無茎により、官能の混濁なきわが美貌《びぼう》は醜悪な面皰《にきび》の発現からも免れて青春の真只中《まっただなか》に突入した。手薬煉《てぐすね》引き爪《つめ》を研いで待ち構える春情を催し欲垢《よくあか》にまみれた魑魅魍魎《ちみもうりょう》の世界はここに顕現する。まだまだ幼い者ばかりの環境からほんの一歩踏み出しただけで、そこではもう汚穢《おえ》と淫欲《いんよく》に眩暈《めまい》を促すほどの、同級生、上級生、教師、社会人、果ては不良ちんぴら無頼漢の類《たぐい》による背徳行為が跋扈《ばっこ》していたのだった。然《しか》れども我はただ超然と青臭いリビドーから脱した美を只管《ひたすら》追究するのみ。畢《ひっ》竟《きょう》わが拘泥《こうでい》するは美味のみであり、他になきわがその資質こそは無形ならぬ無茎文化財などと自嘲《じちょう》する一方で自負しもするのだ。

それはあきらかに安物と知れる整髪料と歯磨きの匂《にお》いが充満した電車による通学の早くも二日めのことだった。最初の一瞥《いちべつ》で貴夫に恋してしまい彼につきまとおうとした男はサラリーマンばかりの満員の通勤電車の中にあって、ひとりカーキ色のジャン

懐抱の念　外に出さぬ心の中の思い。

パーを着た中年男だった。その服装からも彼が日常、混雑時を狙《ねら》って乗車し獲物を捜し求めている同性愛者乃至《ないし》は変質者であることに間違いはなかった。ずんぐりして貴夫とさほど背丈の変らぬ男は正面に立ち、かくも優艶《ゆうえん》なる明眸《めいぼう》が存在し、しかもこんな車内にいてよいものかという胡乱《うろん》げで陰鬱《いんうつ》な赤眼を美少年に向け、つくづくとうち眺めた末、貴夫の股間《こかん》に手をやり、ぴったりと大腿部《だいたいぶ》に張りついている疑似茎を摘まもうとした。堅固に護《まも》られた防具の触感が男を驚かせたようだ。

おじさん、やめてよ。すぐにその言葉が出たのはすでに似たような被害に何度か遭っていたからだったが、男にしてみれば通常はショックで沈黙してしまう筈《はず》のこの年頃の中学生がただちに咎《とが》めの眼差《まなざ》しを向けてくることなどなかったから、またしても驚きの視線で貴夫を見直した。しかし今度はいつ邂逅《かいこう》できることやらわからぬこんな美しいものを、そのままにしてはおけないという切迫感が、男を大胆にし開き直らせた。黙ってじっとしておればいいんじゃ。そんな男の干涸《ひから》びた声は車輛《しゃりょう》の振動音で周囲の誰にも聞こえない。

触れられても反応を見せぬアンダー・サポーターの下に圧縮されている物が疑似茎に過ぎないと勘づかれることを怖《おそ》れ、貴夫はすぐ男に背を向け、すみません、すみませんと言いながら犬掻《いぬか》きと平泳ぎを折衷させた手つきで乗客を掻き分け、車輛の中央部へと移動した。降りる際の苦労を予想して今までは乗車口近くにいたのだ。振り向けば男は水面に浮かぶ鰐《わに》のように半眼の上目遣いでひたと貴夫に視線を据えたまま追ってくる。さいわいに次が降車駅だった。汗を掻き冷たい空気を求めて、近くの出口から貴夫は老犬の如《ごと》くよろばい出る。

あんな時はどうしたらいいのかなあ。わが子に相談された満夫は、満員電車の中でまさか狂恋による暴行を加えられることもあるまいと判断し、大声でやめろと言えばいいだろうと教える。周囲の者が抛《ほう》ってはおかない筈だよ。

二日後、またしてもあの男の出現に貴夫は身構える。父からの助言に今まで誤りがなかったことを凜乎《りんこ》たる自信として、男がズボンの上から平たくした手を当ててくるなり彼は叫んだのだった。いやらしいことをするのはやめてください。思わず出てしまったカストラートの高声に振り向いた周囲のサラリーマン男女が注視する中、男は怯弱《きょうじゃく》な笑みを浮かべ慌《あわ》てた口吻《こうふん》で言う。わしは何もしとらんぜ。貴夫の顔を覗《のぞ》き込むようにしてから、男の横に立っていた三十歳前後の青年サラリーマンが薄く笑って言う。こんな可愛《かわい》い子に悪戯《いたずら》しようってのはあきらかに痴漢行為だろう。駅員を呼ぼうか。そうよ。貴夫の背後で若い女性の声が呼応する。突き出してやりましょうよ。怯臆《きょうおく》しながらも未練がましく貴夫を睨《にら》んだ男は、背中を蠕動《ぜんどう》させながら混雑を縫って後退《あとずさ》り、次の駅で降車した。この時周囲にいた男女の何人かから美貌を憶《おぼ》えられて顔見知りになり、以後彼らに見守られて貴夫は誰からもつき纏《まと》われることなく登校できるようになったのだった。それでも以後、ＯＬ風の女性からは、今日はわたしが護ってあげるからねなどと婀娜《あだ》っぽい微笑で前に立たれたりもしたのだったが、車輛の揺れに乗じてふたりの身体《からだ》が密着することをうっとりと楽しんでいることが明らかなので、これはこれで迷惑なことでもあったのだ。

無論ある期間、変な部員はいないかと観察してからのことだが貴夫は陸上部に入った。テストは長距離走であり、走りの遅い貴夫は規定ぎりぎりのタイムだったが、入部してからは鉄棒の技が皆に認められ、改めて迎え入れられた。心配していた着替えの際の部室の男臭さは、皆が競って筋肉に擦り込むサロメチールの強烈な匂いにまぎれてほとんど感じられなかった。部員は約十名、部長は二年の安曇学《あずみまなぶ》で、この少年の＊雄勁《ゆうけい》な態度に惹《ひ》かれての入部でもあった。金杉君は、新聞部と文芸部と弁論部に入った。これらの部は部員が重複していて部室も同じだったのでそうしたらしいが、小学校では疎外《そがい》されていた彼も、ここでは突拍子もない文章を書くやつというので上級生たちから珍重され、口を開けば紊乱《びんらん》すれすれの＊矯激《きようげき》な弁論で皆から刮目《かつもく》された。そして貴夫とはいつしか疎遠になり、すれ違う時に眼顔で頷《うなず》き合うだけの仲になってしまったのだった。

新たな友人は安曇学である。彼は浅黒い顔に大きな眼をしていて、潔癖だった。部室での猥談《わいだん》、女の話はもちろん、同級の女生徒の噂話《うわさばなし》まで禁じた。二年生の牧野という部員が貴夫を冷かしてお前男前だなあと言った時にさえ、こら牧野と窘《たしな》めるのだった。強《あなが》ち新入生だからというだけではなく安曇は貴夫に親切だったし、帰途も駅までは一緒だったが、他の部員との分け隔てになることを気にしている様子で、一定の親《しん》昵《じつ》を越すことはなかった。真面目《まじめ》一方ではなく時には穿《うが》った冗談も言うのだが、そんな時彼は前以《まえもっ》て眼を丸くし口吻をいささか尖《とが》らせるので、部員たちはそれを見て冗談に期待し、それは常に裏切られることがないのだった。

登希夫は小学校で立て続けに問題を起し乱暴者の威名をはせた。同級生に暴力を振って大怪我《おおけが》をさせたり、上級生に刃向って酷《ひど》い目に遭わされたりもした。その都度、佐知子または朋子が学校に駈《か》けつけて叱《しか》られたり詫《わ》びたり後始末をしたりすることになる。登希夫自身も皆からこっぴどく叱られるのだが、わずかの謹慎でほとぼりが冷めればまたもとの凶暴な性《たち》に戻るのだ。それはまるで、何度逆さにされても同じ形の

雄勁な　張りと力が漲《みなぎ》っている様子。　**矯激な**　並はずれて激しい。

山を築く砂時計のようなものだ。どんな人間になることやらと、家族の大人たちの心配は今やほとんどそれだけと言ってよかったのである。

貴夫の靴箱にはいつも同級、上級の女生徒たちから呈されたラヴレターが入っていた。机の中や時にはいつ入れたのかデイパックの中に入っていることもあった。牽制《けんせい》しあっているためか彼女たちが直接話しかけてくることはなかったから、その分余計に手紙が多いのかもしれなかった。いとおしやはづきのきみ貴夫様いつもあなたのことを見ています想《おも》っているのです貴夫様貴夫様そうですわたしは狂っています狂いそうになるのですこのままでは気が違ってしまいます何故《なぜ》あなたのような美しい人がこの世にいるのでしょうかお姉様と呼んで貰《もら》えたらどんなに素晴らしいことでしょう男装して男同士の交際ができたら最高です下女になりますそれでもいいわ貴夫様ああいとしの君今度の金曜日駅裏の喫茶店コンドル午後四時半に貴夫様はづきのきみ貴夫様困ったことがあったらいつでもお姉ちゃんに言いなさいね合図は白いハンカチを右のポケットから半分出して紅のうつし心貴男《あなた》はまるで蘭《らん》の花胸が千切れそうなんです。

貴夫への恋着は叢《くさむら》に集《すだ》く秋の虫のような彼女たちの包囲行動に示される。彼の行く手に屯《たむろ》して通過して行く貴夫をにたにた笑いで迎え見送り、離れた場所に集って肩を寄せあいながら彼の行動に熱い視線や嬌笑を向けるのだ。「はづきのきみ」は彼女ら仲間うちの隠語めかした呼び名である。誇高い筈の高等科の女生徒たちまでが新入生の貴夫を御曹司《おんぞうし》に見立てて冗談まじりと見せかけながらも貴夫様と呼んでいた。

　女生徒に限らず男子生徒、女性教師、はては男性教師までが、さすがにあからさまな恋情を見せることはなかったものの、競って貴夫の庇護者《ひごしゃ》になろうとした。お前なあ、女たちをひとり占めしてるってんで、皆から恨まれてるぞ。好きな子がお前に夢中になって自分を振り向いてもくれないってんで、憎まれてるぞ。だけどおれがついててやるから大丈夫だ。何かあったらわたしに言いなさいね。このごろの女の子って何するかわからないからね。どんなに誘惑されても絶対に乗っちゃ駄目よ。妊娠でもされたら大変だからね。お前、中田先生に好かれてるぞ。気をつけろ。あの女には前科があるんだ。何かされそうになったらおれに言え。あの住之江《すみのえ》という校医はいやらしいやつだからな。男の癖に男子生徒にいたずらする。身体検査の時はガード固めとけ。だがどんなに庇護者ぶろうと彼らの淫欲の青臭かったり腥《なまぐさ》かったりする呼気を感知できる貴夫には通じない。自分の庇護者は安曇学ひとりで充分だし、彼しかいないと貴夫は思っていた。授業が終ればただちに部室に直行するのだし、帰途も駅までは彼と一緒なので安心だった。

　中学での教科のひとつに家庭科がある。女子は料理や和裁や洋裁を学び男子は木工や家庭電化製品の仕組みなどを学ぶのだが、貴夫は担任の伊達《だて》先生に頼んで料理の時間だけは女子と共に学べるよう計らってもらった。これが同学年の女生徒の間にトルネードを起した。彼と同じ調理台を確保しようとする暗闘はしばしば貴夫本人にまで迷惑を及ぼしたし、女子の及ばぬ調理の上手《うま》さと料理の出来栄《できばえ》は、彼女たちに深い劣等感を与えもしたのだった。貴夫の作った料理の味見に彼女たちが蝟集《いしゅう》してくる時は特に危険だった。火を扱う授業だから貴夫は争いや嫉妬《しっと》や陰謀による火災事故にも警戒しなければならなかったのだ。

夏になると、家庭科で学んだ調理の腕を貴夫はしばしば家庭でも振るい、料理を披露するようになった。それは時には佐知子や朋子の料理など及びもつかぬ味覚であったり、彼女たちが考えもしなかった調理法や料理であったりもした。登希夫も含めた家族全員が貴夫の料理を待ち兼ね、その味に随喜した。食材は帰校の途次に貴夫が商店街で選びに選びよく吟味して買い求めた魚や肉や調味料であり、庭にできた茄子《なす》、トマト、胡瓜《きゅうり》、枝豆、玉蜀黍《とうもろこし》、大蒜《にんにく》、隠元などの夏野菜である。夏休みに入ると貴夫の料理はますます調理に手間のかかる凝ったものとなり、三日に一度は季節感を食卓に供した。喜んで食べながらも猛夫だけは、こいつ料理人になるつもりなのかなあと、後継者への失意を抱くのだ。

ぼくは陸上部の合宿に行かなかった。何日も道たづたづし*夏の夜を男ばかりで過すのはご用心ご用心なのだ。庭で作っている野菜の世話があるからという理由を、ぼくの趣味と料理の腕前を聞き知っている安曇は納得してくれたのだが、実は自身の肉体的欠陥が発覚しかねぬ局面を避けようとするためだったゆえに、ぼくには安曇へのうしろめたさが生まれた。今までそれを躊躇《ちゅうちょ》なく隠蔽《いんぺい》してきたぼくがそのことに疚《やま》しさを感じたりするのは初めてのことだったから、きっと彼の篤実《とくじつ》さが自分の嘘《うそ》を恥じ入らせるのだろうなあとぼくは思った。

秋風の寒く吹くなへ*文化祭。クラスごとの企画からはずれて、貴夫は安曇たち陸上部員に手伝ってもらい、客に焼そばを供した。値段は材料費設備費ガス水道代のみの小皿五十円大皿百円だったのだが、この味が絶品とあって模擬食堂に設《しつら》えた教室の前の廊下には長い行列ができた。以後貴夫が京陽を卒業するまでの六年間、文化祭でのこの焼そばは恒例となる。

その年齢、成長する子とまだ小さい子は判然と分れていて、同級生の男子生徒は貴夫から見れば半数以上が子供に見えた。貴夫はクラスでも四、五番目の身長で、彼よ

たづたづし　心もとない。　なへ　と共に。

り高い子はすでに二次性徴たる髭《ひげ》がうっすらと生えてきていた。満夫はこれを慮《おもんぱか》ってある晩貴夫に二枚刃の安全剃刀《かみそり》を買ってきた。でもお父さん、ぼくには髭なんか生えないよ。それで産毛《うぶげ》を剃《そ》るんだ。そんなでかいからだになって産毛を光らせていたんじゃ、髭が生えていないことがまるわかりじゃないか。佐知子は近くの理容師が下手くそだからというので、中学生になってからは貴夫を美容院に行かせていたのだが、そこでは顔を剃ってくれないのだ。そういえば、産毛とも髭ともつかぬうっすらとした黒い翳《かげ》が同級生の何人かの鼻下に見られたのではなかったか。危疑した貴夫はその翌朝から一週間に一度は顔を剃るようになった。

この時期に貴夫は去勢についての知識を図書室で得た。去勢とは本来睾丸《こうがん》を剔出《てきしゅつ》することだったのだ。陰茎も一緒に切断する場合もあるが、あえてする必要はなく自然に萎《な》えてしまう。陰嚢《いんのう》をそのままにして陰茎のみ切除した時は陰茎が再生されることもあるというが、あくまでも皮下においてほんの僅《わず》かに膨れあがるのみだという。苦しいだろうなあ、と貴夫は同情する。睾丸が分泌《ぶんぴつ》する男性ホルモンによって性欲が昂《こう》進《しん》するもののはけ口がない。どれほどの苦痛であることか。自分にも、そして正常な男性にも、そのつらさはわからないんだ。

*さがなものと祖父母から邪慳《じゃけん》に扱われて登希夫は不満を募らせていた。あいつは器

用でなんでもでき、皆から褒められる。おれはどんどん悪者になっていく。婆《ばば》あなどはあいつとおれのことを天使と悪魔に例えたりする。ひどいもんだ。爺《じじ》いはおれへの当てつけのように、あいかわらずあいつをあちこちつれ出して旨《うま》いものを食わせ、正月だって「寿観」へつれて行って叔母の家族と愉《たの》しく過したりして、おれは家でほったらかしだ。親父《おやじ》はそんなおれを哀れみの眼で見るし、おふくろだけはおれに同情して、機嫌取りのように無理に優しくするけど、あんなものちっとも嬉《うれ》しくない。ちくしょう。おれまだ子供だからどうにもできないけど、今に見てろ。

二年になると優秀な子を選別する意図があからさまな組替えが行われ、貴夫は優秀な方のB組で今やいっぱしの文学少年を気取る金杉君とまた一緒になったが、彼とは磁石の同極同士のように一定の距離を保って敬遠しあい、交わることはなかった。このクラスの女生徒たちはみな気位が高く、一年の時とは一転して、成績優秀な自分であるなら同じく勉強のよくできる葉月貴夫と仲良くして当然という自許を周囲にあらわにしながらも、貴夫に対してはやや遠慮気味に話しかけてくるのだが、その実他の女子より一歩先んじて美しい彼の愛を得ようとし、それを公認の事実にしようとして

さがなもの　性質の悪い者。

争っていたのだ。潜在するその戦いの中にあって、学年で一番の美人と自認する中里さくらは、余裕のある態度で注視の中を平然と貴夫に話しかけてきたりもするのだったが、貴夫には相手が誰であろうと女の子は女の子、成績も美醜も関係なくひたすら身を躱《かわ》したい存在なのだ。そのせいもあって貴夫が話しかけてくる相手を見返す眼や表情には次第に氷柱《つらら》のような冷たさが宿るようになった。内心を見透かすようなその冷たさは男子生徒や女子生徒、さらには教師たちにも向けられた。冗談まじりに話しかけてくる者さえ峻拒《しゅんきょ》するような彼の顔は次第に崇高さを増して異様なほどの美しさとなっていったのである。だがそれさえ、そんな彼からたとえ一瞬の優しさであっても引き出そうとする女生徒たちの競争の対象になってしまうのだ。

しかりしこうしてわが冷たき微笑を鏡に見るときダ・ヴィンチのモナ・リザに酷似せることも得心のゆくことにして、即《すなわ》ちそはかのジョコンダが愛を迫り来る男に報いる憫笑《びんしょう》こそが見る者を狂わせる所以《ゆえん》なり。人の獣性をば憐《あわ》れみ欲望を拒む微笑《ほほえ》みこそがかの名画の謎《なぞ》であることを知るはわれ独り。ダ・ヴィンチが男女の媾合《こうごう》を厭《いと》う女嫌いなりしことを知るは、さらにのちのことなり。

そしてぼくの家では、もともと家族の数に対して小さく不備が多かったためでもあるのだが、ほとんどぼくのために台所の大改装が行われた。裏庭に向けて面積が拡《ひろ》げられ、冷凍冷蔵庫は大型となり電子レンジは新しくなり、食器洗い機は新しく大型になり、スライド式の床下には有機肥料を作るための生ゴミ処理機と琺瑯《ほうろう》の糠床《ぬかどこ》が置かれ、台所はダイニング・キチンとなった。これによってぼくの家族の食生活は豊かになり、あの頃の家族全員の食欲に相応《ふさわ》しい量の料理を一度に調理することが可能になった。さらにこれはぼくの懇願で、菜園となった庭の一部には苗床のために二坪ばかりのガラス張り温室もできたのだった。

亜実ちゃんが危篤なんだって。帰宅した貴夫に、さっき亜実の母親と電話で話したばかりという佐知子は眼を泣き腫《は》らして言う。脳炎なんだって。あなたに会いたいんだって。病院へ行ってあげなさい。可哀想《かわいそう》にねえ。

すぐに病院へ行った貴夫は病室の前で立ちすくんだように佇立《ちょりつ》する。幼い時から歌ってやっていた歌ででもあるのだろうか、室内からは亜実の母が娘に聞かせてやっている歌声が聞こえてくる。

おかあさま
泣かずにねんね　いたしましょ
あしたの朝は　浜に出て
帰るお船を　待ちましょう

貴夫が聞くその哀調を帯びた歌の歌詞は、実は「あした」という童謡の二番の歌詞だったのだが、貴夫に、まるで母親とその娘が明日の朝は入水《じゅすい》して死のうと言っているかに感じられる不吉な歌だと思わせたのだった。貴夫が部屋に入ると今まで泣きながら歌っていたらしい亜実の母は立ちあがり、ベッドの娘の耳もとで言う。貴夫ちゃんよ。眼を閉じたままで*あえかにさしのべた亜実の手を、傍らの椅子《いす》に掛けた貴夫は握りしめ、初めて「亜実」と呼びかける。亜実の褪紅《たいこう》の唇からはそれに応《こた》えて繊弱な声が*のどよい洩《も》れた。われ未《いま》だ人を知らぬに、如何《いか》にして此《こ》の事のあるべき。おや、聖書にあった通りの意味で、受胎を死に置き換えて言っているのだろうか、あるいはただ昔の舞台での科白《せりふ》を暗誦《あんしょう》しているに過ぎないのか。貴夫は戸惑い、窓際《まどぎわ》に退いた亜実の母を振り返る。夕方の陽を背にして胡蝶蘭《こちょうらん》の横に立つ亜実の母親が号泣した。

あはれ*魂極《たまきは》る命、薄幸な小林亜実の死は貴夫に、惻惻《そくそく》とした感傷を齎《もたら》し、恋情から発した愛というものを漸悟《ぜんご》させることになった。そこには多くの人たちの自分への愛を粗略にしてきた反省も伴っていた。必ずしも面倒とか鬱陶《うっとう》しいとか荷厄介とか*煩累《はんるい》を避けようとか思わず、同情や時には憐憫《れんびん》によってさえ受容してやるべきものだったのかもしれないと貴夫は思うのだ。そして頭の中に響くあの時の「あした」という童謡の歌詞は、くり返し思い返すたび、貴夫の中でいつか次のようなものに僅かに変化していた。

おかあさま
泣かずにねんね　いたしましょ
あしたの朝は　二人して
帰るお船は　銀の船

葉月君が優しくなった。それと知るなり貴夫の周囲には多くの女生徒たちが追従《ついしょう》するようになった。何か声をかけただけで笑顔に加えて時にはありがとうなどの返事が返ってくるのだから、今までの冷やかさゆえに尚《なお》さらこたえられない。ある種のカリスマ性は危険だと貴夫は自重するが、ふたたび冷淡さに戻ったのでは二重人格ではないか。彼女たちに取り囲まれ、あとを追われながら彼は男子生徒のさがな目に悩む。もう頼りにするのは安曇学だけだ。さいわいにも安曇は貴夫と同じクラスの元木禎子《さだこ》と仲良しになった。おれの彼女、と安曇も認め、彼女もわたしの彼、と認めているらしい。安曇学に好きな女性ができたことで貴夫は彼に同性愛への傾きがまったくない

あえかに　かよわく。　**のどよい**　細ぼそとした声を立てて。　**魂極る**　「命」の枕詞《まくらことば》。
煩累　わずらわしくうるさいこと。

ことを確認し、*自恃《じじ》する強さと頭の良さを持つ大人びた元木禎子を安曇が選んだことで彼の趣味のよさを知り、嬉しかった。男臭くない安曇学が女臭くない元木禎子とつきあいはじめたことには、男女は理想の形を求め、互いの不備を補塡《ほてん》しあう形で相手を選ぶものであるのだなあと思って納得できた。まだそんな事態には及ばなかったが、彼女は貴夫に危機が迫ると見ればただちに安曇へ告げに走るであろうから、元木禎子が同級生であることは貴夫を安心させた。

陸上部では、一年生の藤谷啓一という身軽な少年と仲良くなった。この子は鉄棒で時おり珍妙な演技をして見せるので、いっそのこと鉄棒道化をやれと貴夫がそそのかしたのである。鉄棒のポールにとびつき、いつまでもくるくる廻っているという技を教え、これをポーリングと称したのが最初だった。それからも、鉄棒に飛びつき損ねてそのままマットの上を彼方に走っていったり、回転後の着地に無事成功したはいいが、直立不動の姿勢のままで前方にばったり倒れるなどという爆笑芸をふたりで開発し、これらを体育祭で披露したので藤谷は一躍学園の人気者になってしまった。しかしその冬、貴夫は手を滑らせて本当に鉄棒から落ち、マットの上ではあったが左肩を脱臼《だっきゅう》した。その場で自ら外れた骨を関節に納めたもののその後も脱臼しやすくなり、ひどく痛んだりもするので貴夫は退部した。どの道次の年度になれば安曇学は高等科へ行ってしまい、部長ではなくなるので、陸上部に居続ける意味は薄れてしまうのだ。大船の頼みの安曇は高等科へ行っても貴夫を庇護し続けてくれる筈だった。

　冬継ぎ春、選別が露骨な中学三年の組替えに異議を差挟む保護者はいなかった。下のクラスへ行った生徒三人、上ってきた生徒四人という小人数の移動だったからでもあろう。なにしろ進学校なのだ。学生を奮起させる措置でもあった。高等科でどんな科目を選択するかが進路を決定することにもなり、大学や学部を高一で決めても早過ぎることはない。高一になった安曇学は東大法学部を目指し、受験勉強のため陸上部には入らなかった。共に部活動がないから貴夫と安曇は放課後すぐ待ち合わせて帰路についた。道すがらの会話は主に料理の話だ。貴夫の影響で安曇も食通になり、母と行った銀座・みかわやのハンバーグが旨かったなどの情報を与えてくれたりもした。空想の力に酔って興奮する小説家と同じで、旨そうな話題が急激な消化を促すのか駅に着く頃にはたいていふたりとも空腹になっていて、駅前に何軒かある食堂に入り、軽い食事をとるのだった。

　その日ふたりは中華レストランに入り、貴夫は葱《ねぎ》そばを、安曇は海鮮やきそばを注

自恃する　自分自身を頼りとする。

文した。運ばれてきたやきそばに箸《はし》をつけようとする安曇を貴夫は制止する。先輩、それ、食べない方がいいよ。変な臭いがする。料理を嗅《か》いだ安曇は不審げに言う。これ、酢の匂いじゃないのか。貴夫はかぶりを振る。酢の匂いと腐敗臭は違う。この会話を聞いたウエイトレスが店主に告げたらしく、お前の言うことはいつも確かだから食わないでおこうと安曇が言っているところへ、野猪《やちょ》を思わせる*瞋目《しんもく》した初老の店主がやってきて言った。うちの店では腐ったものなんか出しておらんぞ。野菜だと思いますけど、と貴夫は言った。傷《いた》んでます。恐らくキャベツです。数人いた他の客が聞き耳を立てている手前、店主は大声を出した。食べもせいで何がわかる。学生の分際で何の言いがかりじゃ。うちの野菜は新鮮じゃ。そうか。食わんのか。そんなら帰れ。金はいらんから出て行け。よし。安曇は決然として立ちあがる。出よう。ふたりの背後で店主が怒鳴る。おいっ、塩を撒《ま》け塩を。何も食べずに帰ったその日の翌朝、安曇はわざわざ貴夫のクラスまでやってきて、笑いながら新聞を見せた。葉月、あの店、食中毒を起して営業停止になったぞ。あの親爺《おやじ》、きっとむきになってあの料理出し続けたんだろうなあ。

中等科の修学旅行も小学校の時と同様、佐知子は前日に貴夫の不参加を申し出た。京都から奈良、そして伊勢志摩という二泊三日の旅行だったから、貴夫は少し残念だった。志摩の魚介類に思い入れのようなものがあったからだが、料理長の著作もある有名な志摩観光ホテルのレストランにはのち、高校二年の夏に祖母同伴で清遊することになる。

陽が隠れると虹《にじ》も消えてしまうように、たいていの人は満腹すると食欲が減少し、食物への興味もほとんど失ってしまう。しかし料理を生き甲斐《がい》にし職業にしている人たちと同じく、貴夫からはいかに満腹しようと料理への興味が失われることがなかった。わしの部屋の本箱には料理の本が何冊かあったなあ、そんな貴夫に猛夫はそう言い、木下謙次郎『美味求真』三巻、波多野承五郎『食味の真髄を探る』などの本を手渡した。以後貴夫にはこれらの本がバイブルとなり、暇さえあれば何度も読み返すことになる。それからしばらく後、安曇が早いうちから進路を決めたことに刺激を受けていた貴夫は家族に宣言した。ぼく、東大農学部で食品化学をやります。どうやら料理人にだけはならないであろうと知り、猛夫は喜びに破顔した。

*夏葛《なつくず》の絶えぬ使いとは言えぬまでも、それまでもしばしば電話してきた青山刑事がその日訪れたのは、貴夫の傷害事件が時効になって捜査が打ち切られたことを告げる

瞋目　眼《め》をいからせる。　**夏葛の**　「絶えぬ」の枕詞。

ためだった。久しぶりだからと思い佐知子は彼を応接室に招じ入れた。飯田が昇進して他の部署に異動になったと報告する青山の短い頭髪は、胡麻塩《ごましお》になっていた。帰校してきた貴夫を見ると青山は立ちあがり、涕泣《ていきゅう》した。犯人を見つけられず、まことに申し訳ありませんでした。私、残念でなりません。あなたにはすまない気持でいっぱいです。その上、事件のことを隠したいというあなたやご家族のお気持に斟酌《しんしゃく》することなく、さんざんご迷惑をおかけしました。しきりに残念がって泣く青山の涙は、幼時に見たきりの、ますます気品を備えた貴夫の美貌に対する情動であったのだろうか。もし犯人をお見かけになった時は、時効にかかわりなく私にお知らせください、それなりの報復措置は必ずやとらねばなりませんからと真摯《しんし》な眼で言う青山に、しかし貴夫は、あの抽斗《ひきだし》の中の似顔絵を見せるつもりにはならなかった。

　小学三年になり、登希夫は腕白大将となって特にお気に入りの子分が二人できた。佐知子はその子たちを家に招いて登希夫の誕生日を祝うことにした。小学校のヨイコたちがみなお誕生会をし、それぞれの家庭に招いたり招かれたりする倣《なら》いになっていることを知っていながら、登希夫がどの家庭からも招かれなかったのを理由に今まで祝ってやったことはなかったのだ。猛夫もこれを許可した。朋子と同じく、さがにくしと思う気持はありながらも、*とありかかりのさいまぐれと、最近では登希夫から疎《うと》んじられていることでもあり、できるだけ叱言《こごと》は控えてもいたし、いかに傍若であろうが孫は孫、あまりにも皆から嫌われている登希夫が、いささか不憫でもあったからだ。誕生日にやってきた腕白ふたりと共に母からケーキを振舞われた登希夫は、そのあと子分たちを自室に連れていってしばらく遊んでいた。だが、もとよりいつまでも家の中でおとなしく遊んでいる連中ではない。庭に走り出ると菜園を踏み荒らして仮面ライダー対ショッカーの戦いに興じたのである。ライダーキックにライダー二段返し、きりもみシュートに大車輪投げ。たちまちにして牛蒡《ごぼう》、春菊、青梗菜《ちんげんさい》、人参《にんじん》、里芋、ブロッコリー、カリフラワーなどの秋野菜は踏みにじられて見るも無残な姿となり、温室のガラスが割れる音で居室にいた猛夫がいたたまれずに立ちあがり、二階縁側の窓から大声で叱咤《しった》制止した時はもう遅かった。

　その日京陽学園は文化祭で、貴夫は例年通り焼そばを作って客に供した。陸上部はやめていたのだが、安曇も加わり毎年手伝ってくれていた連中が全員集ってくれ、無事すべての材料を使いきって売り尽したのだった。家に帰ってきた貴夫が見たのはまるで今戦闘が行われたばかりのベトナムの農園地帯のように、野菜の葉が飛び散り、

とありかかりのさいまぐれ　ああだこうだの差し出口。

あちこちに穴のあいた凄惨《せいさん》な菜園の姿である。通常の兄弟であればこんな際は修羅の闘諍《とうじょう》となるのだが、貴夫は気落ちしてただがっくりと肩を落し、自室に引き籠《こも》ってしまった。すでに悪童ふたりを追い返していた猛夫は、お兄ちゃんにあやまりなさいと登希夫に命じる。お兄ちゃんがどれだけあの菜園に丹精込めていたか、お前も知っておるだろう。できた野菜をお前も食べさせてもらった筈だ。その菜園をお前たちは滅茶苦茶にしてしまった。心から、悪いことをしたと反省して、すぐ、お兄ちゃんの部屋へ行ってあやまってきなさい。

自分の部屋で登希夫はしばらく考え込んでいた。兄への詫びかたを考えていたのではない。祖父から謝罪を強制された腹立ちの増幅を確かめていたのだ。彼は立ちあがり、隣室のドアを開けると、机に向って悄然《しょうぜん》としている兄に、廊下に立ったまま怒りによる尖《とが》り声を張りあげた。あやまったりしないからな。庭で遊ぶのがなんで悪いんだ。なんだ男の癖に、野菜の畠なんか庭に作りやがって。お前だけの庭じゃないぞ。なんであやまらなきゃいけないんだ。お前なんかにあやまれるか。そして登希夫は口にしてはならぬ筈のことを叫んでしまった。男おんな。

居室にいた猛夫は激怒した。短刀を収めてある戸袋を開けようとしたほどだ。廊下に出ると、今しも兄の部屋のドアを勢いよく叩《たた》きつけて閉めた登希夫の両肩を押さえて捉え、おのれと顫《ふる》える声で呟《つぶや》いたのち、さすがに祖父の怒りの激しさで*怯懾《きようしよう》の色を見せる孫の顔を睨みつけて言う。そういうことを言っちゃいかんと言った筈だ。今度だけは許すが、次に口にしたら。口にしたらどうなんだというような反噬《はんぜい》の色が徐徐に強まってくる登希夫の眼を見て猛夫は絶望的になる。ああ。今までが甘かった。ぐっと手に力を籠《こ》めて彼は怒鳴った。お前を殺す。だがお前だけを死なせはせん。お爺《じい》ちゃんも一緒に死んでやる。まさかそこまでのことを言うとは、言った猛夫も思っていなかったし、むろん登希夫も思ってはいなかったのだ。驚きに眼を見開いたままで、殺されるほどの悪いことだったらしいとぼんやり思うだけだが、ああ、今までが甘かったと今度は口に出して言い、背を向けて階段を降りようとする祖父に、彼は一瞬で*憎忌《ぞうき》の念を取り戻す。このオジンにこれからずっと、コロすとおどかされて言うことすることとソクバクされるのか。され続けるのか。そんなことはいやだ。そんなことになってたまるか。こいつがいるから悪いんだ。こいつはいなくなれ。

ためらいもなく、一歩踏み出して登希夫は祖父の腰を両手で強く押した。猛夫は足を踏みはずすというのではなく階段の上の宙にいったん飛びあがってから転落した。

怯懾　怖じ恐れる。　**憎忌**　憎み嫌う。

固い木製の手摺《てすり》で頭部を強く打ったのち、下にしたその頭をさらに段の踏み板の角に叩きつけた。一階の天井を高くとってあったので階段は十八段あった。手摺や段の各部分に次次とからだのあちこちを打ちつけ跳ね返りながら猛夫は一階の床へなかば俯《うつぶ》せに頭部を落してとどまった。太股《ふともも》まで裾《すそ》のめくれあがった和服から突き出た足は階段の三段目にまで伸びていた。意識は失われていて眼の閉ざされた顔にはまだ驚きの表情が僅かに残っていた。家中に響いた落下音で茶の間にいた朋子が最初に駆けつけた。あなたと叫んで夫の顔を覗きこんでいる朋子に、最上段から登希夫がおどおどと訊《たず》ねる。お爺ちゃん、大丈夫。朋子は髪を乱して勢いよく孫を見あげ睨みつけ、そして叫んだ。自分が突き落しといて、大丈夫かもないもんだ。ぼくじゃない。自分で落ちたんだ。自分で落ちたんだ。だが登希夫の小さな声は朋子に届かない。台所から走ってきた佐知子に彼女は叫ぶ。救急車を。救急車を。部屋から出てきた兄に、登希夫はまたくり返す。お爺ちゃん、自分で落ちたんだ。自分で落ちたんだ。

祖母と母が救急車に同乗して祖父は病院へ向かい、ぼくと登希夫は家に残された。登希夫は何度か、お爺ちゃんは自分で落ちたとくり返しぼくに呟いたのだったが、ぼくの顔を窺《うかが》う土竜《もぐら》のような眼にはうしろ暗さが滞っていた。ぼくが部屋で聞いた祖父の声は時に脅迫的な、押し殺した低声《こごえ》にもなったので、何を言ったのかはよく聞き取れなかったし、直後の重く激しい音が階下へ遠ざかってからぼくは廊下に出たのだがその時はもう階段下の祖父の傍らにいた祖母が登希夫に何か怒鳴っていたのだ。だから登希夫が祖父を突き落したのかどうか、突き落すところを祖母が見たのかどうか、ぼくにはわからなかった。ぼくは夕食を作って登希夫に食べさせ、自分も食べた。ぼくがあと片づけをし、登希夫がぼんやりとテレビを見ている時、病院の母からぼくに電話があり、病院に運ばれる途中の救急車の中で祖父が絶命したことを告げた。さらに母は祖父の死が頭蓋《ずがい》骨折と全身打撲によるものだったこと、父も病院に来ていること、帰宅が遅くなることなどをぼくに告げた。横で聞いていた登希夫は祖父の死を知って自分が犯した重大なことを遠望するような顔つきをし、自室に籠ってしまった。ぼくは電話があるまでひたすらお爺ちゃんが死んでいるのでなければいいなあと思い続けていたのだ。おかしな洒落《しゃれ》を言うのが好きな祖父だった。ライラックというのは実に磊落《らいらく》な花じゃのう。わはははははは。あの笑い声は耳に残っている。なんとも映え映えしい男性だった。大好きだったお爺ちゃん。大好きだったお爺ちゃん。

午後十時、家族三人が帰宅する。猛夫の遺体は検査のため病院に残されたままだ。何も食べていないと言う大人たちを茶の間に待たせて、貴夫がまた食事を作る。登希夫は二階からおりてこない。本来なら葬式の相談になるべき筈だが、病院では口を噤《つぐ》んでいた朋子の憤《いきどお》りの激しさに満夫も佐知子も困惑するばかりだ。この家にはいられないわ。わたしまであの子に殺されてしまいます。母さんそんなこと言わないでよ。登希夫が突き落したのかどうか、わからないじゃないか。本人に確かめてもいないのに。いいえ、あの子が自分から白状したりするものですか。警察につれていかれたって言わないわよ。警察にだけは言わないでくださいお母さん。この家から犯罪者が出ることになります。だから警察には言わないわ。わたしがこの家を出ます。いったん埼玉の実家に帰ります。母さん、そんなことしないでよ。登希夫のことはわたしの責任ですから、わたしがちゃんと見ますので。あの子の性格をなんとかしますので。お願いですからどうかこの家にいてください。それぞれ怒りと悲しみと惑乱で三人はもう涙を流す余裕すらなく、ひたすら話しあい続ける。

台所と茶の間を慌《あわ》ただしく往復しながら、貴夫も大人たちの会話を聞いていた。登希夫もまたドアを開け放したままの自室へ途切れがちに届く断片に耳を澄ませていた。時おり高く祖母の「警察」だの「少年院」といった言葉が聞えてくるたび、彼は身を強《こわ》ばらせたり上半身をぴくりとさせたり、眼球突出性の軽い甲状腺腫《せんしゅ》のような眼を見開いたりした。今彼は怯《おび》えていた。彼は初めて自分の内臓的感覚を自覚して、こんないやな気分になるのならあんなことしなければよかったのだと反省する気になっていた。

猛夫の遺体が戻り葬儀の準備が整い、通夜《つや》が行われたのはそれから二日後である。多くの親戚《しんせき》、社員が集った。計伊子は父の突然の死に戸惑っていて悲哀を表出できずにいたから、貴夫を見て、もう食べにつれて行ってくれる人がいなくなっちまったわね、代りにわたしが誘ってあげるわねなどと軽く言うのみだ。親戚の殆《ほとん》どの者が朋子の様子の異常さから何らかの異変があったことを悟っていたのだが、能天気な真岡《もおか》の大叔父だけは大声で不審の念を放散する。階段から落ちたくらいでそんなに簡単に死ぬとはのう。普通はどこか強く打つとか、せいぜい骨折するとかですむ筈なんじゃがのう。登希夫がそっと部屋から出て行くのを朋子は眼の隅で捉《とら》える。

ずっと神妙に控え続けていた登希夫は、葬儀が終ってもまるで贖罪《しょくざい》生活に入ったかのようにおとなしくなり、それはいつまでも続いた。そのためいつの間にか朋子は家を出ると言い張ることをやめてしまっていた。一度、廊下ですれ違おうとした時、登希夫が自分を睨みつけている祖母の顔色を窺いながら、ぼくはお爺ちゃんを突き落としたりしなかったんだと小さな声で言い、顔を伏せて目高のように身を翻《ひるがえ》しすり抜けて通って以来、彼は祖母と出会うたびに顔を伏せるようになるのだが、それはまるでぼくは本当はあなたの思っている通りの行為をしましたが、どうかそれを許してくださいと懇願しているかのようだったのだ。

登希夫が温順になり従順になったことは父を喜ばせたが、祖母も母もそしてぼくも決して彼を信じてはいなかった。弟の態度から怯えの色が失《う》せていく過程は、彼の開き直りの進行でもあったからだ。弟はやがてぼくを決して以前のような薄笑いを浮かべるというのではないものの、平然として見返すようになった。自分が兄の秘密を忘れてはいないことを家族が知っている限りは、自分の行為も公《おおやけ》になる筈がないのだと悟ったのであろう。自分を咎めることは兄の秘密が暴《あば》かれることに繫《つな》がると脅すことがいつでも可能だと知ったのである。ぼくを見る彼の眼には、この家の秘密がひとつ増えたなとでも言いたげな、秘密を共有する者同士の暗い信号が散らばっていた。ぼくには祖母も母もそれを感じていることが確信できた。

あれ以来菜園がなくなった庭にほどろほどろに降り敷ける淡雪の正月元旦《がんたん》、お茶の水女子大に通っている娘の麻衣子を連れて葉月家を訪れた計伊子は兄の家族に提案をした。春になったら高校への進学祝いに、貴夫君をパリへつれて行きたいの。この娘も一緒につれて行くわ。お兄さんもちょうどフランスのメーカーとの提携の話やなんかで会議がいくつかあるそうだし、わたしは友達からレセプションやなんかに招かれているし、お父さんがいなくなってから貴夫君はどこへも行ってないので三つ星レストラン巡りをさせてあげたいのよ。朋子が登希夫とふたりで留守番するのはいやだろうと配慮して佐知子は言う。わたしは家に残ります。家族がそんな相談をしている重苦しい暖気の室内を逃れ、冷たい空気と暖かい陽射《ひざ》しを求めて貴夫は麻衣子とふたり今は花壇になった庭に出る。お葬式の時から貴夫君また背が伸びたわね。学年で麻衣子は背が高い方なのだが、貴夫はすでに彼女を越す高さとなり、今や美丈夫だ。それにわたし、貴夫君よりも色が黒いわね。ああ、いやだなあ。そんな二人を二階の窓から登希夫が眺めている。

菜園を復活させる必要はもうない。たいていの生鮮食料品を産地から直送して貰《もら》えると貴夫は知ったからだ。産地直送の宅配便がブームになりはじめていた。夕張メロンに始まったうまいもの便はその後、低温新巻鮭《あらまきざけ》、活毛《いけけ》蟹《がに》、桜桃《おうとう》、松茸《まつたけ》、活帆立、マンゴーなど次つぎと商品を開拓し続け、今では多くの野菜をそれぞれの産地から送り出していた。野菜はさすがにたいてい貴夫の菜園で採れた作物を越す品質だったが、中にはあきらかに貴夫の栽培した野菜の方が旨かったと思えるものもあった。

魚扁《へん》の漢字が好きだ。中には魚類を示してはいない字もあるが、それも含めてみなよく出来た漢字だと思う。　鯤鮃鰌鮑鰡魴鮄鮴鰔鮓鮗鮟鱇鯡鮫鮭鯒鮹鯏鯉鯀鯑鯛鯢鯨鯣鯰鯱鰆鯲鮮鮠鰥鰈鱠鰊鮒鰕鰉鰤鰯鰍鰺鰒鰻鰓鰣鱈鰮鰹鰰鱒鱚鯊鱧鰲鱶鰾鱆鱸鰐鮎鮨鰡鮨。なんて旨そうなんだろう。鰐まで旨そうだ。これらはきっと魚料理が滅法好きな人か、または魚料理を作る腕利《うでき》きの職人が考えた字に違いないだろうな。

*あづさゆみ春の中等科卒業式はほとんどの生徒が高等科へ進学するため、京陽学園では他校の多くが歌っていたような中島みゆきの「春なのに」は歌われなかった。「お別れですか」ではないからだ。高等科の入学式までは二週間以上の休みがある。それまでに満夫は計伊子と相談してフランス旅行のスケジュールを立てていた。出発の日は朋子だけが空港へ見送りにきた。計伊子は貴夫と共に過せる夢のような日日への期待で*明《あか》らえていたが麻衣子は憂鬱そうだった。あまりにも美しい貴夫と旅を共にするのは不釣りあいと自分を蔑《さげす》んでいる様子だったが、実は彼女は他校の男子大学生たちから女子大の準ミスに選ばれているほどの美しさではあったのだ。だが、麻衣子にしてみればそれ自身美しくはあるものの凡百のうちの一本に過ぎない百合《ゆり》が、ひと晩しか咲かない月下美人と並んで立つように思えてならなかったのである。

離陸と飛翔《ひしょう》。綿花の雲海。途切れ途切れのロシアの黒い大地。点在する何か白いもの。あの光るものは海なのか湖なのか。そして夜間飛行。虻《あぶ》の羽音のように振動する微低音。隣席の麻衣子さんの寝息と、機内の暖気と彼女自身の体温で立ちにおう体臭。

ああこれはぼくの家族と同じ臭《にお》いだ。遠くの客席からの鼾《いびき》。夜を千切れて飛ぶ白い断片。朝焼けの彩雲。コーヒーの香り。ヨーロッパの田園とお伽話《とぎばなし》の民家。白い点となって散らばる羊や牛の群れ。気圧の層を階段のようにとん、とんと降りてゆく重い機体。着陸。ああ、そしてぼくは巴里《パリ》に来たんだ。

なんだか冬眠から目覚めたばかりという趣きのパリの空気は、雨上りのためかヴァンドーム広場に来てもやっぱり湿っぽかった。でもタクシーを降りてリッツの回転ドアを通り抜けた瞬間、すぐ横の、ファッションモデルの溜《たま》り場だと言われている喫茶室から乾燥した空気の中を漂ってきた独特の甘い匂いではじめて、ああ、そしてぼくは巴里に来たんだということをぼくは実感した。計伊子叔母さんは回転ドアの反対側を外へ出て行こうとしているカール・ラガーフェルドと目が合い、微笑んで貰ったと言ってはしゃいでいた。彼に気づいたのは彼のことを知っている叔母さんだけだった。それまでのパリの薄汚れた印象はホテルに入った時から孔雀《くじゃく》の羽のように荘重で華麗なものへと変化していた。

　計伊子と麻衣子がツインのひと部屋、満夫と貴夫が少し離れた場所のスゥイートを

あづさゆみ　「春」の枕詞。　**明らえ**　心を明るく晴らす。

とった。パリ滞在中親族四人はしばしばこのスゥイートに集ってレストランの品定めをしたり、以後の計画を練ったりすることになる。到着した日は機内で熟睡できなかった満夫と計伊子が仮眠をとり、その間麻衣子と貴夫はホテルの中やヴァンドーム広場を散策した。喫茶室では物欲しげに貴夫を眺めて話しかけてきたフランス男性を片言のフランス語で*うちいらえて逃れる。夜はタクシーでシャンゼリゼやエッフェル塔を眺めながらセーヌ川を渡って、以前から予約してあった七区にある「プロヴァンス」で食事だ。片言の日本語で話しかけてくるシェフに対し、食材や調理などのフランス語を舌足らずに返す貴夫を彼は大袈裟《おおげさ》に感服して見せた。グルヌイユがわからなかったが、蛙《かえる》のことだった。食事の間、せっかく巴里まで来ていながら四人の話題はつい猛夫の想い出話になってしまう。酔った笑顔も*ほいやりと計伊子は話すのだ。憶えてるかしら。お父さんはよく親戚が集ったお酒の席で酔っぱらって、「富士の白雪ゃノーエ」っての歌ったでしょう。あれ滅茶苦茶だったわねえ。地蔵さんは朝陽で溶けるだなんて。ああ、あれは雪達磨《だるま》と間違えてるんだ。猛夫の想い出はいつも、なぜか湿っぽくならず、必ず笑いで終るのだった。

　すでに七〇年代には現代料理史に革命が起っていた。パリのレストランはヌーヴェル・キュイジーヌの洗礼を受けていて、正統派フランス料理の重厚な、クリーム入りの手の込んだソース、小麦粉入りのルーなどは追放され、素材の新鮮さが生かされた軽いものになっていた。そしてこの店の野菜の料理は素晴らしかった。レストラン直営の菜園で採れた根菜の味は、貴夫を驚嘆させた。そのあとは帆立貝のグリエ、ラビオリのコンソメスープ、仔羊《こひつじ》のTボーンなどで、最後はトマトのコンフィ。大人たちは赤ワインを飲んだが、貴夫はまだワインを賞味できる年齢ではない。しかし麻衣子が顔を紅潮させもせず何杯も飲んだのには驚いた。父親譲りの酒豪だと計伊子は教える。大柄な麻衣子が機嫌よく上半身を揺らす様子はなんだか葉牡丹《はぼたん》のような風情《ふぜい》だったが、それだけ飲んで言動が正常であるわけはないと思うから、貴夫は少し心配する。父と叔母がパリでの所要を済ませるための二日間、貴夫は麻衣子と二人だけでローマへ行くことになっていたからだ。

二日目はロビーの奥のレストランで軽く朝食をとり、ホテルを出てヴァンドーム広場から始まり、薔薇《ばら》とピスタチオのサントノレでエルメス本店へ入ったのを皮切りに、ルイ・ヴィトンのあるシャンゼリゼへと散策し、引き返してモンテーニュ通りに入る。研究心旺盛《おうせい》な満夫と探求心旺盛な女性二人はファッションの美を求めて片っ端からブ

うちいらえて 軽い返事であしらう。　**ほいやりと** 穏やかにしっとりと。

ランド店へ立ち寄り、品定めをし、時には婦人服を購入する。その間は徒然《とぜん》*としている貴夫も味覚の蒐集《しゅうしゅう》には貪欲《どんよく》だから三人の探究に加わって数件のカフェでケーキの味見をし、ブラッスリーで魚介類を食べる。四人ともルーブルやオペラ座やエッフェル塔にはまったく関心がないのだった。最も貴夫の興味をひいたのは裏通りの、店頭に兎《うさぎ》を吊《つる》したでかい八百屋だ。見たことのない野菜や果実が並んでいて、ああ、貴夫はそれらのいずれもからいかに購買欲を唆《そその》*かしめられ、どれほど切実に全部を買って帰りたかったことか。

グッチ、ロエベ、シャネル、ディオールと立ち寄ってモンテーニュ通りをセーヌ川に突き当たった四人は戦利品を抱え込んでタクシーに乗りいったんホテルに戻る。夜は正装してワシントン通りの近く、三つ星の「タイユヴァン」に赴く。ここはすべてにわたって豪華絢爛《けんらん》、店内の装飾、ギャルソンの衣裳《いしょう》から果てはトイレに至るまで宮殿そのもの、一本釣り鱈《たら》の切り身の蒸焼き、口直しのロゼ・シャンパンのシャーベット、仔羊の肩肉の炭焼き、異国果実入りパイなどのあとで出てきた珈琲《コーヒー》にいたっては、金の縁取りの赤い受け皿が三枚重なっていた。ここでも麻衣子はずいぶん飲んだ。ワイン・グラスが空くとたちまちギャルソンがやってきて注《つ》いでくれるのだから自分で注ぐことは一度とてなく、これは当然、果てしなく飲み続けることになるのだった。

あの娘《こ》寝ちゃったわ。ホテルに戻ると計伊子ひとりがスゥイートにやってきて言う。飲み過ぎる癖があるから、明日からは貴夫君、気をつけてやってね。明日からは計伊子が画廊で個展をする友人のパーティに出たり、パティシエをしている先輩と旧交を暖めたりで忙しく、満夫も取引先のメーカーとの会議や交渉や接待があるから、その間貴夫と麻衣子はローマでイタリア料理の探究をすることになる。ホテルやリストランテはすでに満夫たちが選んで予約してくれていた。気をつけるったって、どうするんだよう。貴夫は弱音を吐く。忘れないでほしいんだけどさ、ぼくまだ中学出たばかりなんだよ。彼女を*為《し》扱いすることになるだろうという予感が貴夫にはあった。

その夜、貴夫はこんな夢を見た。金杉君がわが家だと思われる家にやってくる。大声で喋《しゃべ》りながら入ってくるのだが、その口から出てくることばは、まるで三、四台のラジオがいっせいに別別のニュースを話しているかのように、三つも四つもの日本語を同時に発し続けているのだ。だから何を言っているのかわからず困っていると、父親が帰ってきて笑いながら言う。この子は三重思考、四重思考をしていて、それをそ

徒然　退屈で手持ち無沙汰《ぶさた》。　**唆はかしめられ**　その気にさせられて。
為扱いする　もてあます。

のますべてことばにしているんだ。面白いじゃないか。この子を主人公にして映画を作ると、実験的な前衛作品になるぞ。いや。この子を使わなくてもいい。演技者が誰であろうと同じ役者の別の科白をアフレコ、アテレコでいくつか重ねあわせればいいんだ。ただしシナリオを書くのが大変だけどね。三つも四つもの台詞《せりふ》を併行して書かなきゃいけないんだから。ただそれだけの夢だったのだが、目醒《めざ》めてから、なんで金杉君が出てきたんだろうと貴夫は思う。あの子ならいつも三重思考、四重思考をしている筈と思っていたからだろうか。それともパリに来て日本語、フランス語、英語を*どぢぐぢと使い分けていたからだろうか。

　アリタリア航空でパリを発《た》った貴夫と麻衣子は夕刻、巴里よりもさらに荘重で古典的な羅馬《ローマ》に着きヴェネト通り近くのホテル・エデンに落ちついた。部屋はドアひとつで隔てられたシングルの続き部屋だった。ここでふた晩、従姉弟《いとこ》同士が過すことになる。さっそく計伊子の女子大時代からの友人で志賀さんという女性が訪れてきた。この人はもう十年もイタリアのあちこちで料理の研鑽《けんさん》を重ね、今はＡＤ　ＨＯＣと言うローマのリストランテで働いていた。麻衣子さん久しぶりね。貴夫さんのことは計伊子からさんざん聞かされています。こんなに透き通った美男子は見たことがないわ。そう。パリでも口説かれたのね。じゃあこっちではもっと気をつけないとね。ローマの男には注意した方がいいわよ。みんなあなたに夢中になるに決ってるんだから。

志賀さんの案内で三人はタクシーに乗りコルソ通りを北へ走ってポポロ広場に出、リペッタ通りを少し南へ引き返す。リストランテの店内で志賀さんは二人をテーブルに置いたまま持ち場に行ってしまった。さすがにイタリアだけあってスタッフには美男子が揃《そろ》っていたものの、その殆どが貴夫を見て顔色をなくした。まだ早い時間なので客が疎《まば》らだったため、彼らは二人のテーブルに入れ替わり立ち替わり何やかやと立*ち掛かるのだった。そのため麻衣子は何やらはしかしい*気分に陥ったようだ。スプマンテを一気のみしたあとトスカーナの赤ワインを取って勢いよく飲みはじめたのである。麻衣子さあん。ピッチ早いよう。貴夫は泣き声を出すが麻衣子は囂《かまびす》しとばかりに飲み続ける。

アンティパストは四角いグラナチーズを乗せたデンマーク産牛肉のカルパッチョ、南イタリアの手作りパスタはモッツァレラとトマトのスパゲッティ、セコンドが地中海産鮮魚のフリット、ドルチェはミントのプリンにチョコレートをかけたもの。貴夫

どぢぐぢと　曖昧《あいまい》に。
立ち掛かる　とりつく。寄りつく。
はしかしい　痛痒《いたがゆ》い。いらいらする。

は本場のスパゲッティの味に感動した。そのあと厨房《ちゅうぼう》を抜け出してきた志賀さんと共に近くを散策してから、二人はホテルに戻った。志賀さんと一緒の間は麻衣子も何*ぞはという態度であったものの、ホテルへ戻ると少しぐったりとして自室に引き籠ってしまった。寝たんだろうな、と貴夫は思っていた。

ああん。貴夫くうん。もう、何とかしてよう。間のドアを開けガウン姿の麻衣子が逆光に裸身のシルエットを黒く揺らめかせながら入ってきた時、貴夫はブリア＝サヴアラン『美《び》味《み》礼讃《らいさん》——味覚の生理学』をベッドで読んでいた。部屋にあったワインをまた飲んだな、と貴夫は直感した。シーツの上から貴夫にのしかかってきた麻衣子の遣瀬《やるせ》無《な》げな吐息はワインの匂いと淫欲の腥い臭気に満ちていて貴夫を辟易《へきえき》させた。よしなよ麻衣子さん、おれたち従姉弟じゃないかあ。ううん。いいの。いいのよ。じっとしてて。じっとしてて。彼女は乱暴にシーツを剝《は》ぎ取ってパジャマ姿の貴夫に上から抱きついてきた。恥骨のあたりを貴夫の股間に押し当て、激しく擦《こす》りつけた。彼女の咽喉《のど》を鳴らす顫音《トリル》によって、それだけでも快感があるらしいと知り、貴夫はやや安心した。一時は自分の秘密を打明けねば埒《らち》があかぬだろうと覚悟したくらいなのだから。麻衣子は貴夫の疑似茎に陰部を強く押し当てて身悶《みもだ》えた末、トランペットの中音によるロングトーンのように長く呻《うめ》いて、貴夫の横にぐったりと身を投げ出し、仰臥《ぎょうが》した。そのまま寝入ってしまうようだった。ペッティングと女性のオルガスモを初めて体験した貴夫は、ははあこんなこともありなんだと思った。

何ぞは　それがどうした。

木下謙次郎が著書『美味求真』に管氏（管仲）の言を紹介して曰《いわ》く。聡明《そうめい》物に当るは生の徳なり。此《こ》の故《ゆゑ》に聖人滋味を調へ、動静を時にし、六気の変を御制し、声色の淫《いん》を禁止す。邪行体になく、違言口に存せず、整然として生を定むるは聖なりと云《い》へり。これを読み貴夫は我が意を得たりと思い、更にはこの生の極意を体現し得るは我のみにあらずやと自負する。根源より断ち切られた快楽を覚えぬ身なるが故に聡明ならざるを得ぬ我にとって食は唯一《ゆいいつ》の快美なり。唯一とは言え食は多様なる相貌《そうぼう》の趣を呈するもの、その証《あかし》にはさまざまな食の字を充《あ》てたる字の極く一部を茲《ここ》に見よ。飢、飩、飯、飲、飴、飼、飾、飽、蝕、餅、餉、養、餌、餐、餓、餞、餡、館、饅、饉、饗、これらすべて人の生の多面を顕《あらわ》すなり。故に食こそは邪心なき生なり。然《しか》り然《しこ》うして邪心なき聖なり。

酒を飲むとど助兵衛《すけべえ》になる麻衣子さんとはそれからしばらく逢《あ》うことはなかった。計伊子さんから誘われてレストランに行く時にも彼女がついて来ることはなかった。ローマでの酔態が恥かしくてぼくを敬遠しているのだろうと思えた。もちろん従弟《いとこ》のぼくに本気で恋する筈《はず》もなし、抛《ほ》っといてくれるのはありがたいことだったと言えるだろう。高等科になってすぐ、ぼくは本気で勉強を始めたからだ。学級は理系クラスと文系クラスに分かれ、ぼくは理系クラスに入った。元木禎子も中里さくらも、そしてもちろん金杉君も、文系クラスへ行ってしまった。

理系は学ぶべき科目が多いから家での自習は深夜に及んだ。食品に関係する科目は大学受験での選択科目を度外視すれば、理科では化学、生物、物理、地学、すべてに及ぶではないか。さらにまた社会では一般社会、日本史、世界史そして人文地理と、ああ、これもすべてに及ぶ。学校での授業には関係なく、これらすべてを学ばなければならないだろう。受験のための取捨選択はそのあとだ。さいわい学習の邪魔になる邪念は最初から清清《すがすが》しくもあさってに遠ざかっていて、参考書の内容は飢餓の際食べる幼児用のミルクボーロやウェファースみたいにいくらでも頭に入ってくるのだ。母は塾を奨《すす》めたが往復の時間の無駄を考えてどこへも行かなかった。勉強を始めるのが十時ごろからになるのは、一方で家族のための料理も作り続けていたからだ。そして朝は、そろそろ学校の食堂や売店の食品に堪えきれなくなってきていたので自分のための弁当を作る。そのためぼくは友人たちから初めて綽名《あだな》で呼ばれることになった。チョトネルという綽名だ。休み時間になると机に突っ伏して仮眠をとる癖がついてしまったからである。でも理系にはそんな子が多かった。高等科になってから編入してきた白人とのハーフがいて、この子は勉強以外のことには物臭で、することが投げやりだったから、本名のメンドーザがたちまちメンドーナ君になってしまった。

食事のせいか、あまり運動もしていないのに貴夫の身体《からだ》は逞《たくま》しくなり、身長はまた伸びた。もはや電車の中で彼に悪戯《いたずら》しようなどという者はいなかった。遠くから色めかしく凝視する男がいるだけだったが、平気だった。強健な偉丈夫となった貴夫にはそんな視線も、同様に愛執の念で彼を打ち眺める女達の視線と今や変るところはない。早いうちに陸上部をやめたことは正しい選択だったと貴夫は思い得る。そう思い及んだのはあの藤谷啓一が例の鉄棒道化のさなか、より笑いを取ろうとして無理な珍技に挑んだため着地の際に股関節《こかんせつ》を骨折したからだ。それが我が身に及んでいたらと想像して貴夫は慄然《りつぜん》とする。貴夫の秘密も彼がそれを懸命に秘匿《ひとく》していることも知らぬ部員や顧問が藤谷同様に彼を外科病院へ担《かつ》ぎ込んでいたらと思うと、下世話に言うならそれでもう一巻の終り、今までの苦心も水の泡だ。今さらのようにそれまで大怪我《おおけが》も大病もなく、だから医師によって秘部の傷痕《きずあと》を見られることもなくここまで成長してくることができた幸運を貴夫は思わずにいられない。これまでせいぜいが風邪引きや扁桃腺炎《へんとうせんえん》の軽い病気だけですんできたのは、朋子に言わせれば根が丈夫だったからであり、満夫に言わせれば身体を鍛えてきたからであり、佐知子に言わせれば正しい食生活を送ってきたからであったのだが、貴夫はそれに加えて単に運が良かったからに過ぎないのだという思いを拭《ぬぐ》い去れなかった。

貴夫が最も恐れ、家族たちもずっと恐れてきたのは彼が盲腸炎になることだった。何かの加減で突然下腹部がちくりと痛む時があり、そんな時貴夫は動きをとめて凝固してしまったり、時にはつくばい*時にはちぢけ*、不安の中ひたすら下腹部の様態をあれこれと脳裏に思い探るのだった。

鮎《あゆ》走る夏の休み、どこへも連れて行ってやったことのない登希夫をさすがに憐《あわ》れみ、両親は彼を伴って北海道を旅行した。満夫にとっては新たな販途を開拓するための旅でもあったのだが、その間、登希夫がどんな様子であったのか貴夫にはわからない。嬉《うれ》しそうだった、喜んでいた、おとなしかったという両親のことばや、愉《たの》しかったという登希夫自身のことばは極めてあたり前の口開け*と言え、親子三人がどんな家族の有りようで旅を続けたのかは想像するしかなかった。両親と弟のいない間、貴夫は涼しい部屋で勉強に集中することができ、祖母とふたりだけの夏は静かに過ぎていった。

つくばい　這《は》いつくばって。　**ちぢけ**　ちぢこまって。　**口開け**　口をきくこと。

北海道旅行から帰ってきた登希夫を、思いなしか急に大人になったように家族は見た。成績もよくなり、やはり本来は頭のいい子だったのだと佐知子は安堵《あんど》した。色形は浅黒く引締った容貌になり、もはや餓鬼大将ではなく、学校では女の子たちとも仲良くしていると聞いて満夫は、兄の貴夫には求められぬ弟の*色色しい性気の発現を喜んだのだったし、葉月家にとっては禍禍《まがまが》しい記憶の伴う登希夫の誕生日祝いも、今度は女の子ばかりを招くからというので朋子もしぶしぶ許可したのだった。その日貴夫は、のちに母から可愛《かわい》い子ばかりだったと聞かされたその女の子たち四人が来ている応接室へ顔を出すことはなかった。むろん登希夫がそれを望んでいないことはわかっていたし、彼女たちが登希夫の美しい兄を見て*色立ちすれば、登希夫の怒りからまたしてもよからぬ事態への展開が推断できたからである。

チョトネル君。笑いながらそう言って休憩時間に貴夫の教室へ中里さくらが入ってきたので、自分の綽名が文系クラスにまで広まっていることを貴夫は知る。わたしのお誕生日会に来てくれないかしら。うたた寝を起されてまだ夢の歯車の回転が止りきらないままに貴夫は思う。お誕生日会かあ。いやなことが流行《はや》りはじめたもんだなあ。小学生から始まって今や高校にまでの新たな弊風だ。この子の家に行ったことを皆が知れば次次と誘いがかかり、どえらい時間の損失となる。他に誰が来るの。時間稼ぎにそう訊《たず》ねた貴夫は、美人の誇高い彼女の答えから解決策を得た。女の子ばかり三人よ。男の子が一人もいないと寂しいからチョトネル君に来てほしいの。わかったよ。だけどその日、ぼくは行けない。そうはっきりと言えたのは、貴夫の提案には中里さくらも乗気になろうと推測できたからだ。男の子がいないのなら、メンドーナ君に行ってもらえるよう頼んであげるよ。実は恒星たる貴夫の周囲にも惑星たる魅力的な男子は多くいて、貴夫という存在さえなければよきカップルになる筈と思える男女は何組にも及ぶことを貴夫は見極めていた。そして南欧風の美男子である勝也《かつや》メンドーザに対して中里さくらは時おりいささか興味ありげな態度を見せたり、彼の前で殊更《ことさら》に*様様《やうやう》しく振舞うことがあるのを観察していたからである。

貴夫の企《たくら》みは成功した。その後中里さくらとメンドーナ君は学園にロマンの花を咲かせたのだ。同様に他の女の子の誕生日会にも、その子を竊《ひそか》に愛していたり、その子と似合いであろうと思える男の子を派遣して、貴夫は何組かの恋の誕生に貢献したのである。あるいはそうした誕生日会の席上で話題になったからでもあろうか、チョトネルはパーティ嫌いだ、ううん、それどころじゃないわ、チョトネル君、女嫌いなの

色色しい　女性に惹《ひ》かれやすい。　**色立ち**　緊張の色が出る。　**様様し**　様子ありげ。

よ、なるほどなあ、そう言えば彼、というような、恐らくはそのような経過を辿《たど》った会話があったのだろう、貴夫の女嫌いは学園での通説となってしまった。やり過ぎたかなあ、と、貴夫は思う。楽にはなったものの新たな憂惴《ゆうずい》＊の種になるのではあるまいか。その女嫌いのそもそもの素因は何かなどと詮索《せんさく》されてはたまったものではないと、まったく貴夫の気苦労は尽きることがないのだった。

ぼくも自分の誕生祝いをやろう、貴夫がそう思いはじめたのは確かにそうした流弊がきっかけではあったのだが、必ずしも影響されたのではなく触発されたわけでもない。パーティを名目に自分の料理を味のわかる友人に食べさせたくなったのである。パリとローマで読んだブリア＝サヴァラン『美味礼讃《びみらいさん》』には「料理人に欠くべからざる特質は、時間の正確である。これはお客様のほうも同じく持たねばならぬ特質である」というアフォリズムがある。招くべき友人は断断乎《だんだんこ》として味覚の鋭い人間でなければならない。そのためには作った料理が冷えたり味が変ったりしないうち、きちんと時間通りにやって来るような人物であるべきだ。あれこれ考えるまでもなくそれはもう安曇学と元木禎子、このペア以外にはあり得ないのだ。

料理の下拵《したごしら》えが終った午後六時半きっかりに二人はやってきた。ダイニング・キッチンへ招じ入れてさっそく冷やしてあったオードブルと、佐知子が選んできたシャンパンを供する。二人とは顔見知りの佐知子も加わって四人で乾杯するが、貴夫と禎子はほんの少し口をつけるだけだ。朋子と登希夫は客に遠慮して同じメニューながら茶の間で夕食をとる。禎子は冷製オードブル三種の盛合せに感激して言った。ああ。ラプソディみたいだわ。彼女もまた料理には詳しい。料理を続けながらの貴夫がブリア＝サヴァランに触れると禎子は言う。ああ、その人ってあの、君が何を食べているか教えてくれたら君がどんな人間か当ててみせようって言った人でしょう。その『美味礼讃』って本、ぼくも読んでみようかなと、学も興味を眼に走らせて言う。昔から評判の本なんだけど、わりといい加減な本らしいよと貴夫は言う。だから調理師学校やってる料理研究家なんだけど辻《つじ》静雄って人の書いた『ブリア＝サヴァラン「美味礼讃」を読む』って本も、一緒に読んだ方がいいよ。いい加減な語句とか誤訳なんかも徹底して解釈してるからね。あれはすごくフランス語の勉強になったなあ。葉月君、フランス語ができるのよね。凄《すご》いわねえ。いいや駄目だよ。基礎的な文法だの何だの何もやってないから、それは大学へ行って初歩からきちんとやらなくちゃなあ。

話題はあの駅前中華レストランの食中毒事件に移り、さんざ嗤《わら》ったあと、熊本名産

憂惴　憂《うれ》い恐れる。

辛子蓮根《れんこん》にボツリヌス菌が繁殖したことによる食中毒発生で十一人もの死者を出した事件に及び、次いで「ごちそうさま」などテレビ料理番組の悪口に及ぶ。これは食事中の話題としてやや適切ではないと想到した貴夫は、菠薐草《ほうれんそう》や蕪《かぶ》など旬《しゅん》の野菜料理をテーブルに並べながら、今度は木下謙次郎『美味求真』の、昔は群臣を饗応《きょうおう》する大名が、居並ぶ者の目の前で魚を捌《さば》いたりして調理の腕前を見せたりもしたものであるという古雅な逸話を、今自らの試みる所為の意図も含めて話すと、これにも禎子は即応した。『宇治拾遺物語』に出てくる話ね。紀用経《きのもちつね》が俎《まないた》を持てと命じて、今日の庖丁《ほうちよう》仕《つかまつ》らんって言って鯛《たい》を捌こうとしたのよね。

でもぼくはそんな芝居がかったことはしたくないなあ、と貴夫は思う。そういう芝居はむしろ禁じ手だろうなあ。ふたりの会話に触発されて今日本史を選択している学も知識を披瀝《ひれき》する。清涼殿で鶴《つる》を捌いたことがあるって聞いたことがあるよ。昔は鶴を食べたんだよね。鶴の吸物というのが有難がられたんだ。あまり旨《うま》いから大名の誰かがお代りを注文して皆に笑われたという話がある。

シュンポシオンだわ、と佐知子は思う。愛について語るのではなく、料理について語るだけだけど、プラトンの饗宴みたいに知的な会話ね。料理を運びにきた登希夫が今まで聞いたこともない三人の話題や穏やかで優雅な話し方に驚いたらしく、そのまま食卓の横に佇立《ちょりつ》し、眼を丸くして聞いている。

鶴みたいに大型の鳥なら、中世の貴族の食卓にも白鳥、孔雀《くじゃく》といった鳥を出していたらしいよ。十七世紀になると見向きもされなくなったんだって。波多野承五郎って人の『食味の真髄を探る』って本に書いてある。食に関する蘊蓄《うんちく》なら誰も貴夫に敵《かな》わない。鶴ってそんなに旨かったのかなあ。学が言う。今食べているいちばん大型の鳥は七面鳥だよね。

話しながらも貴夫は鰈《かれい》のオーブン焼きを次つぎと皿に取り分けてテーブルに出し、登希夫にも二皿持たせる。鰈は今、旬だよねえ、旨いなあ。学が言うと禎子も感嘆する。お姫様みたいな鰈ね。おいしいわあ。こんな楽しみがあったとはと貴夫は思う。味のわかる人に美味を供する。ほとんど享楽《きょうらく》ではないか。次は二日寝かせた牛肉のステーキで、お得意のソースだ。きっと驚いてくれるだろうな。

だが学と禎子が以後、葉月家を訪れることはなかった。学が受験勉強に*孜孜《しし》として専念しはじめたからだ。貴夫もまた暗闇《くらやみ》の彼方《かなた》、万能の自分を象徴しているかのような明るみ目指して手探りの考究を続けていた。周囲が誘うレストラン巡りや料亭通い

孜孜として　一心に努力して。

の誘惑を遠ざけ、それよりは遥《はる》かに最終目的には適う筈の手料理のレシピを創案することに熱心であり続けた。父からは学習塾に通うことも示唆《しさ》されたが、往復の時間がなんとしても惜しまれるのでこれは忌避した。高校の三年間、貴夫が家族と共にした旅行といえば二度だけ、正月に家族全員でハワイへ行ったことと、夏休みに祖母と二人で志摩観光ホテルへ行ったことだけである。

猛勉強の甲斐《かい》なく安曇学は東大の受験を不首尾に終り、早稲田の法科に進学した。彼は一時貴夫が見るのも気の毒なほど気落ちしていたが元木禎子の慰めと鼓吹によって元気を取り戻した。いつまでも悔恨を引きずっているような学ではなかったのだ。安曇が大学に通いはじめると貴夫とのつきあいは途切れたが、禎子の話によれば、彼女との交際はずっと続いているようだった。

その頃から世の中は好景気となって満夫には多忙な日日が続く。ニューヨークでG5のプラザ合意があったからだ。ドル高で貿易赤字に悩んでいたアメリカ合衆国がG5諸国と協調介入するという共同声明を発表したためドルは暴落し、このため日本は一時円高不況に陥ったものの、すぐに好況に向った。生前に猛夫が孫たちのためと言って、梨の森不動産が次次に持ち込んでくるのを買っておいたあちこちの土地は値上りしはじめ、猛夫と満夫が買い溜《た》めていた株式も急騰《きゅうとう》した。かくて葉月一族は思いもかけず資産家になってしまったのである。

登希夫は小学六年になってから急に成長した。背は満夫と並ぶほどに伸び恰幅《かっぷく》もよくなって、それに伴い声は魅力的な燻《いぶ》し銀のバリトンとなった。色は浅黒いままだったがメンドーナ君に似た南欧風の顔立ちとなり、大きな眼は嘲《あざけ》りの色と欲望の光を湛《たた》え、物腰も含めて何やら無頼の美まで纏《まと》いはじめていた。誕生日に招いた同級の四人をはじめとする女の子たちに人気があるのはそうした不良っぽさによるのかもしれなかったが、まだまだ小学生なので軟派であるよりは*血之助《ちのすけ》の硬派であると言えただろう。事実彼は相変らずの喧嘩《けんか》早さで知られていて、その対象は駅周辺の繁華街で行き会う中学生の不良グループにまで及んでいた。

高等科の修学旅行は豪勢に奈良、萩《はぎ》、岡山倉敷、飛騨《ひだ》高山への四泊五日だったが、貴夫はこれにも参加しなかった。級友が皆旅に出た二日目のことだ。貴夫が食材を求めて駅の近くの商店街にやってくると、嵐《あらし》に翻弄《ほんろう》されて尾羽が吹き千切れたかに見える三羽の鴉《からす》がやってきた。真ん中は登希夫で、両側は彼の同級生のようで、鴉に見えたのは彼らの服装のせいだ。ひとりは小鼻とシャツに鼻血をこびりつかせていて、全

血之助　血気盛んで向う見ずな人。

員疲労困憊《こんぱい》していて、何やらひどい目に遭ってきたようだと貴夫は思ったが口には出さなかった。よう兄貴い、何か食わしてくれよう。登希夫は兄を見るなり鼻にかかった声で訴えかけながらわざとよろめいて見せたりした。おれもこいつらも腹が減って腹が減って、も、どうしようもないんだ。界隈《かいわい》で貴夫の口にできるようなものを供する店は日本料理の「久松」しかなかったが、試みにどんなところへ行きたいのかと訊ねると、登希夫より幾分小柄で顔色の悪い二人は口を揃《そろ》えて言う。ファミリー・レストランへ行きたい。登希夫は眼をいからせて学友に怒鳴る。あんな不味《まず》いもの食わせる店なんかへ行けるか。だいたいこの辺にそんな店なんかないぞ。あれは郊外だろうが。兄貴に任せとけ。ほら兄貴を見ろよ。旨いもの食ってるから美と健康の巣窟《そうくつ》だ。

ぼくは三人を「久松」につれて行った。高級料亭ではないので夕食の時間になっていなくても開店していた。弟の友人ふたりはあきらかに不満そうだった。こんな連中はわが学園にもいる。いつもファミリー・レストランに行くのでその味に馴《な》れてしまい、それ以外の料理を不味く感じるのだ。登希夫に脅されて、彼らは不本意にもぼくの推薦する料理を食べなければならなかった。ぼくは彼らを可哀想《かわいそう》に思い、ここはひとつ荒療治とも思い、わざと山菜の天麩羅《てんぷら》盛合せなどというものを食べさせた。彼らは旬の独活《うど》、楤《たら》の芽、蕗《ふき》の薹《とう》、薇《ぜんまい》などの天麩羅を実に苦にがしげに、顔をしかめ、不味そうに食べ、それがまた登希夫の怒りを呼んで罵辱《ばじよく》を受けるのだ。なんだお前ら、ふだん碌《ろく》なもの食ってないからこういう高級なものの旨さがわからないんだ。お前らの味覚はもう駄目だぞ。人間はな、旨いもの食っていないと莫迦《ばか》になるんだ。旨いもの食っていないと莫迦になるんだ。お前ら莫迦だ。

まだ大学四年在学中だというのに麻衣子は結婚することになった。ローマでの経緯があり、爛熟《らんじゆく》の気配を犇犇《ひしひし》と感じさせた彼女の早い結婚は貴夫にとって納得できるものがあった。あるいは彼女の性癖を窺知《きち》した家族による措置なのかもしれなかった。だから結婚披露宴における彼女は貴夫に対してなんとなく恥かしげだった。嫁ぎ先は「寿観」が和菓子を納入しているデパートのオーナー一族で花婿《はなむこ》はその筆頭後継者である。文化の日に帝国ホテルでひらかれた招宴は豪勢を極めて、招待客の中には皇族や政治家、歌舞伎《かぶき》俳優の姿もあった。計伊子の親戚《しんせき》も多く招かれ、貴夫の家族も全員が招かれた。

こら貴夫、おじいちゃんの墓参りにもっと真岡《もおか》へ来い。開宴前からホテルのバーで飲んでいた真岡の大叔父に背後から抱きすくめられくだを巻かれて貴夫は辟易《へきえき》する。最近アル中気味になったという老人の呼気たるや口にライターを近づけて発火させれば周辺が燃えあがりそうなアルコールの臭気である。どことなく満夫に似た顔立ちの律儀《りちぎ》な長男が面倒を見ているものの足もとは常に覚束《おぼつか》なくて、ばったり倒れるとたとえそれが路上であってもそのまま眠り込んでしまうというていたらくらしい。それでも作陶の意欲だけはあり、窯元《かまもと》の名を汚《けが》す虞《おそ》れがある奇怪至極な作品を作ることも屢《しば》屢《しば》だが、家業を継いでいる長男がひそかに処分しているということだ。

麻衣子の学友の女子大生十人余は貴夫を見てほとんど震駭《しんがい》した。宴のあとさき、彼女たちは貴夫を取囲み、何やかやと話しかけ写真を撮った末色紙にサインを求め、強い脂粉と香水の香りに貴夫が噎《む》せ返っているのを救出に来た登希夫にまでサインさせるというはしたなさを演じ、ついには学部の主任教授から叱責《しっせき》される羽目となる。

新玉の年が明けて共通一次試験が実施され貴夫は満点だった。次いで東大理科二類に合格した。金杉君は東大文科三類に落ち、早稲田の英文科に合格した。勝也メンドーザは東大理科三類に落第、慶応医学部に進学した。元木禎子は安曇学を慕って同じ早稲田の法学部に進学し、中里さくらは東京女子大の文理学部に合格した。そして登希夫は地区の公立中学に進学する。

午前中の卒業式が終了すると葉月家からただ一人列席していた佐知子は帰宅し、貴夫は六年間過した学園の構内、記憶に残るあの場所この片隅をまるでカメラに収めるかのように巡察し、思い出の在《あ》り処《か》を確認し自照することで頭に焼付けた。時おり誘われて小人数の記念撮影に加わったりしながら校舎内を彷徨《ほうこう》するうち、ひっそりとした階段の踊り場で金杉君に出逢った。最近はいっぱしの文士を気取った服装の彼も今日だけは制服姿だったので気軽に話すことができたが、立ち話をすることさえ久しぶりだったのだ。よう、チョトネル。それでも声をかけてきたのは金杉君からだった。お前東大だってなあ。やっぱりあれか、料理やるのか。ああ。食品化学だけどな。お前は何やるんだ。おれ、文芸評論やろうと思ってるんだ。文芸評論って。金杉君は問いかける貴夫に、突然長広舌を振いはじめる。その口臭が小学生の時と同じだったので、驚きとともに貴夫は懐《なつ》かしい感覚に見舞われた。けっして不快な臭気ではなかった。

「あのさ、戦争から帰ってきた人間がさ、小説とかドキュメンタリーとか書くだろ。自分の体験とか、体験をもとにしたフィクションとかさ。たいていリアルだから成功するんだよな。特に戦争文学なんてのはたいていリアリスティックな凄《すご》い作品でさ。記録文学だってそうでさ。まあ美しいんだよな。だけどそれ、たいてい最初の一冊だけなんだよな。本がよく売れて、名も売れて、その次に書く、同じテーマだったり別のテーマだったりする二作め三作めは、たいてい最初の作品に及ばないんだよな。傑作を書く作家もいるけど、やっぱり一作めの方がいいわけでさ。だからおれが書きたいってのはつまり、戦争に行ってきた彼らがしばしば、最初に必ず一冊だけ書く、美しくリアリスティックなドキュメンタリー風の戦争文学または戦争記録文学の傑作について、及び、なぜ一作だけしか傑作が書けないか、またはそれがその作家の一番の傑作になるのはなぜかという二百枚くらいの評論だ。『恐怖と再体験』、みたいなタイトルになるかな。大学に入ったらまず、そのての作品をいっぱい読まなきゃなんない」

　時間がかかるなあ、と貴夫は感嘆して言う。そうだ。二、三年はかかる。ま、愉《たの》しみにしといてくれよな。評論なんて読書に時間ばかりかかって割に合わないから小説書いた方がいいんじゃないかって言うやつもいるけど、ま、小説はたいてい貶《けな》されるんだ。だけど評論はあまり貶されないからな。あははは。またどこかで逢おうぜと言いあって二人は別れ、階段の上と下に向かう。

　クラスごとの集りが終って貴夫が廊下に出ると、乱反射する窓からの陽光の中に顔を光らせて中里さくらが立っていた。メンドーナ君に逢いに来たようで、今まで級友の誰かれと別れを惜しんだ名残りの涙の跡が頰にあって泣き腫《は》らした灼眼《しゃくがん》のさくらが貴夫に言う。チョトネル君東大だってね。凄いわね。また逢いたいわ。また、逢ってね。うん。ぼくも逢いたいよ。だって君は美しいからね。色盛りの年齢にして衒《てら》いも照れもなくそんなことが言えるのは今や貴夫だけだ。中里さくらは眼を見開く。

入学式を数日後に控えたその夜、貴夫が祖父の居室だった居心地のいい和室で畜産技術の本を読んでいると父が入ってきた。貴夫は猛夫がいたその八畳間が好きだったので、受験勉強をしている時からしばしばここを使い、理数科は隣の自分の部屋、国語や社会はここと使い分けていたのだ。そうすることで気分を変え、実際それによって知識を効率よく蓄えていき、学修を進捗《しんちょく》させることができたのだった。猛夫がいなくなってもしばらくその部屋には懐かしいおじいちゃんの匂《にお》いが滞留していた。今でも書棚から本を出して開いたり、戸袋を開けたり文具の入った三つ抽斗《ひきだし》を開けたりすると、ほのかに麝香《じゃこう》の匂いが漂ったりもするのだ。

ここにいたか。帰宅したままの洋服姿で満夫は大きな座机をはさみ貴夫の正面に坐《すわ》って、貴夫の東大合格以後は緩みっぱなしの頰を愉しげに火照《ほて》らせ、古い証券の束を置いてやや様様しげに言う。これはおじいちゃんが昔から持っていた株券だがな、以前から、わしが死んだら貴夫にやってくれと言っていたものなんだ。今はこんな株券なんぞというものはほとんどないが。そうだ。面倒だから最近ではこんなものはいちいち発行しないんだ。ここには額面が書かれているが、これも最近では書かない。今の価格とあまりにも違い過ぎるから無意味なんだ。六社あってざっと計算すると二千万円くらいになる。これを今お前に渡す。大学に行けば、特に東大なんぞに行けば、何やかやと多額の金が必要だと思う。本代やお前の専門にしている分野の研究費や交際費なんぞでな。それをいちいち親に請求するのも鬱陶《うっとう》しいだろう。これを使えばいい。多少の金なら配当金というものも入ってくる。名義は今日、すでにお前に書き換えておいた。もうこれはお前のものだからな。好きに使っていい。

学生運動以来安田講堂が使えなくなったのがきっかけで東大の入学式は日本武道館で行われる。*水鳥の浮き立つ心東大合格というので家族はおろか親戚縁者まで招くようになり広大な会場が必要になったためもあろう。貴夫の家族も、東大の入学式とはどんなものかという興味を示した登希夫も含め全員がやってきた。その夜は家族に計伊子も加わり神田のフレンチ・レストランで貴夫の入学をこぢんまりと、だが豪勢に祝った。そして貴夫は教養課程履修のため駒場《こまば》に通いはじめる。

*去《い》んじの年の夏、祖母の朋子と志摩観光ホテルへ行って以来美味を求めての旅から遠ざかっていた貴夫は、新たな部員を募集する新入生に向けた貼紙《はりがみ》のひとつに「グルメ旅団」なるクラブ名を認め、「美味珍味を求めてどこへでも行く」という活動の本旨に惹かれてたちまち入部を決意した。今まで修学旅行の機をすべて放棄してきたための飢餓感によるものであったのだろうがそれを自身意識していなかった証拠に、い

ざ入部願いに署名するまで、旅に出れば多くの学友と入浴を共にすることになるやも知れぬ危険性は、春の新たな学園の魅惑に心浮かれたか雪が溶けてなくなるようにまるっきり頭から消え敢《あ》えていたのである。仮にその危惧《きぐ》を抱いていたとしても、最初の部活としての新入生歓迎懇親会に出席して霧消したことであったろう。会合の連絡は本郷の先輩から自宅に届いた。さすがにグルメの会だけあってそれは神楽坂《かぐらざか》のアフリカ料理店で行われたのだが、自主的なクラブ活動なので顧問の教授などという人もいず、貴夫以外に男性はたったひとりであり、それも二年生の頃から公認のカップルだったという、共に仏文科のひと組の男女の片割れだったのだ。あとは全員女性だった。その八人のうちの半数は農学部で食品を専攻する比較的真面目《まじめ》な学究の徒であった。新入生は貴夫ともうひとり文科三類の女性だけだったから、ふたりは座で珍重されもて囃《はや》された。

新入生として貴夫と同時に入部した霧原夏子はやや大柄で猫の眼をした豊頬《ほうきょう》の美人であり、いかにも誇高そうな面立ちをしていて、実際にも男子学生から気軽に話しかけられたり言い寄られたりすることを忌《い》み嫌う偏《かたよ》りがあるように見えた。懇親会の数

水鳥の　「浮き」の枕詞《まくらことば》。　**去んじ**　過ぎ去った。

日後貴夫は校庭で、何を言われたのか彼女がひとりの男子学生にまるで面罵するような勢いで激しく言い返している情景を目撃している。のち、その男嫌いが*偏頗《へんぱ》の域に達しているらしいことを学生たちの噂話《うわさばなし》によって貴夫は知り、あんなに美しいのになぜという疑いによる彼女への関心が僅《わず》かに生れたのだった。

フランス語の授業を終えて十数人の学生たちに混り、貴夫は灰白色の校舎を出た。陽射《ひざ》しの強い校庭を次の受講へと周囲が四散する中、ひとりになった貴夫の横へ毒性の魚のようにゆらりと身をすり寄せてきて並び、歩を揃えたのは数日前からその膠《こう》着《ちゃく》するような視線を疎《うと》ましく思っていた背の低い学生だ。葉月君、ぼくは土屋と言って文科二類の二年生です。くすんだ肌色の土屋がななめ上の貴夫の顔を三白眼で見あげる。髪が硬いらしく貴夫の嫌う種類の整髪料の臭《にお》いが強かったし学食の饂飩《うどん》の臭いもした。いやあ、突然なんだけど、まあ、早く言ってしまえばですね、今後ひとつ、おつきあい願いたいってことなんですよ。昂奮《こうふん》による息づかいの荒さを誤魔化すようにひひ、と土屋は笑う。おつきあい、ですか。貴夫は笑わず、正面を見据えて歩き続ける。先輩だからというので愛想よくしたりすれば*蠱物《まじもの》の術中に嵌《はま》ってしまう。おつきあいって、何をするんです。あっ。そんなに警戒されてもねえ。でも無理ないと思いますよ。君ほどの美貌であればいろいろと誘惑も多かったでしょうしね。相変わらず粘着性の声様《こわざま》*で土屋はさらに慕い寄りながら声を低めて問う。君はさあ、三島由紀《ゆき》夫《お》の『禁色《きんじき》』って読んだことありますか。読んだことはないけど、内容は知っています。男色の話でしょう。あなたは男色家なんですか。あけすけな反問にも土屋はたじろぐことがない。ええ。僕はそうなんだけど、その様子だと、君はどうもお仲間じゃないみたいですね。はい。違います。貴夫は立ち止まり、土屋の顔を正面から見おろす。近くで見ると土屋はさほどの醜男《ぶおとこ》ではなく、容姿はむしろ薄らかに小綺麗《こぎれい》である。今までに何度かそういう交際を求められたことがあるから、僕は別に驚きはしませんけど、やはり今までと同じように、そのようなおつきあいはお断りします。ああ、やっぱりねえ。土屋は恨めしげに失意の赤眼を向ける。当然です。さぞ今まで厭《いや》な思いを、君はしてきたんだと思う。涙ぐんだ土屋のうわ眼に偏執の色が浮かんだ。だけど、あっ、あの、ちょっと待って。まだ行かないで。校庭に学生の数は少なく二人の周囲には誰もいない。君は男色家ではない。でも女性も嫌いなんでしょ。土屋の勘に貴夫は驚かされる。希少種の動物のように数少ない性の対象たる個体を見定めようと学習するうち、そのような判断まで可能になったのか。ぼくは女性が嫌いってことはない

偏頗 大きく片寄る。 **蠱物** 呪術《じゅじゅつ》を持つ怪しい者。 **声様** 話しぶり。

ですよ。貴夫のそんな否定も土屋には通じない。またまたそんなあ。君には女の子の友人がひとりもいないじゃないですか。だってそれは、ぼくはまだ、入学したばかりですから。嘘《うそ》だよ。「グルメ旅団」に入ってるでしょ。あそこ、男女のカップルがひと組いるだけで、あとはみんな女の子じゃないの。もう懇親会だって済んでいるのにさ。次第に敬語が失われていく土屋の発語に貴夫はここまでだと顔を背けて歩き出す。じゃあ、ぼくは次の受講があるので。不思議なのはさあ、と土屋も並んで歩き出しながらの*根問《ねど》いを続ける。いったい君のリビドーの対象が何なのかということなんだよね。男でもない女でもないとすると、その対象は何だろうかと考えてしまうのは無理ないことだろ。そしてまた、君がそんな風になっちまったのは何故《なぜ》かという疑問も湧《わ》いてくるわけでね。恋の*寝刃《ねたば》の*さいらぎは、法学概論の教室がある建物の前で打ち切られる。学生大勢との合流地点で、土屋は歩を速めた貴夫と同じ歩幅を維持できず、階段下に取り残されるのだ。

　その日以後も楽欲《ぎょうよく》に衝《つ》き動かされた土屋はしばしば貴夫に纏《まつ》わりついた。時には受講生の少ない教室で声をかけてきたりもした。お願いだ。一度だけでいいから僕の想《おも》いを遂げさせて貰《もら》えないだろうか。そしたらもう一切君への疑いは口にしないから。*なすれぞ我への疑いなどと口にするか。貴夫は蛭《ひる》の如《ごと》くに欲吸《よっきゅう》してくる彼への警戒を強める。何か勘づいたのか。もう僕につきまとわないでください。強く言うより冷たく言うのが効果ありと知っている貴夫の口調に、土屋はああ怒らせちまったと言って拉《ひし》げる。悪かったなあ。でもね、僕ももうどうしようもなく君のことが忘れられないんだ。このままだと。このままだと。顫動《せんどう》する声と薄い唇。あきらかな狂気の光彩が眼球に窺《うかが》える。このままでは君を殺すかもしれない。これほどの執着は初めてだ。昆虫が滅多に遭遇しない異性を求め死にものぐるいで啼《な》き喚《わめ》いているようでもある。危険の域に達していた。貴夫は言う。君に脅迫されたこと、そしてその理由を詳細に学生課に報告します。いいですか。そんなことになったら君は困りますよね。東大生としての誇りもあるでしょう。こんなつまらないことで君の一生が台無しになるんですよ。どうしますか。言いながら貴夫は暗澹《あんたん》とし、なんで新入生の自分が先輩たる二年生を教誡《きょうかい》せねばならないんだと思う。

葉月君、何だか大変みたいね。英語の授業が終った教室で嫣然《えんぜん》とした笑みを浮かべ声をかけてきたのが霧原夏子だったので貴夫は吃驚《びっくり》する。いつも怖い顔が常態だった

根問い　しつこく事こまかに問う。　**寝刃**　鈍刀。　**さいらぎ**　口出し。
なすれぞ　どうして。

筈の彼女の笑顔たるや、まるでアマリリスが突然咲いたような美しさだ。土屋のことだね。驚きを隠せぬままの眼で彼女を見ながら貴夫は言う。困ってるんだ。そうだと思うわ。濃紺のひと昔前の女子大生のようなスーツ姿の夏子がゆっくりと貴夫の横に掛ける。あの人、わたしにもあなたのことを根掘り葉掘り聞いたわ。あなたは女嫌いなのかって。貴夫は笑って言う。それはまあ、君に訊ねるというのは見当違いというか。そう。お門違いよ。そういう意味のことを言ってやったら、あの人不思議そうに、あなたは男嫌いって噂だけど、やっぱり本当みたいですねだって。世の中にはいろんな人間がいるんだってこと、あいつ少しはわかったんじゃないだろうかと貴夫も言う。じゃ、わたしの噂、あなたも聞いてるのね。そりゃ、厭でも耳に入ってくるよ。ふたりは同じように咽喉《のど》の奥で笑う。しばらく笑い続ける。しばし沈黙ののち、霧原夏子は言う。葉月君、わたしたち、もしかして助けあえるんじゃないかしら。

待ち合わせ場所を決め、ふたりは受講のあい間など時間の余裕ごとに逢い、共に行動する。夏子は体臭も口臭もあの元木禎子に似ていて女の春情や脂粉が臭わなかったし、他の学生たちからはあの男女*つきづきしと見られたらしく割り込んでくる者もなく、土屋も恨めしげに遠望するのみだ。夏子はある時図書館の、他に誰もいない乾燥した部屋で自分のことをこう語った。こまかいいきさつを話す気にはなれないんだけど、わたし小学三年のときずっと年上の従兄《いとこ》からひどい目にあわされたの。それ以来男性を受けつけなくなっちまった。肉体的にもよ。膣閉塞《ちつへいそく》みたいになってるんじゃないかしら。わたしプライド高かったから尚《なお》さらだったの。男性から好色の眼で見られただけで、顫《ふる》えがくるようになってしまって。といって、レスビアンにもなれなかった。彼女は貴夫に、あなたはなぜと質問してくることはない。だから貴夫も答えることはない。しかし夏子はすでに貴夫の本質をうっすら悟っていたのだった。彼の声はカストラートが出す低音だったからだ。

その学期、旅団の最初の遠征先は、和歌山県の有田川にある料理旅館への一泊旅行だ。名物の太刀魚《たちうお》や鮎が旬なのだった。温泉のない宿で一行は＊優渥《ゆうあく》なもてなしを受けた。サーベル魚とも言われる太刀魚は東京ではあまり売られていず二流の魚とされてもいるが、ここでは鮮度がいいので刺身でも食べることができた。食品化学を学んでいる先輩から、この魚の体表のきらきら光っている銀色の膜は即《すなわ》ちグアニン箔《はく》といってラメやイミテーションパールにもなるのであると教えられる。女性は二人三人と同室に寝るが、貴夫には注文通り風呂《ふろ》つきの一室が充《あ》てられ、以前からの慣例らしく

つきづきし　ぴったりしている。　**優渥**　ねんごろで手厚い。

柳生謙三《やぎゅう》、和泉礼奈《いずみれいな》のカップルにも一室が充てがわれる。そして押明《おしあ》け方、部屋にやってきた夏子に誘われて貴夫は附近を散策したりなどもしたのだった。橋の上を歩いて行くふたりの姿を旅館のいくつかの窓から旅団の女性たちが眺めている。

大学最初の夏休み、受験勉強ばかりでなまった肉体を鍛えようとし、貴夫は登希夫を誘って二度めの富士に登る。多忙に過ぎて満夫は加われない。元気潑溂《はつらつ》の登希夫がずんずん先へ行くことで、貴夫は足の衰えを知り、これではならじと精一杯に酷肢《こくし》する。帰宅した貴夫はもうへとへとだ。兄貴駄目だなと登希夫が笑っている。

その日葉月家に一種の恐慌《きょうこう》が訪れた。貴夫が霧原夏子を夕食に招き、友人として家族に紹介したのだ。初めての貴夫のガールフレンドとあって祖母も母も、日没後に帰宅した満夫も驚いたが、清楚《せいそ》なアイアンブルーのワンピースを着た夏子の美しさを見て眼球を飛び出さんばかりにしたのは登希夫だった。こんなことがあってよいものかよくはない。ふたりの邪魔にならぬようダイニング・キチンを出て寝室に引籠《ひきこも》る佐知子を追ってきた登希夫が、母に向って息巻く。あんな綺麗なガールフレンドを作ってだな、兄貴いったいどうするつもりなんだよ。どうするつもりなんだよ。何もできない癖に無茶だよ。もしカンケイ迫られたりしたら大変じゃないか。とんでもないよ。大丈夫大丈夫。佐知子は笑っている。あのふたりのこと、なんとなくわかるの。実はお似合いなのよ。登希夫には勿論《もちろん》何のことかわからない。

この年にはNTT株が上場されたのをきっかけに財務テクノロジーのブームとなり、日本の外貨準備高が西ドイツを抜いて世界一になった。東京都では地価が高騰し銀座などではひと坪一億円を超すところが出た。そのため夏には東京都全域が土地取引の監視対象になったのだが、会社の資産として銀座にもいくつか土地を取得していた満夫はそれを知らず、そもそもそれほどの値上りにも気づいていなかったのだ。だがたいていの企業は葉月衣料株式会社のように堅実なインカムゲインではなくキャピタルゲインに走っていた。時の政府は急激な円高による不況を防いで国内需要を拡大すべく公定歩合を引下げた。金利低下によって利鞘《りざや》が縮小したため銀行は多額の融資で収益を確保する必要に迫られ、そのため企業の資金調達は容易になり、企業の余剰資金運用を財テクと称して経済新聞などのマスコミが書き立て、金融雑誌や投資評論家が煽《あお》り立て、特金ファンドで法人の株式投資を、さらに個人投資家の株式投資を誘発し活溌化させた。株式相場は膨張した。貴夫の持っている株式ももはや二千万円どころではなく億という桁《けた》の数字に達していたのだが、自身も多額の株を持っている満夫と共に、そうしたことをまったく知らなかった。リクルートは、銀座日軽金ビル購入という大きな不動産取引を成功させていた。それは大きく報道されたためさすがに満夫の耳にも入っていたが、それをきっかけにしてその後都内の不動産取引が活溌化したことには、梨の森不動産からしばしば報告や問合せがあったにかかわらず、まるで無関心だった。

旅団は夏期休暇が終りに近づいてから秋田の海岸にある大きな料理旅館へと遠征した。柳生謙三は来なかった。和泉礼奈から*鴨頭草《つきぐさ》の如く心が離れてしまい、旅団を脱退したのである。かくて旅団の男性は貴夫ひとりとなり、勢い何やかやと頼りにされることとなってしまっていた。食べものはすべて美味だった。米の飯はむろんのこと旬の大栄螺《さざえ》や岩牡蠣《いわがき》や蓴菜《じゅんさい》や鮎の塩焼き、名物の茄子《なす》の漬物、さらにはいぶりがっこともいぶり漬けとも言う焚《た》き木干し沢庵《たくあん》、これは囲炉裏の上の梁《はり》に吊《つる》して囲炉裏干しにもするのだが、貴夫はこの漬物の香り豊かな美味に感動した。その味は、咀嚼《そしゃく》するにつれ暗闇《くらやみ》から次第に明るみへ出てくるようでもあったのだ。

卒業生や上級生の残した旅団の過去の記録を*糾返《あざかえ》すと、なんとノルウエーにまで遠征したこともあったらしい。彼《か》の地の魚介類を食べるためだったのである。ならばわれわれもこの冬の休みに海外へ赴こうではないかと貴夫は提案する。旅団の会合はすべて部員の誰かが選奨する料理店で食べながら行われるのだが、休暇が終ればあまり遠くへは行けず、たいていは月に一度か二度、都内の店で定例会議を開くだけだ。それでもハレムの主の如き貴夫の存在、霧原夏子など彼の周囲の美女の存在が学内外で話題になり、東大生のグルメ集団としてスリランカ料理店での集りを取材され、とうとう新聞のコラムに載ってしまった。その日の議題は貴夫の提案以外にも、記事となることは職業的グルメではない自分たち学生にとって好ましいことではないという意見が出た。そして以後はどのような取材も受付けない方がよいのではないかという反省に立っての議論もなされた。

深まる秋の夕べ、試験が終った次の日のタイ料理店での会合は紛糾した。あのコラムを読んだ新潟の料理旅館から、皆さん全員をお招きし、当館の料理をお召上がりいただいて腹蔵なきご感想を伺いたいという招待状が代表者の四年生歌代《うたしろ》由比子《ゆいこ》に届いたのである。行かない方がいいわ。こんな招待するなんて料理が不味くて不景気な旅館に決ってるじゃないの。あら。でも、美味《おい》しかったらどうするの。自信があるからわたしたちを招いて、また宣伝させようって思ってるんじゃない。感想って何言うのよ。みんな味覚差があるし表現だって皆違うのよ。わたしたちの使う素鹽味《そえんみ》とか甘痛《かんつう》感《かん》なんて表現、わかるわけないしね。職業的グルメじゃないからこそ、こんな招待状

鴨頭草 ツユクサの古名。人の心の移ろいやすさの譬《たと》え。

糾返す くり返し綿密に調べる。

が来たわけでしょ。有名な食通なら謝礼取ってるわよ。無料で意見を聞こうってんだから。あの、謝礼貰わないいんだからいいんじゃないの。無料だから行こうなんて、ふ*くつけがりじゃないかしら。だったらさ、新潟ならおいしいところはたくさんあるんだから、そこへの行きがけについでに寄ったってことにすれば斗柄《とひょう》*の振舞いってことにはならないわ。みんなの意見はまとめて葉月君に喋《しゃべ》ってもらいましょうよ。話すの上手だから。行きがけにするか帰りがけにするかよね。行きがけがいいわ。帰りにどこへ寄るか皆で情報を収集しましょう。海外への遠出は先延ばしとなった。女性の半数が金銭的欠乏を言い立てたのだ。

かくて旅団は草枕*、全員新潟へと赴く。まずは招待された旅館に落着き、夕食を賞味して一泊。朝食後、調理場を見学してから料理人全員を前にして貴夫が感想を述べることになる。旅団の女性たちも全員貴夫の左右と背後に立つ。謝意を述べたあと、物怖《ものお》じせぬ口調で貴夫は言う。みなさん方はなぜ、地元にいい食材がたくさんありながら、各地からいろいろと食材を取り寄せるのですか。今朝がた朝市に行ってきましたが、特に名物というのではなくともいい野菜、いい魚は多く見られた。ああいうものが食べたかったのです。わたしたちはその地でしか食べられないものを求めてやってきております。苛立《いらだ》った口調で気の強そうな板前の長と思えるつるつる頭の五十男が大声を出す。鮃《ひらめ》はどうだったんだ鮃は。貴夫は気圧《けお》されることなく答える。あれは三陸岩手の鮃だと思いますが、高価な上に運搬の費用もかなりかかった筈です。鮃はすぐ鮮度が落ちるので産地以外では刺身になりませんからああいう料理になさったのは当然です。右横に立っていた霧原夏子が貴夫に耳打ちする。お砂糖を使っていたわ。ああそうだ。生魚の煮物に砂糖を使うのはまずいんじゃないでしょうか。日本料理の基本は食材の自然の甘味を出すために砂糖を使わないということだった筈です。特に魚の場合は本当の味が消えてしまって、所謂《いわゆる》、混濁不調和ということになります。さっぱりともしていないし、こってりともしていない昏昏《こんこん》としたもの、ということです。若い料理人たちの多くは感銘を受けた様子だったが、*蠅滑《はえすべ》りの五十男だけは次第に反噬《はんぜい》の色をあからさまにしはじめ、刃物が多く存在する空間だけに危険を察知した歌代由比子がうしろからそっと貴夫の腰を突つく。

葉月君やっぱり凄いわ。威厳があって堂堂としていて、だいたい、怖がらないのよね。命知らずだわ。あの蠅滑り以外はみんなうっとりして聞いていたじゃないの。で

ふくつけがり　貪欲《どんよく》。　**斗柄**　軽率で浅はか。　**草枕**　「旅」の枕詞。
蠅滑り　禿頭《はげあたま》。

も怖かったあ。葉月君平気で批判するんだもん。＊気情者《きじょうもの》よねえ。わたしもう、どきどきよ。長居は無用とばかり匆匆《そうそう》に旅館を退出した一行はわいわいと＊五月蠅《さばえ》なして次の目的地を目指す。新潟に詳しい部員たちが選んだ飲食店を次つぎに訪れ、名物の沢根だんご、へぎそば、わっぱめしなどを食べたのち、夕食の予約をしておいた郷土料理店で新潟地鶏《じどり》、いごねり、のっぺ、柳鰈、村上牛、デザートのおけさ柿《がき》に舌鼓《したつづみ》を打ち、最終の上越新幹線で帰京する。

決して度胸があるというわけじゃないし、今だって喧嘩は嫌いだし、できないんだ。でも命知らずというのは当っているのかもしれないなあ。あまり命が惜しいと思わないのはなぜだろう。性欲がなくなると死ぬのが怖くなるってことを聞いたことがある。おれには性欲なんて初めっからないもんなあ。そのせいだろうか。怖いという感情がないのは堂堂としていることができるからいいことなのかもしれない。もちろん危険は避ける方が賢明なのだけど。そういえば祖父も父もすべてに対して堂堂と振舞っていた。祖母も母もいつだって毅然《きぜん》としているし、登希夫も怖いもの知らずだ。そうかあ。少しは遺伝なのかもしれないなあ。

＊うち靡《なび》く春、葉月邸の、家の前後や庭に群れて蹲《うずくま》る庭雀《にわすずめ》を共有していた隣家に、利根《とね》という賑《にぎ》やかな一家が引越してきた。それまではひっそりしていたのでどういう人

が住んでいるのか家族は知らなかったのだが、新たな隣人は双子の姉妹を子供に持つ七人家族だった。のち彼女たちと話すようになった登希夫によれば真知《まち》、未知《みち》というその双子は引越してきた当時小学五年生だったが、貴夫が彼女たちの存在に気づいたのは姉妹が葉月家の庭を挟んだ彼方の二階の窓から貴夫の姿を見るたびにきゃあきゃあと幼い嬌声《きょうせい》を嬌笑とともに送ってきていたからだ。スタアへの憧憬《どうけい》めいた貴夫への双子の愛慕は何の実害もないので迷惑ではなかった。さほど美しくはないもののまったく同じ顔かたちの少女たちはやはり可憐《かれん》であり愛賞に堪えるものであった。たまに二階の縁側に出る登希夫に対しても嬌声を惜しまなかった彼女たちは、中学校に進学すると登希夫の後輩となり、親しく登下校を共にするようになった。貴夫は彼女たちと話すこともなければ、二階から二階への呼びかけに笑顔で応じたり手を振ったりすることもなかったのだが、どんなことを話したのやら登希夫を介しての貴夫への親近感は姉妹の間で次第に増幅し、ついには声を合せて絶唱するまでになってしまった。貴夫さまあ。貴夫さまあ。好きでーす。好きでーす。貴夫さまはわたしたちの、どっちが好きですかあ。

気情者　強く盛んな気力を持つ者。　**五月蝿なして**　うるさくして。　**うち靡く**　「春」の枕詞。

木下謙次郎が著書『美味求真』に曰《いわ》く。味神は往往是《わうわうこれ》を求むる人の趣味と愛求に応じて、其《そ》の姿を現するものなる事を知るべし。若《も》し夫《そ》れ市井《しせい》の割烹店《かつぽうてん》に就きて至味《しみ》を探らんとする如《ごと》きは、所謂《いはゆる》木によつて魚を求むるものなり。彼らの愛して迎ふる所のものは味神にあらずして顧客に在り。客の多くは酒に遊び妓《ぎ》に戯《たはむ》るることを目的とするにあらざれば、耳餐目食《じさんもくしよく》、徒《いたづら》に奇を追ひ珍を求むるに止《とど》まり、味の真否の如きは問ふ所にあらず。宜《む》べなり一般料理が人為の小巧に陥り、粉飾の末技に走るを事とするや。茲《ここ》に砂糖や出汁《だし》の濫用《らんよう》となりて、本味を亂《みだ》り。物力を竭《つく》すの識なくして、あたら天恵を侮蔑《ぶべつ》して顧《かへり》みる所なし。食前方丈の盛饌《せいせん》も見渡す限り索索《さくさく》として真気なし。味を求めんとするも難いかな。

以上を読み、われ思う。かもかくも妓に戯れんがため割烹へ向うが如きは情欲により て味蕾《みらい》衰えし者の仕業ならん。そは近き過去のこととなるも現今にてもまさか特定のウエイトレス、ウエイターに眼をつけて通う者は数少なしと言えど、色欲によりて味覚覚束《おぼつか》なき者多きは甚だ哀れなり。さらにはその根源的欲望より出来《しゆつたい》したる金銭欲、名誉欲、権力衝動によりて味覚覚束なき者多きも甚だ哀れなり。これらすべてリビドーの仕業にして味の文化高めんとなすには欲情を昂進《こうしん》させる一夫一婦制をないがしろにし自由恋愛を推進し、貧しき*とり膳《ぜん》の拘束より放たれ、ひとしなみに多彩なる料理を賞味するが如く、かもかも多彩なる情愛に向わせるが良策なり。

鬱陶《うっとう》しい土屋が本郷に通いはじめて駒場のキャンパスから姿を消し、旅団では歌代由比子たち三人が卒業した。五月、六月になってから旅団へは貴夫を見初めた新入生が一人、二人と入ってきて、霧原夏子の存在も意に介することなくむしろ*対揚《たいよう》し、*我めいて貴夫を争うようになった。貴夫は高校時代から得意としている計略で、それはまた前記のように彼自身の思想信念に基づく行為でもあったのだが、自分にいささかの同性愛的関心を示して友人になろうと接近してくる男子学生たちの誰それを彼女たちに紹介したのだった。成功したのはひと組だけだった。西条克己という教養課程二年生は去年の夏休みに巴里《パリ》へ行くという愚を犯してしまい、その愚痴をえんえんと貴夫に語ったことから友人になったのだったが、自分の味蕾に自信がない彼は、せっかく貴夫から与えられた恋人のいる旅団には加わらなかった。

とり膳　夫婦だけの膳。　**対揚**　対抗する。　**我めいて**　我こそはと。

貴夫さまあ。午後四時、駅舎から出て我家に向う貴夫のうしろから追いすがり、両側から腕を組んだのは利根家の双子、真知・未知である。揃《そろ》いの制服で自分たちの愛らしさを際立《きわだ》たせるための*細《ささ》やぎだろう。一緒に帰りましょ。帰りましょ。ひとりならこんなことはしないだろうに、双子なればこその大胆さだ。貴夫は辟易《へきえき》して言う。登希夫ともこんなことして歩いてるのか。あのなあ、お前たちみたいな双子、ただでさえみんなの目を惹《ひ》くんだよ。こんなことするなよ。ほら、みんな見てるだろうが。おれ迷惑するんだよ。十三歳にして姉妹はしなを作り恨みっぽい流し目を使い、異口同音のステレオフォニーで言う。まあ貴夫さんって冷たいのね。薄情。そうじゃない。おれが皆から反感を買うんだよ。ほら、一緒に帰ってもいいからさ。その腕を放してくれよ。それで、なるべく離れて歩いてくれ。参ったなあもう。ええっ。登希夫、そんなこと言ったのか。わかったよ。いつかご馳走《ちそう》してやるよ。

　応接間を兼ねた満夫の書斎は一階の東側にあり夫婦の寝室に隣接している。家族の夕食が終った午後九時、満夫が帳簿を整理していると珍しく貴夫が入ってきた。父さん、今、ちょっといい。ああいいぞ。葡萄色《ぶどういろ》の夜の書斎、親子は応接セットで向かいあう。教養課程で経済学概論というのを選択したんだけどと貴夫は話す。先生がさ、今は景気がいいけど、この景気はいつまでも続かないって言うんだ。なぜかって言うと、今の景気のよさは経済活動が齎《もたら》した収益によるものじゃないんだよね。みんなが株式や不動産の値上りで利益を得ようとしてるんだ。でもこれだと資産価値が高騰《こうとう》するとそれ以上は買い手がいなくなるから、高値での均衡が維持できなくなって今度は下落しはじめて景気が後退するんだって。しかもそれは一気に起る可能性が高いらしいんだ。

つまり、暴落ってことか。そうなんだって。銀行からたくさん融資してもらっていた企業が返済できなくなるから破綻《はたん》する銀行まで出るってさ。それでまあぼくも考えたんだけど、その通りだと思うんだ。ぼくが貰《もら》った株券、今いくらしてるか調べてみたら、一億以上なんだよね。一億以上だって。満夫は喫驚《びっくり》する。株価が値上りしているなと思ってはいたんだが。うん、そうなんだよ。だからぼくも、普通に考えてこれは異常だなって思った。待て待て、と満夫が制する。そんなに異常な事態になっていながら、なぜ誰も変に思わないんだ。確かに同業者の中にも、収益率を高めようとしないで総資産を増加させることだけを考えているやつがいる。お前の話だとほとんどの企業がそうだと理解できるが、それを誰も危険視しないのはなぜなんだ。貴夫は恬《てん》

細やぎ　小さく見える格好。

淡《たん》として言う。みんな欲望に負けてるんだよ。競争で金儲《かねもう》けしようとしてるから、危険が見えなくなってるんだ。それで、今日のことなんだけど、それを裏づけるような話をまた聞いちまった。先生が言うには去年の十一月に、野口悠紀雄《ゆきお》って言う経済学者が、この景気はバブルだ、地価はバブルで膨らんでいるんだっていう論文をすでに発表しているらしいんだ。ふうん、と満夫は吐息をつく。バブルかあ。満夫の脳裡《のうり》には今にも弾《はじ》けそうに膨らんだ光彩陸離たる巨大なシャボン玉の回転する姿が浮かぶ。ねえ。父さんはあちこちに土地を持ってるだろ。それから株式だってぼくの何倍も持ってるだろ。ああいうもの今のうちに早く整理しちまった方がいいんじゃないだろうか。高値で売って儲けようというんじゃなくて、暴落して元も子もなくさないうちにと思ってさ。とにかくぼくは自分の株全部売ろうと思う。一旦《いったん》父さんに返すから時価で売ってほしいんだ。うーん、と満夫は唸《うな》る。

　あいつの言うことはいつも正しいからなあと、その夜枕*づくベッドの上で満夫は妻と語らう。それにしても一大学生の貴夫でも気づくような、そんな異常な好景気を誰も不安に思わないのはなぜだろうなあ。あの子の眼が曇ってないからだわと佐知子は言う。通常の人間の欲望があの子にはないからよ。それはつまり性欲ってことかい。なるほどなあ。しかし不動産や株を売ってその金どうするんだ。銀行も危ないって言うしなあ。やっぱりゴールドじゃないかしら。あれって値段はそんなに変動しないで、今は別段投機の対象じゃないでしょう。そして満夫は貴夫と佐知子の言う通りにした。株はすべて売り払い、梨の森不動産に命じて、入居者のいる銀座の雑居ビルだけを残し高額での購入希望者がいる都内の不動産の殆《ほとん》どを売った。ゴールドは入金があるたびに専門店からインゴットで買い、かくて葉月家は約二十七億もの地金を保有することになったのである。

夏休みの終り頃、家族全員と共に貴夫は真岡《もおか》にある祖父の生家へ行く。真岡の葉月家は部屋が三十ほどもある旧家であり、その豪邸には何世帯もの親戚《しんせき》がいて大家族を構成している。窯元《かまもと》を継いだ当主の大叔父は、あれからさらにアル中が高じて疎れ惑《*お》い、下駄《げた》とサンダル、スニーカーと雪駄《せった》を片足ずつ履くなどして出歩き、またステコに羽織で同業者の会合に出向くなどの日常の誑惑《*わやく》で地元では疎れ者と呼ばれるまでになっていた。満夫に似た顔立ちの長男が仕事を引き継いでいて、この従祖父《いとこおじ》の伎倆《ぎりょう》は貴夫の眼からも大叔父を凌駕《りょうが》しているものと思われた。食事どき、大家族は広大な

枕づく　「妻屋（夫婦の寝室）」の枕詞。　**疎れ惑い**　愚かになり。
誑惑　無茶苦茶。

庭に面した十六畳ふた間続きの大広間で揃って食べるのだが、この時に見た食器類のみごとさで貴夫は初めて益子《まし》焼《こやき》の美に目覚めたのだった。例の『美味求真』には食器としての陶器に触れられている部分がほとんどなかったのだが、従祖父によれば「用の美」という思想と共に名づけられたその食器類は、素朴な色合い、持った手にずしんと応《こた》える肉厚の重量感、心を和ませるぬくもりがかえって実用以上の高級感を際立たせていた。寝惚《ねぼ》けた幽霊が人魂から作ったような青白い小鉢の洒脱《しやだつ》さ、技法的にはとても難しいとされる沙漠《さばく》の底から掘り出したような砂の混った丸皿のテクスチュア、そして貴夫が特に心を奪われたのは叩《たた》き出し白釉薬《ゆうやく》角皿という、焼魚をのせた長方形の皿のなんとも艶《なま》めかしい色合いであり、これは帰り際従祖父にねだって六枚譲って貰った。貴夫には今後この親戚から多くの食器を買うことになるだろうという予感があった。無論今の貴夫にとっては、食器如きがいかに高価であろうと些少《さしよう》の出費に過ぎないのだ。

貴夫の家族に宛《あ》てられた二階のひと間はあからひく*朝の光が旺盛《おうせい》に射《さ》し込む十二畳間で、久しぶりに家族はここで全員の寝息を聞きながら滞在中の三日間の夜を眠った。その間彼らは葉月家先祖代代と祖父猛夫の墓に詣《もう》でたり、登り窯を見に行ったり、近隣からやってきたさらに多くの親戚と宴を共にしたりの日日を過した。貴夫はありあわせの食材でイタリア料理を作り皆に喜ばれたりもした。貴夫の美貌《びぼう》をひと目見ようというので近所の女たちが蝟集《いしゅう》してきて閉口したりする時もあった。中には縁側に立つ彼を庭から伏し拝む主婦までいたのだ。

　貴夫はしばしば登希夫と一緒に家族の子供たちと遊んだが彼らはまったく都会の子供のようではなく、年長の子の中には「腹が北山の豊心丹」などという軽口を叩いて貴夫たちを驚かせもするほどの、一種の伝統的知識を身につけていた。登希夫は附近の同年輩の女子中学生数人と仲良くなって夜ごとあちこち出歩き、そのいささか不良じみた振舞いで近隣の者から次男坊のうっぽっぽ*と呼ばれたものの、大家族はそんな彼を微笑《ほほえ》ましく見隠し*ていた。

　鳴戸の鯛《たい》、隠岐《おき》の鮑《あわび》、琵琶湖《びわこ》の鰉《ひがい》、霞ヶ《かすみ》浦の公魚《わかさぎ》、江ノ島の螺蠑《さざえ》、鎌倉の鰹《かつお》、天城《あまぎ》の山葵《わさび》、鳴戸の若布《わかめ》、長崎の豚、神戸の牛肉、北海道の山鳥（雷鳥）、北上川の鮭《さけ》、朝鮮の山七面鳥、京都の松茸《まつたけ》、丹波の栗《くり》、岡山の梨。

　前期の試験が終った秋のある日、それは貴夫が、グルメ旅団の久しぶりの制覇先を『美味求真』のいささか古い記述や観光案内などであれこれと物色している時だった

あからひく　「朝」「日」の枕詞。　**うっぽっぽ**　呑気《のんき》に遊び歩く。　**見隠す**　見て見ぬふりをする。

が、いつになく兎《うさぎ》のようにおとなし気な様子の霧原夏子がキャンパス内の喫茶店で腰弱に言った。わたし退学するわ。試験の成績がすごく悪くて、やはりわたしには勉強が向いてないことを思い知らされたの。今までは意地とプライドでやってきたけど、東大に入ってしまうと満願成就《じょうじゅ》したみたいに気が抜けてしまってやる気が失《う》せちゃった。それに講義の内容が思っていた以上に高度になってきて、とてもわたしのついていけるレベルじゃないってことがはっきりしたの。せっかく仲良くなったあなたには悪いんだけど、わたしやめるわ。やめてどうするの。貴夫は驚いて聞き糺《ただ》す。なんだかすでに夏子は良家の娘っぽい初心《うぶ》さ上品さの空気をふくよかに身に纏《まと》いはじめているかのようだ。勤めることにしたわ。勤め先なら、父がいくらでもさがしてくれるから。それはきっとお嬢さんらしい結構な職場を見つけてもらえるんだろうけれど、でもそれにしても勿体《もったい》ないなあ。貴夫は嘆息する。それに君という楯《たて》がなくなったらぼくは裸虫で害敵に身をさらすことになる。貴夫の脳裡には来年になれば本郷近辺で邂《かい》逅《こう》する筈《はず》のあの土屋の黄色い顔が浮かぶ。あらそれなら大丈夫なんじゃないかしら。旅団に今年入ってきたあの三人、わたしなんか眼中にないほど貴夫さまフリークなんだから、ずっとつき纏わせておけばいいのよ。ああ。わかってないんだなあ。それが困るんだよ。ぼくは基本女の子が嫌いで君だけが特別だったんだ。なんということか、隣家の双子にとっつかまったと思ったら今度は学内三人娘、しかもその三人たるや都内の料理店で定期的に行う旅団の会合という機会のあるなしに関わらず四六時中色気の原液がゾル化した物質で貴夫を搦《から》め捕ろうと競っているのだ。そして霧原夏子の姿が学園から消えたのち、彼女にとって代ってその位置を占めようとする後輩の女性三人が牽制《けんせい》しあいながらの熾烈《しれつ》な戦いをはじめたことは言うまでもなかった。

夏子との別離にさほど心を傷《いた》めることはなかった。もともと恋愛感情があったわけではなく、退学してしまったのであればわざわざ学外で交際を続ける必要はない。しかしなぜか僅《わず》かに哀惜の念が滞留した。よき相談相手を失ったという気持が強かった。もしずっと一緒にいれば親近感が増して家族のように、兄妹のように、あるいは姉弟のようになれたかもしれなかったのだ。

*

昼過ぎ、突然さし並みの隣家の主婦が訪ねてきたので佐知子は驚く。お隣りの利根でございます。まあこのたびはうちの双子がお宅の貴夫さまにとんでもないおねだりをいたしましてさぞご迷惑なことだろうと思います。まことに申し訳ございません。彼女は高価な果実が山と盛られた果物籠《かご》を差し出したのだが、佐知子には何のことだ

さし並みの　きっちりと横並びの。

かわからない。あの、わたしは何も存じませんが、貴夫がどうかしたのでございますか。あっ、失礼いたしました。実はうちの双子が貴夫さまにご馳走してほしいという無茶なことを申しまして、それであの、今夜お宅さまへ晩ご飯にお招きいただいたとのことで、それはもうあの子たちは大喜びなのですがお宅さまにどれだけご迷惑をかけることやら、まあ何というお願いをしたのかときつく叱《しか》りまして、あの子たちも今は反省しておりまして。利根家の主婦は犬のような大きい黒眼に泪《なみだ》を浮かべている。そうでしたか。佐知子は笑って言う。貴夫はまだ帰ってきておりませんが、きっとそんなお約束をしたのだと思います。あの子はいい加減なことを言ったりはしない子ですから、どうぞお約束のお時間に来ていただいてよろしいかと思います。そんなにお気になさることはありませんので。それにあの子も自分の作ったお料理を食べていただくことが喜びなんですから。

日のちりちり、*食材を買って帰宅した貴夫は登希夫にも手伝わせ料理の下拵《したごしら》えにとりかかる。双子は門前で時計を見ながら待機していたかの如く指定された時間きっかりにやってきた。母親から厚かましさを強く咎《とが》められたらしく、昨日駅前でおいしいもの食べさせてと甘え強請《ねだ》った態度とは打って変ってしおらしげであり、服装は揃いの白いワンピースだった。ダイニング・キチンのテーブルで登希夫にふたりの相手をさせ貴夫は彼ら三人分の調理にかかる。まずは呼子《よぶこ》から今朝届いたばかりの剣先烏賊《いか》を、やや和風のカルパッチョに仕立てた前菜。その美味に双子はちょっと騒ぐ。うわあおいしい、貴夫さまは食べないのですかあと双子がステレオフォニーで問えば登希夫が兄に代って答える。お前らなあ、兄貴の料理はそこいら辺のなまやさしい家庭料理なんかじゃないんだ。一緒に食べていたら料理ができないんだよ。本当の料理人ってのはなあ、料理に専念するんだ。双子はますます恐縮する。次いで飛騨《ひだ》山の茸《きのこ》、ホウキタケとチチタケの八方煮。さらに人参《にんじん》、玉葱《たまねぎ》、トマト、アスパラガスなど野菜がたっぷり入ったスープパスタ。メインはもちろん貴夫お得意の二日寝かせた牛肉のステーキに秘伝のソースだ。円錐台《えんすいだい》に作ったチョコレートケーキの表面をなだらめている貴夫の背中に登希夫が言う。おうい兄貴、双子が泣いてるぜ。こいつら、料理の味がわかるみたいだなあ。わたしたち、こんなおいしいもの食べるの初めて。ステーキを食べながら泣いている双子を見て貴夫は思う。この双子は大事にしなきゃいけないようだなあ。味がわかる女性というのは貴重だからな。そうだ、新しい料理を作った時には毒味役として試食させよう。君たちはその高貴な味蕾を失わないでほしいと貴

ちりちり　夕日影の薄れているさま。

夫は双子に頼む。いちばんいけないのは食べ過ぎだ。まだお酒は飲まないだろうけど、飲むようになってもほどほどにね。はいわかりましたと双子は神妙だ。彼女たちが帰っていったあと登希夫が佐知子に言う。あいつら兄貴の料理に感激して泣いたんだ。まあ親娘《おやこ》で涙脆《もろ》いのねと佐知子は大笑いする。

*

二学期を終えた登希夫がこっぺいにも、おうい親父《おやじ》と言って書斎へ入ってくる。成績表だとデスクの上に置いたその中身を見て満夫はにやりとする。すべての学科で上昇しているようだ。褒めてほしいのかなとソファにふんぞり返った次男を見て満夫は思う。威張りたいのかもしれない。いずれにせよ父親のご機嫌とりをしようという卑屈さはなさそうだ。言動は乱暴だが真面目《まじめ》ないい息子なのだという主張をしたいことは確かだろう。満夫はこの息子が父親を階段から突き落したと確信している。だがこの息子は最近ますますそんなことなどなかったかのような態度であり本人でさえそう信じているかのようだ。小さい頃の悪行の記憶を自分に都合良くロンダリングしたのだろうか。

なあ登希夫。満夫はデスクの彼方《むこう》から立ちあがり息子の正面の肘掛椅子《ひじかけいす》に移る。お兄ちゃんは、いや、貴夫は、どうやらわしの会社を継ぐ気はないらしい。食品の方へ行っちまったからな。そこで、だからだなあ、お前にはどうあっても葉月衣料を継いでもらわにゃならん。登希夫は背筋を伸ばす。えっ、おれ、次の社長。そうだ。お前成績がどんどん良くなるじゃないか。登希夫に少年らしい含羞《がんしゅう》と緊張が戻る。まあ、兄貴には及ばないけどね。お前には今からわしの後を継ぐつもりでいてもらいたいんだ。これはつまり、成績だけの問題じゃないからな。それはわかっているだろう。ああ、態度とか行いとかそういうことだね。そうだと満夫が頷《うなず》けば、うん、まあ、何とか頑張ってみるよ、と、登希夫はうわ眼遣いで言う。お父さん。

　西条克己を匆匆《そうそう》に袖《そで》にした一年生の桐生逸子《きりゆういつこ》は未《いま》だ*思い敢《あ》えぬ貴夫が受けている講義の教室前にふたたび立つようになった。どこで調べるのか貴夫の授業を知り、彼が出てくるのを待ち受けるのだが、これは以前から前原都美子、皆からハム子と呼ばれている田中公子を加えた三人組がしていたことであり、なぜか三人、または二人が同時に立っていたことは一度もなく、そのあたりどのような話合いがなされているのかは知る術《すべ》もない。彼女たちはいずれも教室から教室へと移動する貴夫と並んで浮きやかに話して歩き、昼休みには自分と貴夫のために作ってきたランチを共にするのだったが、さすがグルメ旅団のメンバーだけあって貴夫が驚くほどではないもののそれら

こっぺい　えらそうな口をきく。　**思い敢えぬ**　思い切れない。

は少くとも学食や附近のレストランで供されるものよりは美味だったのである。キャンパスでのそんな時間、彼女たちはライバルたちを*ひきこなすこともなく態度も*すなとして貴夫にさほど鬱陶しい思いをさせることはなかったし、何よりも色欲に*気上りした男子学生を近寄らせぬだけの効果はあったのだ。

学年末最後の集りは、旅団がまだ制覇したことのないトゥールダルジャンで行われた。都心のホテルの中にあり、パリの本店がギド・ミシュラン三つ星を誇る高級フランス料理の店とあって価格も高額であり、唯《ただ》一人の男性である貴夫はスーツでの正装を求められた。この店を選んだのは北大路《きたおうじ》魯《ろ》山人《さんじん》が山葵醤油《じょうゆ》で食べたことによって有名な鴨《かも》料理をわれわれもひそかに持ち込んだ山葵醤油で食べてみようではないかというハム子の提案に全員が与《くみ》したからであり、三月はまさに鴨の旬《しゅん》で、その目的は達せられたものの貴夫には鴨料理そのものがいただけなかった。焼いたあとあまり時間を置かず庖丁《ほうちょう》を入れたように思えたし、試みにフルーツを加えた本来のソースで食べてみたが甘過ぎたからだ。この後トゥールダルジャン本店は凋落《ちょうらく》を重ねてついには一つ星になってしまうのだが、むろんそんなことを貴夫たちが知る由《よし》もない。この日は今年卒業する二人の四年生の送別会であると同時に新たな代表者を決めることも議題だったのだが、皆から推薦された貴夫は峻拒《しゅんきょ》した。春休みには都内のレストラン巡りで満足しているらしい旅団とは別行動をとり、単独で海外旅行をすることに決めていたからである。

*花細《はなぐは》し桜の花の咲く頃に貴夫は本郷へ行ってしまう。今日中に貴夫と深く繋《つな》がってしまわねばならないという切迫した事有り顔が三人娘の表情から見て取れ、いつになくライバルに対しての不相《ふあい》があからさまなので貴夫は困惑する。しかも店はホテルの中だし、これは好ましくないことが起りそうだ。食事を終えて徴収した会費から貴夫が勘定を支払っているうちに、あの三人が姿を消している。他のメンバーと別れてひとり貴夫がロビー階の玄関まで来ると、猛禽《もうきん》類の眼差《まなざ》しをタクシー乗場に向けてガラスドアの彼方に立っているのはハム子だ。わあ。かなわんなあ。貴夫はエスカレーターに乗って一階下の宴会場から出ようとするものの、そこには思いつめた顔で佇《たたず》む前原都美子の姿がある。さらにエスカレーターで一階下のアーケード階まで行けばホテルの横の坂道に出られることを貴夫は知っている。だが危惧《きぐ》した通り、そこには桐生逸子が待ち構えている。それぞれが他のふたりを忌避して別の場所で網を張ったので

ひきこなす　貶《けな》す。誹《そし》り侮《あなど》る。　**すなすな**　素直でしなやか。　**気上り**　のぼせる。
花細し　「桜」の枕詞。

あろうことは確かだ。そしてまた、貴夫が自分以外の二人を嫌っていて好かれているのは自分ひとりだけであろう、だから貴夫は自分の待つこの出口へ来るに違いないと想像していることも充分考えられた。ああ。こんなことなら他のメンバーを誘い、共に賑《にぎ》やかに正面玄関から出るべきだったという後悔もすでに遅いようだ。

旬の野菜が旨《うま》いというので以前よく祖父と一緒に来た日本料理店がアーケード街の出口の近くにあり、貴夫は通路から中を窺《うかが》えないその店に避難した。まあ貴夫さんお久しぶりと女将《おかみ》が迎え入れる。まあまあまあ今日はまたどうした風の吹きまわしかしらん。しばらく休ませてほしいと貴夫は言う。一階のトゥールダルジャンの帰りなんだ。あらまあ何か曰くがありそうね。いいわよ。お茶がいいかしら。それともビール。お茶でいいよ。なら奥が空いてるからこっちへいらっしゃい。女将について両側にボックス席が並ぶ通路を奥へ進む途中で貴夫は意外な人物を眼の隅に捉《とら》える。和服で盛装した霧原夏子だ。六人掛けのボックス席に家族たちと思える人たちやその他の人たち。その華やぎからたちどころに貴夫は理解する。お見合いだ。夏子は貴夫を認めたのか気づかなかったのか。お祖父さん亡《な》くなったんですってねえ、お気の毒ねえと女将はしばらく貴夫と話してすぐに帳場へ戻り、貴夫はひとりいちばん奥のボックス席で運ばれてきた焙《ほう》じ茶を飲む。

京友禅の古典柄、千總《ちそう》と思える訪問着ですならすならと貴夫の前に立った夏子には若い日本鹿《じか》のような中性の美があった。葉月君久しぶりね。ここ、ちょっと座ってい い。大丈夫か、と貴夫は驚いて言う。お見合いの最中だろう。いいのよ、と夏子はやや投げやりに言って彼の正面に腰をおろした。あれから何度お見合いさせられたか、もう、うんざりよ。こんなとこへ逃げてきて、お相手に悪いじゃないかと貴夫は気にするが、あなただって逃げてきたんでしょうと夏子は笑う。旅団の行動はすべて、聞き知っているようだ。大学をやめて現在は家事手伝いと知った途端にあちこちからの縁談、それを単に断りきれないだけの両親だから決して自分の結婚を早めようとしているわけではないと夏子は言う。だから拋《ほ》っといていいのよ、あっちはあっちで勝手に盛りあがっているから。貴夫もまた東西を失う*さっきまでのいきさつを語れば、逢*《あ》うさわに何でも話せる以前の二人に戻って夏子は性*《しょう》らかしく背を伸ばし、邪念のない大きな瞳《ひとみ》で貴夫を見つめる。ねえ葉月君、わたしたち、もしかして助けあえるんじゃないかしら。

東西を失う　どうしていいかわからなくなる。　**逢うさわに**　逢うとすぐに。
性らかしく　きちんとして。

ヨーロッパ旅行の同行者として安曇学を選び、久しぶりに電話をすると安曇は大喜びした。遊び歩くことが好きではなく不得手でもある彼は早稲田に気の合う友達がいず、休暇のたび家でひとり、のさとしていることに飽いていたのだ。安曇が元木禎子も誘おうと言い出すことを貴夫は恐れていたのだが、のっけから男だけのふたり旅を前提に誘われていると理解したらしい安曇は彼女の名さえ口にしなかった。計画を練るために二度ほど父親が弁護士をしている安曇の大きな家へ行き、自宅では旅の準備をし、電話で各地のホテルを予約した。ホテルの状況によっては安曇と同室になることも覚悟していて、その場合もなんとか秘密を保てるであろうという心算《つもり》ではいたのだが、幸いにも安曇の方から別室にしようと言い出してくれた。鼾《いびき》が大きいので貴夫が眠れないだろうと慮《おもんぱか》ってくれたのだ。二度めとは言いながら今度は単独で行くと言う貴夫の渡欧を心配していた家族も、あの安曇学が一緒と聞いてずいぶん安心したようだった。

旅は愉《たの》しかった。仲違《なかたが》いすることが多いと言われている二人旅だが安曇はこの上ない同伴者だった。お互い尊敬の念を抱きあっている限りは相手を見下したり蔑《さげす》んだりした挙句その言動に飽いてしまい、ついには腹を立てるというようなことにはならない。どちらも寡黙《かもく》であり、それでいて沈黙が気にならず、必要に迫られての会話や気の利《き》いた軽口や互いの知識の開陳や節度のある議論も常に清新である。初めてのロンドンはそんな二人の気質に合う街でもあった。重厚な旧《ふる》いたたずまいを代表するホテルやレストランの格式も好ましかった。一般に不味《まず》いとされているイギリス料理だがどうもそれは実務的な英国人が日常口にする料理だけを指しているのではないかと二人には思えたし、伝統あるルールズで食べた英国名物のローストビーフは確実に旨かった。世界一を誇る食材の短角牛には食塩と辛子のみでソースなど不要だ。波多野承五郎によればこの偉大なる料理を献立の中に挟むなどは無法であり、食通ならばローストビーフのみで他の料理など見向きもせぬ筈と言うのだったがそういう訳にもいかず、二人は前菜に牡蠣《かき》を取ってそれは充分美味ではあったものの、やはりローストビーフだけを食べるべきであったのか運ばれてきた料理の量は多かった。だがグルマンでもある二人が残らず平らげたのは無論のことだ。官能に無縁な貴夫にとってそれは脊髄《せきずい》を往還するほどの美味であったのだ。

ロンドンからノルウエーのオスロ空港へ飛び、オスロからミュルダールまではベルゲン鉄道、ミュルダールからは登山電車の趣きのあるフロム鉄道なのだが、その途中で見たショースの瀧《たき》の爽快《そうかい》さと豪快さに二人はあっけにとられた。山頂から噴出しているかに見える瀧は轟轟《ごうごう》と高鳴り、白く泡立ち、飛沫《しぶき》に打たれているうち心乱れてこの世の体験とは思えなくなってくるほどだった。

ベルゲン港に着く。ブリッゲン地区の、湾を隔ててハンザ同盟の倉庫や居住区のある世界遺産の建物を一望できるホテルの二階が宿である。さっそく港に接している魚市場に出かけ屋台の魚介類を物色。ノルウエーの大西洋岸から地中海一帯に分布している巨大なヨーロピアン・ロブスターを見つけ、これを食べようというので市場に隣接しているレストランに入り、かの大海老《おおえび》を買ってくるようウエイターに命じる。ほどなく女性の悲鳴が聞こえ、これは買って来たばかりの体長七十センチにもなる生きた雄のロブスターをウエイターが顔見知りの女性客に見せたからだと判明したが、それほど巨大な大海老を二匹、さてどうして食べようかと二人は厨房《ちゅうぼう》から出てきたコック長を加えて相談し時間はかかるが蒸すのが最善であろうと決める。二十分ほどのち、半割りにされて出てきたそれぞれ一匹のロブスターを二人は半分をレモン汁で、半分を溶かしたバターで食べる。旨さは伊勢《いせ》海老よりも濃厚で量もたぶやかであり、巨大な鋏《はさみ》の中身、歯で嚙《か》んで割った尾鰭《おひれ》の中身や足の中身、足のつけ根のすぐ上などもすべて食べることができた。特に緑がかった肝臓は夢のような珍味だった。グリーグもこんな旨いものを食べていたんだなと安曇が言う。グリーグがこのベルゲンの生れであることは貴夫も知っていて、組曲「ペール・ギュント」の「朝」*が次の日フィヨルドを周遊中船内で流された時は音楽に無関心な貴夫もさすがに感動した。

旅は愉しかった。ミュンヘンでも、二度めに訪れるパリでもローマでも、二人は習得した英語やドイツ語やフランス語を駆使して実力を試し、貴夫は独習で学んでいるイタリア語も試みた。安曇学は酒なら何でものの酒豪になっていて、特にワインには造《ぞう》詣《けい》が深かったから貴夫は旅行中レクチュアを受けて知識を蓄え、嗜《たしな》む程度ではあるが飲めるようにもなった。何よりも助かったこと、それは貴夫の殊《こと》なる美貌に誘引されて擦り寄ってこようとする男たち女たちにとっては常に貴夫と行動を共にしている安曇の存在が桎梏《しっこく》となって手も足も出なかったことであったろう。この頃フランスでは分子調理法というまさに貴夫がこれから学ぼうとしている食品化学にとって軽視できない方法が開発されていたのだったが、まだレストランにまでは普及していなかった。キュイジーヌ・モレキュレールという名のそんな調理法が生まれつつあることなど貴夫はまだ知らない。

貴夫の修学は専修に入る。農学部は東大の多くの建物から離れ、学生たちがドーバー海峡と呼んでいる道路を隔てて、独立した区域にあった。貴夫はここで栄養学や水

たぶやか　充分にある。たっぷり。

圏生産学や動物育種学など食品に関係する講座を多く選択して講義や実習を受けることになり、それらの教室ではグルメ旅団のメンバー何人かとも一緒に学ぶことになったのである。そして秘《ひそ》かに恐れていた通り、あのくすんだ肌色の顔の土屋は貴夫の姿を求めてドーバーを越え、農学部キャンパスに現れたのだった。

一年ぶりですね。一年経《た》ったからもうぼくは君のことを忘れただろうなんて思っていませんか。とんでもない。ぼくが君を想《おも》う気持は逢えないからこそ倍の倍の倍に膨れあがったんだ。君の夢ばかり見たよ。悩ましい悩ましい夢だ。おそらく世界中で君の美貌を、ぼくくらい哲学的に昇華させた者はいないと思うよ。ぼくに言わせれば君の美しさをぼくほど高く評価している人間はいないだろう。それはつまり君という存在そのものの美しさなんだよね。女たちが君に対して抱くようなただの恋愛感情なんかじゃない。崇拝だ。だから君はぼくと共にあって、一緒に天国の高みへ飛翔《ひしょう》すべきだ。いやいや。君にその気がなくても君はいずれきっとぼくを理解し、ぼくを愛してくれるんだ。そうに決ってるんだよ。それはもう、運命なんだ。

欲望に曇ることのない貴夫の透徹した眼差しが彼の眼に聖性を与え、澄み切ったその美貌はますます神神《こうごう》しさを増していた。多くの女が彼を恋い慕い、彼の前に言葉を失いはじめていた。同性にも異性にもまったく関心を示さぬ貴夫の潔癖さによって彼を籠絡《ろうらく》したいという彼女たちの望みは停頓《ていとん》せざるを得ず、それによって誰しもが彼を聖人視するようになった。自らが最愛の甥《おい》を美しく飾り立てようという願望の虜《とりこ》となった叔母の計伊子がしばしば貴夫に贈る高級ブランドの衣服によって、もはや彼の美しさはこの世のものとも思えぬ域に達していた。ただひとり土屋のみがおのれの執着に忠実であり、我執に振りまわされていた。

夕方変なお婆《ばあ》さんが来たよと、日本橋三越への買物から戻った朋子と佐知子に留守居の登希夫が報告する。おふくろか、お祖母《ばあ》ちゃんか、兄貴に逢いたかったんだってさ。ううん名前は言わなかった。また明日同じ時間に来るって言ってたよ。うん。上品なお婆さんだったよ。そして翌日、ふたたび葉月家を訪れた老婦人は中山さんの奥さん、貴夫の受難に駆けつけて応急処置をしてくれたあの命の恩人であった。一度礼に行っただけでその後転宅してからのながい無沙汰《ぶさた》に朋子と佐知子は言葉もない。しかし老婦人はまったく気にせず、ひたすら最近の気がかりだけを心配そうに告げるのだ。貴夫ちゃんをよく知っているという若い男の人が来ましてねえ、と彼女は言う。その胡乱《うろん》な男はどこで調べたのか貴夫の幼年期の災難を知っていて、彼を襲った変質漢からどのような怪我《けが》をさせられたのかと根掘り葉掘り訊《たず》ねて帰ったのだと言う。中山夫人はむろん真実を語ることなく、たいした怪我ではなかったのではないかと答えたのみだったが、その前後その男は曾《かつ》ての葉月家を前渡り*し、附近の住人たちに当時のことを聞いて歩いたらしいのだ。もしや貴夫に悪意や害意を持っているのではないかと疑懼《ぎく》に駆られた夫人は電話帳で葉月家の住所を知り、やってきたのだった。何かわかったら連絡してくれと老夫人が男から渡された名刺には「土屋嘉之《よしゆき》」という名がアパートの一室と思える住所や電話番号と共に記されていた。

やっぱり土屋かあ。家族全員が揃った夕食のテーブルで話を聞かされた貴夫は、渡された名刺を見て憫笑《びんしょう》を浮かべる。こいつ、しつっこいんだよ。恐らくぼくの躰《からだ》の欠陥を暴《あば》いてそれをネタに脅迫して、自分の言いなりにしようってつもりなんだろうけどね。男色だな。どんな男だ。満夫は顔を顰《しか》めて怒気鋭く言う。それでも東大生か。登希夫も息巻いて言う。そいつのこと教えてくれ兄貴。ひどい目に遭わせてやる。枝骨折って何もできないようにしてやる。たちまち朋子が眼を瞋恚《いか》らせて登希夫に叫ぶ。まだ人を殺す気か。

登希夫が鼻白んで自室に行ってしまうと貴夫は親たちに熟考し続けてきた大計を初めて洩《も》らした。ぼくに対して気のおかしくなった奴《やつ》は土屋だけじゃなかったし、結婚適齢期になった同年輩の女の子にもたくさんいる。それにこんなことはこれから、ぼくの周囲でますます多発することになると思うよ。だからぼくは彼らを遠ざける意図もあって、いっそ霧原夏子と結婚しようかと思うんだ。驚くかもしれないけど、もともと助けあおうと言い出したのは彼女の方からなんだ。

玉の緒*の思い乱れて家族はうち騒ぐ。なんとなし貴夫と夏子の関係を察していた佐知子だけは比較的冷静だったが、朋子と満夫は仰天し、危惧懸念《けねん》を次つぎと貴夫に投げかける。むろん夏子さんの性欲が復活したらどうなるのかというのが窮極の心配だったが貴夫は恬淡として答えるのだ。そうなるのは彼女にとっていいことだと思うんだ。何よりも女性としての歓《よろこ》びが戻ってくるんだものね。ぼくは彼女を満足させてやることはできないものの彼女を愛する男性ならいくらでも現れる筈だからね。でもそうはならないようにぼくは思うよ。ぼくも彼女もただ愛するよりは理解することが精神の一段高みにあると思っているし、それは事実だと確信しているから。そしてぼくと彼女とは性の交渉が皆無だからこその信頼関係にあるんだ。大丈夫。世間的には理想の夫婦と看做《みな》されるに決ってるよ。でも子供が産めないんじゃねえ。吐息をつく祖母に、今さら何言ってるのと貴夫は笑いかける。登希夫がいるじゃないか。自分の子供が欲しいという願望が夏子さんに芽生えたとしたら他の男の精子を育ててくれても

前渡り　素通り。立寄らぬこと。　**玉の緒の**　「乱れ」の枕詞。

ぼくはいっこうにかまわない。養子でもいいしね。性や家族に関する貴夫の考えの自由さに家族はただ戸惑うばかりだ。

夏期休暇の三伏《*さんぷく》、貴夫は田無にある農園で畑作、野菜園芸作、果樹園芸作などの実習に励んだ。とは言え野菜づくりなどは貴夫にとって六年ぶりの愉しい作業であり、快く汗を流すことができたのだ。その間にも貴夫と夏子は何度か話しあいの時間を持ち、葉月家と霧原家の間では着着と縁談は進行し結納《ゆいのう》の式も終え婚礼の準備も整えられていった。これらは最初のうち登希夫に知らされることがなかったので、貴夫と夏子が結婚すると聞いた彼は案の定吃驚《びっくり》して騒ぎ立てた。えーっ、夏子さんってあの夏子さんかい。あんな綺麗《きれい》な人と結婚して兄貴どうするつもりなんだよ。夏子さん可哀想《かわいそう》じゃないか。兄貴何もできないのにさ。ほんと、何のために結婚するんだよ。まだ大学生じゃないか。わからないよ、兄貴の気持。兄貴いったい、どうするつもりなんだよ。まったくもう、何がなんだかわからないよ。

結婚式の前に夫婦の新居を探し、入手し設備を整えておく必要があった。両親の家に住むことはできないだろうと貴夫には思えたのだ。どのような夫婦の様態なのかと興味津津《しんしん》の登希夫が好奇の眼を光らせてふたりを観察するであろう。ただでさえ性への興味に衝《つ》き動かされている思春期の登希夫が、どんな窃視《せっし》的行為に出ないものでもない。夏子もいやだろうし貴夫とて*一腹一生《いっぷくいっしょう》の弟にピーピングされるのは願い下げだ。さいわい猛夫が買っていた江東区近森の和風住宅が一軒売れ残っていた。海抜ゼロメートルに近いというので、この附近だけは地上げにも遭わなかったのである。夏子と共に行ってみると一年前まで歌舞伎《かぶき》役者が住んでいたという木造真壁造り二階建ての瀟洒《しょうしゃ》な家で、部屋数や間取りも申し分がなく、二坪ばかりの庭もある。通学には少し遠いが都心のマンションは恐ろしく高騰していて、そもそもがマンション嫌いの貴夫にとっては贅沢《ぜいたく》など言っていられない。貴夫と夏子が暇を見てはここへ新しい家具や什器《じゅうき》備品を運び込み、新婚生活の舞台は着着と設《しつら》えられていった。

ねえ君君。葉月貴夫君。君は子供の時、たいへんな目に遭いましたね。ぼくは知ってるんです。それこそ君が、女性にも男性にも関心を示さない原因なんだってこともね。無論それを公《おおやけ》にするぞと君を脅して想いを遂げようなんてこと、今は考えていません。だけどね葉月君。君がどうしてもいつまでもぼくのことを無視し続けた時にはぼくは発狂しますよ。恐らく自分で自分が何をしているのか自覚できない状態になると思う。そうなれば脅迫だの何だのといった段階ではない。君を殺すかもしれない。

三伏　夏の暑い期間。

一腹一生　同じ父母から生れた兄弟姉妹。

ぼくは自分が恐ろしいのです。君に助けてほしいのです。夏期休暇が終るなり農学部のキャンパスへやってきて赤眼吊《つ》っての合食禁《*がしょうきん》、我武者《がむしゃ》らに掻《か》き口説く土屋に貴夫は笑って答える。ぼくを去勢された男だと思っていますね。中山さんの家にまで行ったそうですね。だけどぼくは、さいわいにもちゃんと男性としての機能を維持することができたんです。君は霧原夏子に対するぼくの愛情を君から逃れるための空情《そらなさ》けと判断していたようだけれども、実は本物の愛情なんです。だってぼくはこの秋彼女と結婚するんだから。

胸にこたえる痛矢串《*いたやぐし》、嘘《うそ》だ嘘だ嘘だと逆上して叫び続け、果てはそんな結婚式邪魔してやるぞ結婚などさせないぞ結婚などさせないぞと繰り返し嚇《おど》す土屋の言葉など貴夫は*へちとも思わず、かくて虫入りの秋*、葉月霧原両家の華燭《かしょく》の典、華燭の宴は帝国ホテルで盛大に行われた。媒酌人《ばいしゃくにん》は貴夫の素質と優秀さを誰にも増して認めている食品化学の海堂主任教授で、披露宴の出席者は葉月家関係者八十名、霧原家関係者八十名、これに新郎新婦共通の友人が十名加わる。葉月家の親戚は三十数名に及んだが、あの誑惑者《わやくもの》の大叔父だけは招待されなかった。あんな者が来たら宴が誑惑茶《わやくちゃ》にされてしまうという朋子の主張で招かれなかったのだ。行きたがる大叔父を、実質上の当主であるあの従祖父によれば床柱にくくりつけてきたということだった。「寿観」の一族と共に叔母の計伊子、そして一歳の赤ん坊を抱いた麻衣子も夫と共にやってきた。貴夫の友人たちの中にはむろん安曇学と元木禎子の姿もある。西条克己、中里さくら、勝也メンドーザ、藤谷啓一の姿もある。あの隣家の双子はわあわあ泣く怖《おそ》れがあるからという登希夫の提言で、招待は見合わせた。新郎新婦共通の友人とは即《すなわ》ち旅団の面面であり、和泉礼奈、歌代由比子たち、そして桐生逸子、前原都美子、田中公子の三人組もいる。夏子の親族では共に高校生の彼女の弟や妹も列席している。

夏子の父は各種消火器を製造販売している会社を経営していた。それは販売代理店を多くの都市に持つ企業だった。親戚には中規模の会社を経営している人物が多く、中の一人で夏子の従祖父に当るという佐伯《さえき》食品工業社長の佐伯峰雄という人物は、海堂主任教授の媒酌人挨拶《あいさつ》で貴夫の食品に関する知識の豊富さや食品開発への熱意を知り、終宴後のロビーで大学卒業後は是非ともわが社に招きたいという申し出を貴夫に直接切り出したのだった。この人物が以後の自分の人生に大きく関ってくることにな

合食禁　無理やり意志を押し通す。　**痛矢串**　痛く突き刺さった矢。
へちとも思わず　少しも気にかけず。
虫入り　冬眠する虫が地中に入る意。晩秋の雷。「秋」の季語に許容すべしの議論あり。

るとは貴夫のまだ知らぬことである。

正面の席に並ぶ花婿《はなむこ》花嫁は、貴夫の美貌もさることながら夏子の白いウェディングドレスとあのアマリリスの*花咲《はなえ》みが列席者をうっとりとさせた。かの双子でなくてさえこの美しい夫婦を見て涙ぐむ者はいたのだ。遥《はる》か遠方の席となった近親者のテーブルから新婦を眺めて朋子があれほど似合いの夫婦はあるまいと言うと、貴夫君に似合いの人ならもっと際立った美人でなければならないと計伊子のみは不満げである。登希夫だけはそんな会話にまったく無関心であり、あれがあの美しい新郎の弟君だと女性たちから注目されているにかかわらず出される料理を*ざざめかして*撫《な》で食いし、あ十五歳になり給《たま》えどなお*いみじく*片成《かたな》りにておわしまするとと真正面の席の麻衣子を嘆かせる。

まあ葉月夏子さんになるのね。いいお名前だわあ。だって葉月って八月のことでしょ。宴が果てればホテル内の小部屋で友人たちと共に極く小人数の二次会をやり、貴夫と夏子はそのままホテルの一室に引き揚げる。初めての*比目《ひぼく》の枕《まくら》、当然のことながら何事も起らない。新婚旅行は冬休みまでお預けだし、新居にはまだ暖房設備が据えられていず、二人は何日かをそれぞれの親の家で暮らすことになる。そして十二月、若い夫婦はヨーロッパ旅行に出発した。貴夫にとってはもうこれで三度めのパリ、ローマである。夏子を案内してすっかり馴染《なじみ》となったレストランを経巡った後はマドリッド、アテネをまわって夫妻は帰国し、新居に落着いた。その直後、平成元年となっていたこの年の暮に、株価は史上最高値を記録する。そしてこれを最後に翌年から株価は急激に下落へと転じはじめるのである。

佐伯食品工業社長の佐伯峰雄氏からは一度わが社を見学に来ないかという誘いがあった。貴夫は年明け早早、晴海《はるみ》にある佐伯食品に赴き、若く端正な容姿とビジネスライクな知性を伴う峰雄氏の人柄に魅《ひ》かれ、先端的な技術を駆使している新商品開発室や社屋に隣接する工場を見てすっかり気に入り、さらに夕食を誘われて佐伯氏と話しあった末、ここに就職しようと心に決めたのだった。何よりも開発室や工場では、大学の研究室などの設備よりもずっと高度な機器が使われていた。そしてここでは、まだレストランにまでは普及していない分子調理法が日常的に行われていたのだ。それは大学では、フランスの研究室での成果を踏まえ、例えば塩化カルシウムの液にアル

花咲み　蕾《つぼみ》がほころびること。　**ざざめかして**　騒がしく音を立てて。

撫で食い　片端から食い尽す。　**いみじく**　はなはだ。　**片成り**　未成熟。

比目の枕　ふたつ並んだ夫婦の枕。

ギン酸ナトリウムをスポイトで落して本物のイクラと同じ形状の人工イクラを作るなどの実験をしたりする程度だったのだが、ここでは化学反応や圧力差を調理手法とする作業が大量生産のための技術として、例えば壁際に並ぶソーダサイフォン、減圧調理器具といった、いかにも高価で威圧的な最新鋭の機器と共に導入されているのだった。

就職を両親に報告しようとして実家へ赴いたその雨もよに夜遅く、貴夫は何やら面倒ごとあり気な親たちが茶の間で黙りこくったままの沈鬱な様子に驚いた。どうしたの。会社が大赤字でも出したの。貴夫がそう訊ねると満夫は笑ってかぶりを振る。いやいや会社は順調だ。実はさあと、まるで隣室で登希夫が聞き耳でも立てているかのような低声《こごえ》で朋子が言おうとすると佐知子が突然身を揉《も》んだ。ああ。ああ。こんなこと恥かしくってとても貴夫に言えやしないわ。こんな恥かしいことってないわ。とても貴夫に言えやしないわ。

佐知子は妊娠したのだった。それがどうしてそんなに恥かしいことなのか、なぜそれが*厄害《やくがい》なのか貴夫にはどうしてもわからなかった。*常若《とこわか》の*細《くは》し妻に情動を衝き動かされるまま何*をがな避妊の策もなく、*したいがいのおのれの行為に年甲斐《としがい》もなくと赤くした顔を伏せて恥じ入る父、その横で消え入らんばかりの母とを*無漏《むろ》の貴夫は不審そうに見ながら言う。つまり、おめでたなんじゃないか。なんで喜ばないの。だってね貴夫、お母さんはもう四十五歳で大きな息子が二人もいるんだよ。やっぱり世間体ってものがあるじゃないか。朋子が声をひそめたままで言うことにも貴夫は動じない。二十歳以上歳の離れた兄弟は昔からいくらでもいるよ。何もおかしなことはないじゃないか。昔と違ってね、今じゃそれはやっぱりちょっと恥かしいことなのよと佐知子が言うと、今相談しているのはな貴夫、どこの病院でお母さんに中絶させるかってことだと満夫が言い、貴夫は愕然《がくぜん》とする。なんてことを。まったくもう、みんな、なんてことを言うんだ。

小一時間の話しあいの末貴夫は言う。やはりお母さんには赤ん坊を産んでほしい。いい子に決ってるんだ。登希夫はあんなだったけど今はいい子だし、男の子にしろ女の子にしろ美しい子が生れる可能性は十二分にあるんだ。どうしても世間体があるって言うんならその子はぼくが自分の子として育てよう。ぼくが引き取ってぼくたちの子として、ぼくと夏子の間に生れた子として育てよう。ぼくたちにとっては願っても

厄害　面倒なこと。　常若の　いつまでも若わかしい。　細しき　優れて美しい。
何をがな　何か適当な。　したいがい　したいまま。　無漏　煩悩《ぼんのう》から完全に解脱《げだつ》している。

ないことだ。僥倖《ぎょうこう》だ。それこそ世間に立派な両親の資格を持つ夫婦なんだってことを納得させられる天からの授かり物に違いないよ。ぼくはお母さんによくぞ妊娠してくださったと心の底から感謝する。いくら感謝してもしきれないくらい感謝する。だからこれだけは反対しないでほしい。お願いだからそうさせてください。

　*おんづもり納得させられはしたものの先に横たわる難事をいかに乗り切るか、その善後策に四人は相談を重ね、寝たのは明け方の四時だった。だがよく眠れず、貴夫は*起き起きで妻の待つ近森の家に戻る。新居は結婚するなりたちまち若奥様風に変幻した夏子によってこぢんまりと整えられ、まだその家独特の匂《にお》いこそ持たぬものの暖かみのある*はんなりとした桜色の空間になっていた。いつものように貴夫好みの朝食を作っていて初めての朝帰りをした夫を詰《なじ》ることもない夏子に、珍しくいささか興奮気味の貴夫が乳白色のダイニング・キチンで向きあった新妻にいきさつを話す。つまりその子を、君の産んだ子として育ててほしい。協力してくれないか。いや。実際には協力するのがぼくということになるかもしれないのだが。

　夏子に否《いな》やはなかった。まだ子供が欲しいという切実な感情こそなかったものの、いずれ母性愛に目覚める時が来るかもしれず、その時には養子を貰うしかないのかと気にかけていた彼女にとって、いい子であることが判然としていてしかも夫と血の繋がる子供を育てることができるというのは夢のような話だったのだ。しかしわが家にその子が*見来《げんらい》するのはまだ八か月も先のことである。妊娠を装《よそお》いはじめるのも少し先のことであった。無論、実家の親たちには今から告知しておかなければならない。夏子には貴夫の留守を守るだけの退屈な主婦業に世間を誑《たぶら》かす刺激的な楽しみや偽《にせ》の出産計画を立てるという迫力ある喜びが加わり、さらには子育てという新たな人生目標も生れたのだった。

不能者同士の結婚だね。耳許《みみもと》で憎にくしげにそう囁《ささや》いて土屋が卒業して行き、代って旅団の三人娘がやってきた。貴夫の結婚によって挫折《ざせつ》した彼女たちの恋情は崇拝へと横滑りし、ある意味では昇華した。旅団全体になんとなく貴夫を教祖とする宗教団体のような雰囲気が醸成され、新たに入団してくる新入生たちもあきらかに食べ歩きよりは貴夫の美貌や聖性に魅かれてと思える様子だったのである。うち靡《なび》く春、その貴夫は最終学年を迎えて、もはや就職活動に向ける力を必要とせぬ分、佐伯食品工業に入社する準備として授業に食品工学などの科目を加え講義に実習に力を注いでいく。

おんづもり　とどのつまり。　**起き起き**　起きぬけ。　**はんなり**　明るく華やかな。
見来　姿を見せる。

そして登希夫は公立高校へと進んだ。隣家の双子はいなくなった貴夫の面影を求めるかのように相変らず学校の行き帰り、登希夫につきまとい続ける。

花細《はなぐは》し桜の散る頃になればそろそろ懐胎を装わねばならず、誰かに孕《はら》んだ姿を偽装と看破されては大変だから夏子はできるだけ外出を控え、近所づきあいものっけから避けていた。佐知子は逆に懐妊の膨らみが目立つことを恐れ、これまた出歩くことを避けて買物も朋子に任せるようになった。満夫の友人が経営している産科医院には何度か出かけて診察を受けたが、胎児は順調に成長していた。そしてある日、佐知子は身のまわりの品と共に近森の家へ移る。ここまで状況が進展すればもはや登希夫に母の不在をなんとか説明するしかない。朋子は孫に彼の兄嫁の妊娠を告げ、その面倒を見てやるために佐知子が近森へ出向いているのだと教えなければならない。夏子さんが精神的に不安定だから決して近森へ行ってはならないと釘《くぎ》を刺しておく必要もあった。えーっ。夏子さんが妊娠。嘘だあ。妊娠なんかできるわけないじゃないかあ。単性生殖。そんなもの人間にできるわけないしさあ。科学だってそこまで進んでいないだろうが。処女懐胎。そんな馬鹿《ばか》な。そんなものは聖書の世界じゃないかあ。いったい誰の子供なんだよ。兄貴の子であるわけないじゃないか。他の男の子供だろうが。いったいどんな奴の子なんだよ。いったいどんな男の子供なんだよ。いずれわかるったって、どうわかるんだい。ひやあ。おれ、気が変になりそうだよ。

夏子の懐妊を告知する親戚はごく身近にとどめ、くれぐれも見舞には及ばぬ、もし来宅されなば嫁の負担甚だ大なりと警告し佐知子も夏子も近辺に身をさらせぬゆえに夏の間は貴夫ひとりが買物に出かけることになる。農園での野菜づくりや旅団の例会などを横着して家では夏子と共に母の世話をする。時には朋子が訪れてあれこれ気を配り、満夫も相談にやってきたりする。そうこうするうち夏が過ぎ秋*さびて、その日佐知子は真*日暮れたを機にこっそりと満夫の運転する車で産院へ向かい入院する。そして数日後、彼女は女児を出産した。

秋さび　めっきり秋らしくなり。

真　接頭語。

わが庵《いほ》は都の辰巳《たつみ》、江東区。＊柞葉《ははそば》の母を再び近森に迎え、その抱き戻った＊胤腹《たねはら》の妹をわが娘として、妻と共にこの＊麗《くは》しき幼女を愛《め》でる。秘匿隠蔽《ひとくいんぺい》すること甚だ数多き家系かなと自嘲《じちょう》しつつも秘事を守る労、世間を瞞着《まんちゃく》する工夫に凝るなどは必ずしも厭《いと》しきに非《あら》ず。出生証明、区役所への届け、母子手帳などが母佐知子の名である限りは文書偽造の罪にも問われず何ら法に触るることなき限りは＊虚誕《きょたん》に遊ぶ面白さあり。わが身に起きた災厄も、風変りな一興の人生なりと達観すれば悲しみや嘆きはないのだ。＊ありきぬの宝玉とも見える女児なれば、その名は瑠璃《るり》。

あーっ。おふくろそっくりだ。瑠璃を見てそう叫んだ登希夫は、ははあとばかりに傍らの佐知子の顔を窺《うかが》い、何やら納得した様子だった。佐知子はまだ近森にいて、時おり家に戻っては用を済ませ、瑠璃に授乳するためまた近森に帰るという日常を続けていた。近森の家には登希夫以外にも瑠璃を見るため親族が入れ替わり立ち替わりやってきた。夏子の家族や親戚《しんせき》、計伊子や麻衣子、佐知子の親族などであるが、あまりにも佐知子に似た瑠璃に驚きこそするもののまさかそれが実は貴夫の妹であるなどとは誰も思わず、うっすらと真実を悟ったのは登希夫だけである。

大学ではだいぶ前から、まだ16ビット／DOSの時代ではあったがパーソナル・コンピューターが導入されていた。貴夫も遅蒔《おそま》きながら自宅の書斎用にデスクトップ・マシンを購入した。研究室では食品会社からの依頼もあって遺伝子組換え食品の研究が行われていたが、貴夫はこれには疑問を抱いていた。ちょうどアメリカを中心に千五百四十三人の健康被害者を出し三十八人の死者を出したL－トリプトファン事件が起ったばかりだったが、それとは無関係にバイオテクノロジーそのものの倫理性に問題があると思っていたのである。自然の味を破壊するものではないかという*危疑《きぎ》もあった。それでも最重要研究課題のひとつとされている以上は一学生として皆と共に学ばぬわけにはいかなかった。

そろそろ卒業論文の主題を決めねばならぬ時期だった。君は味覚のプロだからと海堂主任教授にも勧められ、貴夫は百種類にも及ぶ食品を分析し、そこに含有されるアミノ酸、核酸の質と量を研究した。出汁昆布《だしこんぶ》から発見された旨味《うまみ》のグルタミン酸を含

柞葉の　「母」の枕詞《まくらことば》。　胤腹　実の父母。　麗し　優れて美しい。

虚誕　嘘。偽り。　ありきぬの　「宝」の枕詞。　危疑　危ぶみ疑うこと。

むアミノ酸は肉や魚が熟成されて蛋白質《たんぱくしつ》が分解され遊離アミノ酸となって旨味が増しイノシン酸やグアニル酸を含む核酸は鰹節《かつおぶし》や椎茸《しいたけ》から抽出された旨味である。代表的な動物性植物性の食品を選んでこれを分析し、大学では研究を、家ではワープロソフトで論文の執筆やグラフの作成に費やす毎日が続いた。どのような結果が出るかによって論文のタイトルが決定される。時には研究用の食材を持ち帰って調理し、味を確かめたりもした。

瑠璃が母乳を欲しがらなくなったので粉乳に換え、佐知子は自宅に戻る。そして*睦《むつ》び月元旦《がんたん》、葉月家は大勢の親族で満ちあふれた。家族だけでも瑠璃を含めて七人、計伊予と麻衣子とその赤ん坊そこへ新たに夏子の両親と妹弟、さらにはご挨拶《あいさつ》に伺ったという佐伯社長の飛び入りで大人だけでも計十三人分各八品の*取肴《とりざかな》を貴夫は料理しなければならない。もはや貴夫の調理には朋子も佐知子も手を出せず、ただ酒の燗《かん》をし食膳《しょくぜん》を運ぶことしかできない。

座敷では社長たちが昨年はえらい年であったこと、どこの会社も株価が下落して僅《わず》か半年ちょっとで半値になったこと、自分の会社は今のところ持ちこたえているがなどと未《ま》だ楽観的に話している傍らでは瑠璃を抱いた夏子を中に女たちが*ざざめいている。眼と眼の間が少し離れているのが可愛《かわい》いのよね。あらだってそれは大人になれば。

でも口がちょっと大きいと思いませんか。だから夏子さん、笑うとそこんとこが可愛いんだから。登希夫は夏子の妹弟に何やら＊才《かど》めいた強言《こわごと》を言い立てていたが、隣家の双子が着飾って年始に来たのを機に五人で茶の間へ移り、ファミコンでドラゴンクエストに興じはじめる。ケーキを持って貴夫がこの部屋に入ってくると貴夫さまお会いしたかったと双子がおいおい泣く。

海堂主任教授の口から洩《も》れたらしく、貴夫が佐伯食品に入社したことが旅団全員の知るところとなり、その話題で持ちきりとなったが、特に騒いだのは桐生逸子、前原都美子、田中公子の三人娘であり、彼女たちは貴夫に懇願し、来年は是が非でも佐伯食品に入社したいから自分を推薦してくれと口ぐちに言い立てるのだった。貴夫は困惑した。まだ入社もしていない自分が、いかに親戚とはいえ社長に対して来年度の新入社員を三人も吹挙《すいきょ》するなどは僭上《せんじょう》も甚だしいのである。

卒業論文を書きあげて提出し、そのコピーを晴海《はるみ》まで持参して佐伯社長に見せると彼は一読して思い半ばに過ぎるものだと褒めた上で、この論文にもそれは顕《あら》われてい

睦び月　陰暦正月。春の季語。　**取肴**　各自に盛り分けた酒の肴。
ざざめく　ざわざわと騒ぐ。　**才めいた強言**　才気ありげな強がり。

るが、君の鋭敏で繊細な味蕾《みらい》による君のお得意の料理の腕は正月の取肴にその一端を見せていただいた、ゆえにこそなんだが、一度本格的な料理を賞翫《しょうがん》させて貰《もら》えないものだろうかと懇請した。よい機会が訪れたと貴夫は思う。ただ単にあの娘たちを紹介するだけなら障《さわ》りはない筈《はず》だったからである。では一度、夕食会を設けましょうと貴夫は言う。近森の家は手狭だし調理道具も揃《そろ》っていませんので、元旦にお越しいただいた本宅の方へご来駕《らいが》いただければと思います。その際は調理を私の後輩たちにも手伝わせ、相伴させてもやりたいので、その三人の女子学生をご紹介させてください。また、せっかくの会食ですから、以前ご紹介いただいた総務担当重役の刈谷専務にも来ていただくと、食材の量と人数の割合が吻合《ふんごう》します。日時は追ってご相談します。ところで、料理はどんなものがお望みでしょうか。

この計画を三人それぞれに話すと、やっちゃとばかりに興奮した彼女たちは腹ぬちこそいざ知らず表面は仲良く相談してメニューや食材の仕入れや日時を貴夫と打合わせる。くれぐれも自分だけが目立とうとするような服装や化粧はして来るなと警醒《けいせい》しておいたため、さすがに伶俐《れいり》な東大生の彼女たち、当日は働きやすい服装で割当てられた食材を運び込み二時間前から下拵《したごしら》えにかかり、朋子や佐知子も食器類の準備を手伝い厨房《ちゅうぼう》はたちまちやっちゃ場の趣きを呈するのだ。登希夫はこの思いがけぬ美女軍団の襲来に喜び、兄を「貴夫さま」と呼ぶ三人に眼を丸くしながらダイニング・キチンを右往左往するが、すぐ母親に叱《しか》られて*囁《つつ》めきながら自室に戻る。

佐伯峰雄氏と刈谷貞治氏は夕刻のきっかり六時半にやってきた。二人とも妻帯者ではあるが佐伯社長はまだ三十代後半で細身の好男子であり、刈谷専務はやや小柄でずんぐりしているものの悪戯《いたずら》っぽい眼が魅力的な四十過ぎの紳士である。三人娘は厨房でこっそりこの専務にリチャード・アッテンボローなどと渾名《あだな》をつけたが、それがどんな俳優なのか貴夫は知らない。最初のオードブルを出してから六人全員が席につき貴夫ははじめて三人娘を紹介する。調理する者が交替で席を立ち料理を運ぶので今夜だけは貴夫も来客の相手ができたし、貴夫がいない時には娘たちがすでに上司であるかのように彼らを遇する。驚嘆すべき美味であることを述べ立てる傍ら三人それぞれの専門や研究を訊《たず》ねるうち早くも彼女たちの翹望《ぎょうぼう》を悟った刈谷氏が言う。これは社長、このお嬢さんたち全員わが社に入っていただくと好都合ですな。いやそれはやはり他の応募者の手前、入社試験は受けてもらわねばと佐伯氏は苦笑する。だが、三人娘の

やっちゃ　掛声。　**腹ぬち**　本心。
囁めく　不満げにぶつぶつ言う。

間で刈谷氏への好感度が奔騰《ほんとう》したことはいうまでもなかった。

　幼い頃から時おり見る恐怖の夢がある。言うまでもなく裸でいる夢だ。例えばまだ子供の自分が小林亜実と手をつないで見知らぬ住宅地を歩いていくといつの間にか裸になっているのだ。まわりの大人たちが囃《はや》し立てる。亜実ちゃんが泣き出し自分も恥かしさに大声をあげ、それで眼を醒《さま》す。その夜も、ホテルの玄関からヨーロッパのどこかと思える紫色の靄《もや》にけぶった繁華街へ出た途端、自分が裸のまま外出したことに気づき、彼方《むこう》から日本人観光客の集団らしきものがやってくるのを見て*うぞ震い、大声をあげて覚醒する。どうしたのっ。隣室で瑠璃と寝ていた夏子が驚き、水色のネグリジェ姿で襖《ふすま》をあけ入ってくる。ああわが妻だ。この人には打ち明けておいた方がいいだろう。隠していたところで何の益もなく告白しても他言することはない。話してしまえばもしかして悪夢を見なくなる可能性があるのだ。疑似茎をつけたアンダー・サポーターをパジャマとともにずりおろし股間《こかん》の傷を見せながら初めて幼児期の災厄を話せば、妻はやはりそうだったのと涙して礼拝するように跪《ひざまず》きわが聖痕《せいこん》に口づけする。

　琵琶湖《びわこ》の鮒《ふな》、淀の鯉《こい》、馬關《ばかん》の河豚《ふぐ》、篠山《ささやま》の猪《いのしし》、柳川《やながわ》の鰻《うなぎ》、日田の鮎《あゆ》、北筑の鶏、駅《やっ》館川《かんがわ》の鼈《すっぽん》、会津の三五八《さごはち》漬、大沼の鮒、日間島の浅蜊《あさり》、秋田の雷魚、佐賀のキャラ柿《がき》、茂木《もてき》の枇杷《びわ》、秋田の魚醤《ぎょしょう》、熊野《くまの》の薯蕷《やまいも》、諫早《いさはや》のムツゴロウ、八郎潟のメナダ、越前の寒鱈《かんだら》、駿河《するが》の甘鯛《あまだい》、水戸の鮟鱇《あんこう》、金沢の大蟹《おおがに》、吉備《きび》の金山鯛、豊後《ぶんご》の城下鰈《しろしたかれい》、備前の海月《くらげ》。ああ。木下謙次郎が書き記したこれら名物の、どれほどが絶滅したことだろうか。さらにどれほどがその美味を保ち続けているだろうか。今のうちにあちこちへ出かけて食べておかなければならぬと貴夫は思う。だからこそ、それまで貴夫は旅団を鼓吹し一泊または日帰りで食べに行き、時には単独でも食べ歩いてきたし、卒業式前後、晴海に赴いて、入社後は自分がそこへ所属することになる新商品開発室を見学したりアルバイト気分で何やかやと手伝ったりする傍ら、さらに足をのばして貴夫は行ける限りの名産地を経巡ったのであった。

卒業論文は高い成績で合格し、卒業式も終り、祖父猛夫の代から懇意の日本料理店で親戚十数人だけの卒業祝いをやったのち貴夫は佐伯食品へ正式に入社し、新商品開発室に配属された。会社は資本金二億円、従業員約二百名で、試作品が開発されている部屋は五階建ての社屋の二階にありフロアーの殆《ほとん》どを占めている。そして室内には原料の選定や調合をするための器具、即《すなわ》ち天秤《てんびん》、乳鉢、ビュレット、フラスコ、試験

うぞ震い　怖《お》じけづいて身ぶるいし。

管、坩堝《るつぼ》、漏斗《ろうと》、シャーレ、ビーカー、シリンジ、ガスボンベ、顕微鏡などがパソコンのキーボードやモニターと共に所狭しと机上に置かれ、壁際《かべぎわ》には遠心分離器やドラフトチャンバーや空気清浄器、さらには例のソーダサイフォン、減圧調理器具など大型機器が並んでいる中を八人ほどの研究員が動きまわっている。大学の研究室にも似ていたが原料も機材も充実していて配置も機能的だった。

だが、開発室の室長で国松龍平《りゅうへい》という三十過ぎの男はひどく貴夫を警戒した。会社の規定では確かにそうではあるのだがまだ試用期間中なのだからという理由をつけ彼が産業スパイでもあるかのように原料や機材や試作品には絶対に手を触れさせなかった。彼は小肥《こぶと》りの軀《からだ》で殊更《ことさら》に軋《*ぎし》めき、貴夫が社長の親戚であることを知ってからは退化したような小さな丸い眼で＊ほこしゅもないという顔を向け、開発室の八人全員が社内の食堂で貴夫の歓迎会を開いた時には彼を下戸と知って酒を平強《*ひらじ》いしたりもした。新商品開発の能力には極めて優れていたのだが猜疑心《さいぎしん》も旺盛《おうせい》だった。それは研究している新製品の秘密を守るには有益な資質であったかもしれなかったが、貴夫の才能を知ってからは、いずれ自分の椅子《いす》が貴夫に奪われるのではないかと怖《おそ》れはじめていたのだ。開発室の他の七人がみな、ただ見学していて手持ち無沙汰《ぶさた》の貴夫に同情してくれ誰かが社長に告げたらしく佐伯氏は困惑した顔で貴夫に言うのだった。あの男、以前からあんなではなかったのだがなあ。
フェデリコ・フェリーニはサテリコン、国松龍平は口利根《*くちりこん》。彼はしばしば社長室を訪れておべっかを使い、それとなく社長が貴夫をどう考えているのか、貴夫に対する自分の態度が彼にどう伝わっているかを詮索《せんさく》した。一方でそんな自分に腹を立てたりもし、開発室に戻ってきてから部下に当り散らしたりしたのだが、それは自分の脂《あぶら》によって自分が爆《は》ぜているフライパンのベーコンを思わせた。開発室では全員ロングスタイルの白衣を着るのだがこれは貴夫の美貌《びぼう》を引き立て、その姿はしばしば同僚である女性たちを見惚《みと》れさせ、その眼を釘《くぎ》づけにし、そのたびに苛立《いらだ》った国松の罵声《ばせい》が飛ぶのだ。こらあ。何ぼんやりしてるんだ。SF映画はカプリコン、国松龍平は悪利根《*わるりこん》。彼はその狡猾《こうかつ》さで部下たちに貴夫を誹謗《ひぼう》し弁護を許さない。あいつ、暇だったら掃除でもすりゃいいのに、社員食堂へ行って一日中何か食べてやがる。掃除なんかできるかっていう顔だ。あいつにゃ先輩のしていることを見習おうって気もないんだ。お前らあいつが好きらしいが、今にどえらい目に遭うぞ。

軋めき　威張って。力んで。
ほこしゅもない　面白くない。
平強い　無理強い。
口利根　口先の巧《うま》いこと。
悪利根　悪賢いこと。

食品会社だけあって小人数の社員ながら佐伯食品には地下に社員食堂があった。自社の商品を販売している自動販売機もそこには置かれていた。暇をもてあました貴夫は既存商品の改良をする担当部署が弱体化していることに目をつけ、食堂であらゆる自社の商品を試食し試飲して吟味した。だが、ほとんどの食品が貴夫の味覚に適《かな》わなかった。彼はそれぞれの味の欠点をメモし、改良方法を考えた。特に缶入りのポタージュとコンソメのスープ二種が索然たる味だったのだ。作った時は美味だったのだろうが長いこと缶に入れていたため味が変ったに違いなかった。

北海道大学の農学部を出た服部泰子《はっとりやすこ》という四十代の女性が食品の容器・包材の設計をしていた。貴夫は彼女にスープを紙パックで販売することが可能かどうかを検討してもらった。そして貴夫が入社して最初のメニュー企画会議が行われる。これには社長以下、営業部の課長クラスと、マーケティング部・新商品開発室のほぼ全員が出席し、社内から提出されたアイディアシートの中から選ばれたものが市場のニーズに対応しているかどうかが商量され、さらに他社製品との比較検討がなされ、新商品の具体的なコンセプトが立案される。開発室は常に全員がアイディアシートの提出を要求されていたが、みな会議直前までなんのアイディアも浮ばないのが通常で当日になってからやっと一枚か二枚を出すのだった。ところが貴夫は一気に十数枚ものシートを提出した。これには全員が驚いたが、貴夫の説明を聞くにつれいずれもがさぞな*という表情に変化していき、*世猛《よだけ》しいことよと苦い顔をしているのは国松龍平のみであった。さしあたってはポタージュとコンソメの品質分析と改良、スープ二種のための紙パック容器の技術開発が行われることになり貴夫にその任が与えられた。会議が終って参加者が解散していく中、国松は貴夫に擦り寄ってきて言う。根回しもしないで何ごとだ。これを横で聞いていた服部泰子が低声《こごえ》で貴夫を慰める。アイディアシートの根回しなんて聞き初めだわ。

国松が言う。お前のアイディアだ。お前ひとりでやれ。彼は誰にも貴夫を手伝わせようとはしなかったものの、国松の眼を逃れて全員が貴夫に協力した。ポタージュには栗《くり》を混入してみたりして濃厚な深い味にした。コンソメはブイヨンとの違いを際立たせるためあらゆる具材で試作した末に、レストランで供されるような美しい琥珀色《こはくいろ》と風味を完成させた。ポタージュやコンソメを紙パックで売るなんてとんでもないことだ、あれは保存食としても買われているのだと国松は渋い顔だったが、貴夫は買ってすぐ飲めるようにとストローの添付を服部泰子に求め賞味期限も僅か七日にした。

さぞな　まったくその通り。いかにも。

世猛しい　世間に対して仰仰しい。

何度もの試食会が開かれ、紙パックのデザインや価格も決定し、充塡《じゅうてん》包装機も設置され作動が開始、そしてスープ二種は商品化された。

その間にも瑠璃は成長し美しくなっていった。佐知子に似た甘い顔で、笑った表情など可愛さこの上もない。初夏の日の*間時《まどき》、真実の夫婦とは言えぬ夫婦、真実の親娘とは言えない親娘の三人は近くの公園に出て一幅の泰西名画の如《ごと》き家族の肖像を附近の主婦たちの眼に焼きつけるのだ。そんなある日、*断金《だんきん》の友、安曇学が訪れた。早稲田の法科を卒業した彼は大学院に進み、父の後を継ぐため弁護士資格を取ろうと司法試験に備えていた。安曇もまた瑠璃を見て、貴夫の母に似たその美貌に驚駭《きょうがい》したのだった。一夜、夏子も加えて久しぶりに*ずんぶりと話しあう旧友同士は*話柄《わへい》が尽きぬまま将来の夢に及ぶ。君はそんな中小企業の食品会社でサラリーマンとして終るような人じゃないよ。ぼくの夢はね葉月、君の設立した企業の弁護士として君を助けることだ。それがぼくの夢だ。

営業部員がコンビニエンス・ストアやファミリー・レストランをまわって売込んだ紙パックのスープ二種は味がよいと評判がよく、注文は日ごとに増えた。リサーチによれば買ってすぐその場で飲んでいく客もあり、癖になったのか毎日のように買っていく客もあるということだった。貴夫の提出したチキンカレーや野菜スープなど他のメニュー企画も順次商品化されようとしていたが、国松龍平に邪魔されたのでは研究も進むまいという佐伯社長の配慮があり、貴夫には社長秘書室があてがわれた。新設された部署であり、貴夫は部下のいないひとり室長となった。部屋には秘書室らしくもなく開発室同様の機材が必要なだけ運び込まれ、手伝いの人員は開発室の誰それを指名すればすぐ助けに来てくれるので、誰に気兼ねすることなく貴夫は仕事に打ち込めた。開発室長の地位を脅《おびや》かされる心配がなくなった国松が神変麝香猫《じゃこうねこ》さながら貴夫を懇篤《こんとく》に扱いはじめたからでもある。

料理界の革命と言われた分子調理法はそもそも貴夫にとってさほど魅力あるものではなかった。開発室にあるソーダサイフォンや、低圧状態にして沸点を下げ、魚や肉の風味を逃がさないように低温で調理するガストロパック、さらには粉砕加熱器、冷凍粉砕器なども、まったく使う気にはならなかった。最高級の食材を粉砕したり泡にしたりするこうした料理は見た目が泡であり、食感は柔らかい。これじゃ歯がいかれちまうじゃないか。第一にこんなことをしなくても充分に旨い食材が日本にはいっぱ

間時　ひまな時間。
断金　金をも断つほど友情の厚く強いこと。
ずんぶりと　充分に。
話柄　話の種。

いあるのだ。もとから柔らかい食材、泡に近い食感の食品だってたくさんあるんだ、キュイジーヌ・モレキュレールは料理の見世物に過ぎないのではないかというのが貴夫の意見だ。しかしこのような技術が今ではレストランなどで広く使われていたり、ソーダサイフォンを導入した家庭まであるというのが現実でもある。それどころか現代の技術では肉も蒲鉾《かまぼこ》も人工的に作ることができ、唯一《ゆいいつ》不可能なのはオマール海老《えび》だけであるという食品化学教授の発言さえあるのだ。

社長室に隣接した部屋の秘書である以上は研究ばかりもしていられず、ことあるごとに貴夫は佐伯氏に呼ばれて相談を受けたり、共に得意先へ出向いたりした。食品機械の会社に行っても、コンビニのフランチャイザー直営店舗《てんぽ》を訪ねても、外食産業の本社や物流企業に出向いても、時には銀行へ行ってさえ、食品にとどまらぬ貴夫の該博な知識には相手だけでなく佐伯社長も頗《すこぶ》る驚かされるのだった。こうなっては佐伯氏、もう貴夫を離すわけがない。傍らに置いて常にその驥足《＊きそく》の恩恵に与《あずか》ろうとするのだ。だが味見するためはるばると食材の産地に赴いた時など、帰りの車中で社長は嘆息まじりに洩らすのだ。ああ、やはり君はいつまでもわが社なんかにいる人じゃないんだろうなあ。一方では貴夫も各業界の人物と多く知り合い懇意になったのであり、それは開発室にいただけでは達せられなかった筈の大きな収穫であったろう。

四月になり、佐伯食品には卒業した三人娘が入社してきた。応募者のうち最終選考に残った二十人以上のうち、やはり三人が＊引き勝れていて刈谷専務の後押しもあったからなのだが、本来会社にとって新入社員は三人でも多過ぎるくらいだったのだ。その結果、桐生逸子は開発室所属となったものの前原都美子は営業にまわされ、田中公子は食品工学を専攻していたので工場勤務となった。＊在《あ》り過ぐしているうち、あまり貴夫に逢《あ》う機会のないハム子のため彼は時間を彼女に合わせて社員食堂へ行くようになった。＊含《ほほ》まれどなよびかという彼女の様子が、なんとなく好ましかったからでもある。そんなある日のことだが、貴夫が自社製のおにぎりを食べているハム子の前の椅子にいつもの通り掛けると彼女は何やら＊かかはゆいという態度で食べるのをやめてしまった。ハム子、それ食べにくいかい。貴夫の質問に彼女は頷《うなず》く。大き過ぎるんですとちかちか猫笑いをして彼女は言う。それに貴夫さまに見られていたんじゃ大きな口を開けられないし。ははあ、慎み深い女性には、そのおにぎり大き過ぎるんだ。じゃ

驥足　優れた才能。　　**引き勝れ**　他を引き離してすぐれ。

在り過ぐして　そのような状態で日日を過ごして。

含まれどなよびか　蕾《つぼみ》のままだがもの柔らかで優しい。　　**かかはゆい**　恥かしい。眩《まぶ》しい。

あ、それを薄型にしたらどうだろうね。厚みを半分くらいにして。いいアイディアだと思います。慎み深い女性に売れるわ。機械を作り直す必要があるね。いいえ。成型機も包装機もアタッチメントを取り替えるとか、ちょっといじるだけで大丈夫です。そうか。じゃあ次の会議に提出してみよう。

　瑠璃は一歳も半ばを過ぎ、歩けるようになるとしきりに独りで外へ出たがるようになった。ちょっと目を放すと裸足《はだし》のまま通りへ出たりするので、夏子は気が安まらない。それでも瑠璃は下町の、親切な近所の住人から大事にされる。美しい瑠璃の成長ぶりを刻刻と記憶するため佐知子や満夫はたびたび近森を訪れ、月に何度となく朋子もやってきた。落着いた娘だったから貴夫はしばしば家族で顔見知りの料亭やレストランに出かけるが、どこの店でも瑠璃はもてはやされた。両掌《りょうて》を重ねて*戴戴《たいたい》する様子など、見る大人が涙ぐむほどの可愛らしさだ。だがこの童女は気位が高くて気が強かった。附近には同い年の男の子が二人いたが、ふたりとも瑠璃から幼い暴力をふるわれてはいがいがと泣き叫ぶのだった。子供が泣いているとまた瑠璃ちゃんの仕業だと大人は笑い、噂《うわさ》する。あれは女傑だぞ、あれはきっと何かの女王様になるぜ。

　レディ用薄型おにぎりはよく売れた。具材を工夫して価格を安くしたためだがハム子が海苔《のり》を巻きながら開封する新たな方法を開発したからでもある。上部から中のシートを引っぱり出すパラシュート・タイプは米飯が中に残るし、上部からカットテープをまわし取ってシートを左右に引っぱるセパレート・タイプも海苔が破れて残るので、これらの解決策はないと言われていた。だが、ハム子は第三の方法を考案したのだ。以前の担当者に比べて替え優《まさ》りする*ハム子は工場長のお気に入りとなった。Lー薄型は強《あなが》ちお嬢様学校と言われる女子大の学食だけでなく男女共学の学食でもよく売れたから、やはり大きな口を開けるのに羞《は》じらいを抱く女性が多い証明でもあったのだろう。でも、このおにぎり、売れてもあと十年くらいですよ、と貴夫は佐伯社長に言う。もうすぐ慎み深さなどとは無縁の嗜《たしな》みのない女性ばかりになりますからね。実際その通りになるのであったが。

開発室所属だからいつも平然と、当然のようにさりげなく入ってくる桐生逸子が、その日は秘書室の戸口であのう、ちょっとお話がと言うので貴夫は警戒した。自分に心染ませて言い寄ってくる男女に特有の言いかたであり息遣いだったからだが、向きあって切り出した彼女の話の内容はそうではなかった。以前貴夫さまはわたしに西条克己君を紹介してくださいましたね。わたしは彼を匆匆《そうそう》に袖《そで》にしたのだったけれど、

戴戴 幼児が物をねだる時の姿と言葉。 **替え優り** 交換して得たものが前よりよいこと。

あの直後あなたが何かのはずみでおっしゃったことがあります。憶《おぼ》えてらっしゃるかしら。えっ、おれ、何を言ったかなあ。男女を貧しいとり膳の拘束から解き放つのも自分の役目かもしれないっておっしゃったわ。「とり膳」ってことばを調べてみたら、なんと夫婦とか男女とかがひと組だけでひとつの膳に向うことじゃありませんか。あのう、今でもそうお考えなんですか。うううううう。おれ、そんなこと言いましたか。まあ、言ったかもしれないね。多彩な料理のアナロジーとして多彩な情愛を味わえばよいという意味だからね。そう。今でもそう考えているよ。ただし、だからと言って今さらおれに援助交際求めてくるのは願い下げだが、でも今日の逸子はそうじゃなさそうな言い顔だなあ。ええ。それは、もちろんそうです。実はわたしの父が勤務していた会社が倒産したんです。父は無職になって、わたしは援助を受けられなくなったんですが、都心のマンションに住んでいる身として、いささかの経済的困窮に見舞われているんです。それで、私が援助交際求めているのは貴夫さまじゃなく、ほかの人です。

　そうか。佐伯社長かあ。貴夫はあまり驚かなかった。企画会議の席で社長と桐生逸子が互いの*密《みそ》か心を通わせあっていることは貴夫の眼に明らかだったのだ。それは社長と眼が合ったり彼から何か話しかけられたりした直後の逸子が瞳《ひとみ》を潤《うる》ませたり切なげな吐息をついたりする容子《ようす》や、佐伯社長が彼女を見る眼の中の、またはその呼気の中のあからさまな淫欲《いんよく》の兆《きざし》を看取《かんしゅ》していたからである。社長が自分との*暗事《くらごと》を望んでいることは逸子も悟っていた。おれに仲介を求めてきたのは正解だったねと貴夫は言う。君が直接社長に打明けたりすれば社長は警戒心から申し出を当然拒否しただろうからね。援助の額は任せてくれるだろ。恐らく君にとってそれは第二の問題なんだろうから、あはは。わたしも貴夫さまだからこそこんなお願いができるんです。だって場合によっては自分の身を投げ出してしまうようなことなんですもん。

そういうことだったのかあ。さっき廊下ですれ違った時の挨拶が何やら曰《いわ》くありげで顔も赤くして眼は眩《まぶ》しげだった。そしてぼくの気持まで君は窺知《きち》した。しのぶれど色に出にけりだな。佐伯社長は愉快そうに笑う。屈託のない態度に貴夫は安心した。ならばと、あとは事務的に打合せをする。うしろ暗い不倫の相談らしくもなく*むばたまの闇《やみ》の現《うつつ》で架空の情事を創作しているような軽さだが、それでも社内で*尻言《しりうごと》を叩《たた》かれることだけは避けねばならない。まずは援助額を月三十万円と決める。密会の場所

密か心　秘密の思いを秘めた心。　**暗事**　密会。　**むばたまの**　「闇」の枕詞。
尻言　陰口。

の手配と互いへの連絡は、これ以上適した部署役職がある筈もないひとり秘書室長の貴夫が行うこととなる。彼の欣然《きんぜん》とした態度にはさすがに佐伯氏も不思議な心持がしてちらと不審げな眼を彼に向けたのだったが、貴夫にしてみれば過去に男女を結びつけたのと同様に*衆生化度《しゆじようけど》を施しているつもりなのだった。

*あかねさす昼下りの情事はふたりにとって大いに満足できるものであったらしい。*言う計《はかり》なき無上の恍惚《こうこつ》、至福の時を得たという、*品品《しなじな》しく露骨さのない双方からの報告に貴夫もまた心を満たされた。恋しあう二人は間も置かず打ち*延《は》えて逢瀬《おうせ》を重ね、そのたび貴夫の膳立てに感謝した。さいわい他の誰に知れることもなかったのだが、前原都美子だけは曾《かつ》ての恋敵、現在の親友であるだけに鋭い勘で逸子の密事を悟っていた。

貴夫さま。意味ありげに微笑《ほほえ》んで秘書室のドアを開けた都美子が言う。月間売上報告書を持ってまいりましたがこれはあくまでここへ来る口実です。向きあって掛けた都美子は貴夫に訴えかけた。あんなに何でも話してくれた逸子が最近よそよそしいんです。何かあるのかなと思います。貴夫は少し身構えるがこの都美子になら知られてもいいという余裕とともに訊《たず》ね返す。なんでそんなことをおれに訊《き》くんだい。あの人がよくここへ来るからです。わたし、彼女が援交やってるんじゃないかと思うんです。

それを貴夫さまが手伝ってるんじゃないかって。だって彼女、あきらかに豊かになってます。充足してるわ。そしてお相手は佐伯社長じゃないかと。お昼休みとその前後、社内にあの人がいない時に限って社長も不在なんだもん。あははは。貴夫は彼女の鋭さに笑ってしまう。凄《すご》いね都美子は。それでもっておれを脅迫かい。とんでもありません。私はただ、私も豊かになって充《み》ち足りたいだけ。逸子と同じことをして同じ立場になってまた仲良くしたいだけ。彼女と同じでわたしも誰かと結婚して身を固める気などまったくないのだし。あのさあ、都美子の言うこと、わからなくはないよ。でも援交にはお相手がいるだろ。誰でもいいってわけじゃないんだろう。部署が離れてるから貴夫さまでもお気づきじゃないと思いますけど、刈谷専務と私、仲がいいんです。でも直接打ち明けあったことはありません。純愛なんだね。純愛です。一歩進むことにお互い躊躇《ためら》いがあるからです。それに告白するような機会がありません。総務や営業の大勢の社員が注視してますから。でも彼が私をどう思っていて私をどうしたいと思っているかはわかります。そのような勘が女性のどのような性の感覚から生

衆生化度　人を教化して苦しみから救う。　**あかねさす**　「昼」の枕詞。

言う計なき　喩《たと》えようもない。　**品品し**　上品な。　**打ち延えて**　ずっと長く。

れてくるのか貴夫にはまったくわからない。通常の男であってもわからないのではないだろうか。わかった。おふたりのことも手助けしよう。ただしこのことは佐伯社長の了解を得ておかなきゃならないけど、かまわないね。勿論《もちろん》かまわないわ。秘密の共有ほど強い信頼関係を生むものはないと思います。

佐伯社長が刈谷専務にどう言ったのか貴夫は知らない。貴夫が社長室に呼ばれて入っていくとソファで社長と向きあっていた刈谷氏はあの悪戯《いたずら》っぽい眼を驚きで丸くしたまま、貴夫を見て言う。葉月君、君はまたなんて魅力的なことを提示してくれたんだ。ぼくにはとても忌避することはできない。あの前原君にならぼくも社長と同じ額を援助していい。そうだったのだ。社長にしろ専務にしろ倫理道徳を超越して男性の本能を衝《つ》く自分の提起には自己弁護も正当化も容赦なく封殺され忘却されるのだ。貴夫は*俗客《ぞつかく》の謂《い》う善悪から解き放たれているおのれを自覚して爽快《そうかい》だったし、さらには四人の人物をもその世界に*嚮導《きようどう》し二人の夫を*外狂《ほかぐる》いに走らせたのだった。

最初のうちふた組のペアのセッティングにはずいぶん時間を取られたがやがて、その頃から普及しはじめた携帯電話によってずいぶん楽になった。こうなってくると、あのハム子、田中公子が取り残されたかたちになるのだったが、逸子も都美子もハム子については貴夫同様の観察をしていて、ああ彼女ならそういうことにはずいぶん遅れていて、強いて言うなら未《いま》だに貴夫さま一辺倒じゃないですかと笑うのだ。
明治大学の経営学部に入学した登希夫はさっそく自動車免許を取り満夫にねだってBMWを購入した。大学では自動車部に入り、初心者とは思えぬいささか乱暴な運転で乗りまわしはじめた。そして彼はしばしば車で近森へやってきた。貴夫の出勤中にやってきては瑠璃の相手をして遊んだり絵本を読んでやったりするのだが、そうしながらも夏子を見る眼はあきらかに*懸《か》け懸《か》けしかった。瑠璃が寝入った時などは特に*ぼうぞくな態度で嫂《あによめ》に近づこうとする登希夫を夏子は*気塞《きぶさ》く思い、時おりはそれまでの*なよらかさを改め、遠引きして鋭く言うのだった。何よ。馴《な》れ馴《な》れしくしないで。あのさあ、と、登希夫は幾分*乱《ろう》がわしく言う。親父《おやじ》やおふくろ、やっぱり男の子が欲しいらしいんだよなあ。それでまあ、おれ義姉《ねえ》さんが好きだしさあ、同じことならよその男よりは、兄貴と血のつながっているおれの子供を産んでほしいんだよ。駄目かなあ。兄貴は絶対に怒らないんだよ。おれにはわかるんだ。むしろ喜ぶ筈なんだよ。

俗客　風流を解さぬ俗人。　**嚮導**　先に立って導く。　**外狂い**　妻以外の女に溺《おぼ》れること。
懸け懸けし　懸想《けそう》している。　**ぼうぞく**　不躾《ぶしつけ》。　**気塞し**　気にかかって不快。
なよらか　ものやわらか。　**乱がわし**　いかにもふしだらな感じ。

何をどう言おうが本心はただ交《つる》びたいというだけの青春の欲求に過ぎないことを夏子は知っている。やめなさい。＊上《かみ》づりした登希夫に向けて夏子は鋭く言う。わたしは男が嫌いなの。誰ともしないわ。ましてあなたとなんか、誰が。悪罵《あくば》に近い言葉が飛ぶ。いっそのことこの美しい義姉をここで仰《の》っけに倒して凌轢《りようりやく》を、と思わぬでもないがさすがに＊近勝《ちかまさ》りするその凛《りん》とした美貌に圧倒されて登希夫はあきらめ、帰っていく。だが＊懲りずまにまたしても近森へ＊い通い、＊無塩《ぶしお》な義姉に＊せびらかすのだ。その＊おぞくれた態度には夏子も彼が帰ったあとしばらく＊さまたれてしまう。だが実は彼女から罵《ののし》られることが登希夫には、人間から力まかせにぶん殴られて大喜びしているセントバーナードのような気分になれ、それが快楽にもなりはじめていたのだ。漸漸《ぜんぜん》と暴力的な行為へ移行しはじめるのではないか、登希夫にそんな危惧《きぐ》を抱いた夏子はついに貴夫の実家へ行き、佐知子と朋子に訴えた。もう来ないように言ってください。実害はありませんが、あの子が来ると気が安まらず、帰ったあと緊張が解けて虚脱状態になります。朋子は激怒した。＊箸向《はしむか》う弟が兄の嫁に懸想するとは何事か。さっそくその夜は満夫の帰宅後あまりのことに両親もあきれ顔の卓袱台《ちやぶだい》の前に登希夫を引き据え、早くも事態を察知して逃眼《にげまなこ》になっている孫に悪罵を浴びせるのだ。この＊猿松《さるまつ》めが。嫂と姦《かん》通《つう》しようなど色惚《ぼ》けした餓鬼が大それた妄想《もうそう》しやがって。その望みを人に隠してひっそりとせんずりこいているだけならまだしも、ぬけぬけと口説きに出かけるなど慮外も慮外、犬畜生並みの浅ましさじゃないか。だが登希夫とて朋子の罵言には慣れている。*曲《きょく》り笑いで誤魔化して、ひと言ひと言に*もじゃくじゃし、いちばん怖い父親の前をなんとか*徒口《あだぐち》で反省して見せた。そんなことではとても会社を任せられないと言われることを最も恐れていたのだ。これだけは真剣に、二度と近森へは通わぬと誓い、その約束だけは以後も守ることとなって騒ぎは落着したのだった。何日も経《た》ってからそんな話を聞かされても貴夫は平然としている。弟の*みちれない性格は熟知していたからさもありなん、なのだった。

　彼は多忙なのだ。佐伯食品直営のレストランを作るという企画が進行中であり、貴夫はその新事業を任されていたのである。工場に隣接する七十坪の土地が売りに出さ

上づり　のぼせあがる。
近勝り　近くほど優れて見える。
懲りずまに　懲りぬまま。
い通い　行き来して。
無塩　無愛想。
せびらかす　無理を言う。
おぞくれた　気が強くて愚か。
さまたれて　虚脱して。
箸向う　「弟」の枕詞。
猿松　阿呆。本来は猿の異名。
曲り笑い　冷やかして笑うこと。
もじゃくじゃ　もつれる。ごたごたする。
徒口　実意のない言葉。
みちれない　根性が卑《いや》しく、さもしい。

れ、佐伯社長はこれを購入していた。最初は工場を拡張する予定だったのだが、配備すべき人員や予算の不足から計画は延び延びになり、都心なのに勿体《もったい》なくも雑草が生*《お》い凝《こ》りはじめていた。貴夫には社長の思惑が察知できた。レストランの企画は、実は佐伯社長自身のためだったのだ。そこには調理主任に貴夫を据え、毎日のように貴夫の料理を賞味したいという秘《ひそ》かな欲求があるに違いなかったのである。これには無論のこと刈谷専務の大きな賛同もあり、総務部は勿論、会社全体が協力することになった。建物の設計と建築、厨房の機材、食材の確保、人員の雇用や配置などの打合せや交渉や選定や予算の決定がすべて貴夫に一任されていたから、彼は休む暇がなく帰宅も遅くなり、家族団欒《だんらん》の時間さえ思うようには取れなくなっていたのだった。果して自分の味覚は正しいのか。自分は去勢された男であり不能者である。そんな人間が果して普遍的な味覚を持っているのか。いよいよ食堂部長に選ばれた今となって貴夫はそんな疑問を抱く。通常なら、性欲に向かうべき欲望が昇華《サブリメーション》されて味覚が研ぎ澄まされたのだと説明される事柄であるのかも知れないが、しかしもともとリビドーが失われているのだから昇華ということもあり得ないのではないのか。女性ホルモンの欠如に加えて男性ホルモンの決定的な欠落。それは人間としての味覚に影響しないのだろうか。これらは責任の重さにいささか尻込《しりご》みしてこその自問でもあったのだが、その一方でコンビニの弁当やファミレスの貧しい料理に*餌腫《えぶく》れて栄養を片寄らせ肥満体となっている一般社会人の食の有りようを見渡せば、哀れさと共に助けてやりたい気持にもなり、そんな時は自分の感覚や才能や知識への自信や誇りを取戻すこともできるのだ。

初夏の午後、二歳半となった瑠璃はあいかわらず勝手に外へ出てしまう。またいなくなった。*唯顔《ただがお》の嫌いな夏子がゆっくり化粧している暇もなく心は休まらない。まずは表の通りへ出て辺りを見まわすところへ自転車すっ飛ばして酒屋の息子が大声あげながらやってきた。大変だ。あの、奥さん、えれえこった。おたくのお嬢ちゃんが。おたくのお嬢ちゃんが水路で鰐《わに》に。鰐だ。次の言葉も出てこないその慌《あわ》てぶりに夏子の顔から血の気が引く。鰐だ。おたくのお嬢ちゃんが水路で鰐に。貧血で斜めにふらりとからだを傾けた夏子に驚き、酒屋はおっかぶせて言う。まだ怪我《けが》しちゃいねえ、奥さん。まだ大丈夫だ。瑠璃ちゃん、鰐の背中に乗って遊んでるんだ。きゃあきゃあ笑って遊んでるんだ。なんで鰐が。そう叫び、自転車の荷台に乗る暇も惜しんで夏子は走り出す。酒屋の自転車も追いつけぬ勢

餌腫れて　餌《えさ》を食べて腹一杯になり。
生い凝り　生い繁り。
唯顔　化粧していない顔。スッピン。

いだが、彼女は胸に羊毛のフェルトを詰め込まれたような気分のままだ。あの子に何かあったら、お義母《かあ》さんに顔向けできない。わたし、死ななきゃ。わたし、死ななきゃ。*いなうしろ、川のほとり。近所には隅田川に繋《つな》がる水路や小川があるものの子供の溺れるような深さはない。夏子もそれで安心していたのだったろうか。コンクリートで造られた水路の底には僅《わず》か数センチの深さで水が流れていて、中ほどには体長五メートルに及ぶ巨大な鰐が眼を閉じてじっとしている。鰐の背中に跨《また》がって足をばたばたさせ、無邪気に笑っているのは瑠璃である。*おぼとれた髪に*片息ついて夏子が着いたとき、岸辺にはすでに近所の連中が集って騒ぎ立て、周辺は車や自転車で*持て返《かや》していた。若い男たちもどうしていいかわからぬ様子であり、警察とか動物園とか叫んでいるのだが助けに行こうとする者は誰もいない。夏子は少し離れたところにある石段へ向かおうとはせず、すぐ目の前のコンクリートの崖《がけ》一メートルばかりを飛び降り、水煙立てて鰐に駈《か》け寄ると横ざまに瑠璃をかかえあげ、岸に戻った。大きな歓声があがる。

クロコダイルです。おそらくアメリカワニでしょう。これは比較的おとなしい種類ですから、近所で飼われていたやつが逃げ出したのに違いありません。アメリカではこいつに乳母車を曳《ひ》かせているくらいですからね。こいつがもしイリエワニやナイルワニだったらえらいことでしたよ。アリゲーターでも大変でした。動物園から駈けつけて捕獲した職員が、鎖でぐるぐる巻きにした鰐の傍らで警官やマスコミの連中に説明する中、夏子と瑠璃は近所の人たちに取囲まれている。夏子は記者レポーターも含め誰から何を言われても返す言葉がなく、瑠璃はまだ笑っている。

二歳半の子供をひとりで外へ出すとは何ごとですかと朋子だけは叱《しか》ったものの、他の家族親戚はただただ瑠璃の無事を喜び、*傅《かしず》き娘をひとりで鰐の顎《あぎと》から守った夏子を褒めそやし、特に実の両親である佐知子と満夫は*取親《とりおや》の夏子に涙を流して感謝した。巨大爬虫《はちゅう》類の背中に乗って笑う瑠璃の姿を誰かがカメラに収めていて、その写真は新聞に載りテレビで放映され、翌日夏子は*入《い》りほがな取材陣の対応に追われるが、出勤しようとしてマイクを向けられた貴夫は*寛《ゆた》として笑いながら、*うちおおどけた声でただ*もざくるのみだ。自らの五歳の折の受難が頭を掠《かす》めたものの今回は何を隠すことも

いなうしろ　「川」の枕詞。　おぼとれた　からまり乱れた。　片息ついて　息絶え絶えで。
持て返す　ごった返す。　傅き娘　大切に育てている娘。　取親　養い親。
入りほがな　穿鑿《せんさく》好きな。　寛　ゆったり。　うちおおどけた　のんびりした。
もざくる　まぜっ返す。

ない。「鰐娘」として報道され近所で有名になり瑠璃を見ようとわざわざ遠くからやってくる人を殊更避けることもなかったが写真で見た瑠璃の可愛さに驚いてやってくる筈の芸能プロダクションなどはくれぐれも追い退《の》けるようにと夏子に言うことだけは忘れない。

古賀伶栗《れいり》と申します。ご近所で日本舞踊の教室を開いている者でございます。まあお宅のお嬢さまの大冒険をテレビや新聞で拝見いたしまして、ほんとに驚きました。お嬢さまの可愛いことや近所の男の子に君臨なさっている利発さは伺っておりましたが、なんとまあ鰐を馴らしてしまう豪胆さには吃驚《びっくり》するほかございません。でもまだ三歳にもなっておられないのに、ご両親はあのお嬢さまの振舞いや将来にはきっと心配なさっておられることと存じます。ああ。勝手な推測を申しあげてしまいました。私が参りましたのはお嬢さまに私どもの教室へお通いいただけないかというお願いでございます。いえいえ二歳半、決して早くはございません。私が名取りを務めております古賀流はどたばたしない上品な踊りでございまして、ご近所の幼いお嬢さまたちも八人お通いでございます。それから私の親戚筋ではございますが、男の子もふたりおります。まああのお嬢さまが踊られたらどんなに可愛いことでしょう。わたしが伶栗でお嬢さまが瑠璃。名前の似ていることからも親近感を持ちまして、こうして伺いました。ただ物腰がしとやかになるというだけではなく、礼儀作法などもきちんとご指導申しあげております。今のままでは男の子と変らぬお俠《きゃん》な子に。いえいえ、それがお望みなら申すことはございません。ご主人様などはその方が可愛くてよいとおっしゃるかもしれませんから。ああ。ご主人様にも一度お目にかかってお願いしとうございます。伺いましたところでは素晴らしい方だそうで。

貴夫が瑠璃にバレエを習わせたがっていることは承知していたが、夏子は古賀流日本舞踊を学ばせようと決め、夫を説得した。男っぽさのある娘が*なよよかになり*少女《おとめ》さびることが期待できるならと貴夫も納得した。夏子は大学中退後、教習所に通って自動車免許を取得していたのだが、近森の家にガレージがないので車の購入を遠慮していた。しかし古賀伶栗先生宅の稽古場《けいこば》へ瑠璃を通わせるには車での送り迎えが楽だ。玄関脇《わき》の塀を撤去して庭の一部を車寄せにし、クラウンを買った。瑠璃の送迎だけでなく瑠璃と一緒に少し遠くまで買物に行けるようにもなった。車を乗りまわしはじめた妻を見て貴夫が自分も車を運転しようかと考えはじめたのは、会社のガレージに空

なよよか　もの柔らか。
少女さび　いかにも舞姫の少女らしくふるまうこと。

きがあり、電車や時にはタクシーを使っての通勤に飽きていたからでもある。

会社では、直営レストランの計画が行き詰っていた。貴夫の出した計画が膨大な予算を必要としたからである。さまざまな削減案が社内のあちこちから出されたが、*上《うわ》滑《ずべ》りなことだけはしたくなかった貴夫がこれらを一蹴《いっしゅう》したのだった。手詰りとなり、暗礁《あんしょう》に乗りあげた形で、レストランの敷地は基礎工事に着手寸前のまま放置された。暇ができた貴夫は教習所に通って自動車の運転を学び、また今さら調理師免許を取る必要はなかったが勉強だけはしておこうというので、三人娘にも命じ通信教育の教科書を勉強した。実は食堂部専属の調理師として貴夫は三人娘を選び、それぞれの所属部署に了解を得ていたのである。

暮の秋の*暮端《くれは》。珍しく満夫に呼ばれて貴夫は本宅へやってきた。*こんみりとして家族水入らず、祖母や母もいる茶の間で父親から、貴夫は思いがけない相談を持ちかけられる。不況で*身代《しんだい》明く人、身代打つ社長、身代畳む経営者など、次つぎと破産や経営困難で入居者が出て行った銀座の雑居ビルは、あの唯一《ゆいいつ》残っていた猛夫からの*跡職《あとしき》だったのだが、何日か前に梨の森不動産からの報告があって、特に*駆り移す手間もなく最後の入居者が出て行ったとのことであった。空きビルとなった建物は老朽化しているので取壊す必要がある。つきましては、と梨の森の担当者は言うのだ。物件として売りに出すには更地にする必要があります。早速取壊しと整地をいたしますが、許可をいただけますでしょうか。

　売りに出すのは少し待て、と満夫は言い、貴夫を呼んだのだった。佐伯食品でお前が今困った立場に立たされていることは聞いている。膨大な予算を立ててレストランの計画が難航しているそうじゃないか。そこでだ。いっそのこと今の会社をやめて独立してはどうかね。会社を設立し、あのビルの跡地にレストランを建てるんだ。無論わたしも出資するし、出資者は他にもいるだろう。佐伯君に悪いと言うなら私が話してもいい。彼はおそらく佐伯食品のためにお前が立てた計画や予定している人材や機材をお前の会社へ快く譲ってくれる筈だよ。

　貴夫は胸を躍らせた。今の自分はただ秘書室にいて社長や専務のための恋の仲立ち*花鳥の使い、それ以外は調理師の勉強をし運転免許を取るためにのみ給料を貰っている、いわば*食い通いの身の上だったから肩身が狭かった。会社を辞めて独立してしま

上滑り　表だけ体裁を繕う。　**暮端**　黄昏《たそがれ》。　**こんみり**　濃厚に。しんみり。
身代明く・打つ・畳む　いずれも財産をすべて失うこと。　**跡職**　先代から相続した不動産。
駆り移す　他へ追い移す。　**花鳥の使い**　艶書《えんしょ》を運ぶ使い。　**食い通い**　食事先方持ちの通勤。

えば気《け》清《きよ》くなる。だけど、と貴夫は問い返す。お父さんの会社は大丈夫なの。資本金なんて出す余裕あるのかい。注文が減ってきてるって聞いたから紹介してうちの工場の作業服作ってもらったりもしたんだけど、あんなものは何の足しにもならなかった筈だよ。心配するな、と満夫は笑う。お前に言われた通り値下りする前に株を売ってゴールドを買ったことは知ってる筈だ。宝は身の差し合わせ。それくらいの金ならある。お前にも少なからず貯えがある筈だし「寿観」だって出資してくれるだろう。霧原さんもな。天使のようなこの孫のためなら何でもという気《け》振《ぶ》りを見せて、少しだけどわたしも出資するよと朋子が言う。お爺《じい》ちゃんからの遺産があるからね。ところでさ、あの鰐だけど、まだ飼主は名乗り出てこないのかい。ああそうかい。やっぱりねえ。

　むしろ渡りに船、とばかりに佐伯社長は喜んだ。やはり単に貴夫の料理が食べたかっただけなのだった。難渋している直営レストラン開設のための煩雑《はんざつ》な仕事から解放され、経営の心配も何の遠慮もなく貴夫のレストランへ行きさえすれば思う存分食べることができるのである。すでに本人たちは大喜びで承知している三人娘の移譲の件も、桐生逸子との関係が継続される限りは異存なしとして快く了解してくれた。ぼくも出資するよと、佐伯社長は言った。楽しみだ。君の料理の腕前なら評判になるに決っている。ああ。あの空地かい。心配はいらない。あれなら倉庫を兼ねた自社製品の販売店にする。君が手配した調理用の機材などもそのまま君のレストランで使えばいい。君が開拓した仕入れ先もね。ところであの鰐はどうした。飼い主はわかったのかい。そうだろうなあ。名乗り出にくいよなあ。そうか。動物園行きかあ。

その年の＊月迫《げつぱく》、まずはレストラン・ビルの設計にとりかからねばならず、貴夫は佐伯食品を退職する。同時に株式会社として「レストラン葉月」は設立された。三階建てビルの一階がレストランである。レストランは約二十坪でテーブル席は十二。厨房を広く取り、奥には会員用の特別室が設《しつら》えられた。そこには壁際にソファが並べられ、その一角にはバーのカウンターも用意される。厨房の奥にはエレベーターがある。地階は駐車場で二階は従業員が宿泊するための居住区、三階は貴夫の事務室兼応接室と家族のための住まい。屋上には小さなペントハウスも作られる。満夫が紹介してくれた建築設計事務所へ出向くのがそれから約四か月間の貴夫の＊褻事《けごと》となった。瑠璃の世話があるから影身に添うてというほどではないものの、貴夫にとって夏子

気清く 綺麗《きれい》さっぱりと。 **宝は身の差し合わせ** 持っている宝が身を救う。
気振らい 様子。気配。 **月迫** 年末の押し迫った時。 **褻事** 日常のこと。

は次第に世話女房になり、理想の妻になっていった。互いの身への哀情から夜などワインを飲んでそれぞれの寝室へ引き籠《こも》ろうとする時などには、まるで通常の夫婦のような儀式的*懐抱《かいほう》が習慣になったりもしていた。麗《くは》しき妻は文字通りの細《くは》しき君。そして三歳になった瑠璃も踊《おど》りを習いはじめてからは物腰も優雅になり、いずれは佐知子や夏子に似た*麗女《くはしめ》となることは明らかだったものの気位の高さ気の強さは相変らずだ。笑顔は薊《あざみ》の花のように見る者を刺激する蠱惑《こわく》的な美しさだがそれ以上に、小腹を立てて怒った顔はまるで武家娘の潔癖さを思わせるような懐《なつ》かしい美しさに満ちていて誰をも思わず見惚れさせてしまうのだった。いやあ奥さん、こんなお嬢さんなんて、最近どこにもいやあしませんぜ。

　運転免許を取得した貴夫はしばらく妻のクラウンを借りて乗っていたが、ついにベンツを購入した。そんな大きな車はもう庭に入らず、近くの空地を借りてガレージを建てた。葉月ビルの建築が始まれば貴夫は毎日のように愛車を駆って現場を見に行く。そして*小《こ》じょくなことにもあれこれ口を出し、時には現場監督と衝突することもあったがすべて*張行《ちょうぎょう》したのだった。工事が休みの日にはよい食材を求めて在在所所へ出向く。たいていは泊りがけで家族も一緒にベンツを走らせる。真岡の故親、葉月本家の窯元《かまもと》まで行って益子《ましこ》焼《やき》の食器を大量に買い込んだりもした。それぞれの旬《しゅん》、最盛期に送ってもらうため確保すべき食材の指針は言うまでもなく、それが未だ現存するかどうかを問い得べくもないかの『美味求真』である。それは即ち播州灘《ばんしゅうなだ》の真魚鰹《まながつお》、広島の牡蠣《かき》、桑名の蛤《はまぐり》、熱田の海鼠腸《このわた》、長崎のカラスミ、櫻島《さくらじま》の大根、大和の御所柿、宇和島の蒲鉾《かまぼこ》、松江の鱸《すずき》、若狭《わかさ》の鰈、瀬田の蜆《しじみ》、手賀沼の蓴菜《じゅんさい》、金沢のゴリ、岸和田の飯蛸《いいだこ》、青森の白鳥、甲州の葡萄《ぶどう》、十和田湖の和井内鱒《わいないます》、木曾《きそ》の鶫《つぐみ》、房州の秋刀魚《さんま》、信州の蕎麦《そば》、吉野の葛《くず》、佐渡の烏賊《いか》、伊勢湾の菖蒲鰈《あやめがれい》。

懐抱　男女が抱きしめあうこと。　**麗女**　繊細な美しい女性。　**小じょく**　ちっぽけなこと。

張行　あえて強行すること。

＊いでや＊露転《ろでん》に災い受けてより二十余年、二十六歳の秋を迎えてここ銀座の中心に本拠を設けわが根城となす。活計は料理に経営を加えて大所帯への重責を伴い、料理は和洋中華エスニックさまざまあれど何《いず》れにも偏することなく＊功齢《こうりよう》により何れの調理も今や＊些《いささ》け業《わざ》。木下謙次郎の曰《いわ》く、美味を求めて不便を感ずるは、黄白の少《すくな》きにあらずして、智識と趣味の欠乏に在りと知れ。苟《いやしく》も之《これ》を愛し之を求める事を為《な》さずんば、龍《りう》脳鳳肝《なうほうかん》ありと雖《いへど》も、味神は早く既に消え去りて人は徒《いたづら》に残骸《ざんがい》を踢《ねぶ》るのみ。されば何物によらず各々其《おのおのその》の真味を発揮せしめ一々其の處《ところ》を得せしむるを料理と云《い》ふ。

＊然然《ささ》して陽炎《かぎろひ》の春、レストランの開店祝賀パーティはその日の＊昏鐘時《こしじ》より盛大に行われる。正式にレストラン葉月の社員となった三人娘に加えて利根家の双子、真知と未知も昼過ぎから手伝いに来ている。彼女たちは今や女子短期大学家政学部の二回生であり、貴夫の店で働くことを目指し、あちこちのアルバイトで受験資格を取り、早くも調理師免許を取得しているのだ。とは言えちゃんとした料理を作らせるには貴夫の眼からいささか心許《こころもと》なく、塩煮の伊勢海老《いせえび》を細長く割いた割海老《さきえび》、蛸《たこ》の足を薄く輪

切りにして味噌《みそ》で煮た桜煎《さくらいり》など貴夫が復活させた日本古来の珍しい料理を酒宴の前菜として調理させる。夏子も瑠璃をつれて手伝いに来てはいるものの、戦場のような厨《ちゅう》房《ぼう》の様相に眼を丸くした瑠璃を小腰に纏《まと》わりつかせたまま三人娘や双子とのお喋《しゃべ》りにも忙しく、準備が整うにつれて喧噪《けんそう》が甚だしくなり、ついにオーナーシェフの貴夫が珍しくカストラートの＊声山《こえやま》立てて叫ぶ。どうかお静かに。どうかお静かに。お喋りはパーティが始まってからだ。

雇い入れたマネージャーとウエイター二人とウエイトレス三人が揃《そろ》い、それぞれ制服に着替え貴夫の訓示を受けて持場につき開扉《かいひ》すれば、開宴前から待っていた人たち三三五五あの人この人此彼其彼《これかれそれかれ》が次第に店内へ拡《ひろ》がり場は賑《にぎ》わっていく。父親から託された画廊を経営している藤谷啓一はそれより少し前に来て、バラーロ描く大きなトスカーナ風景の油絵を壁に掛けた。何日か前に店内の模様を見に来た上で祝儀《しゅうぎ》の絵と飾る場所を予《あらかじ》め決めていたのだった。貴夫の家族も早いめに来て不備はないか足らぬ

いでや　さてさて。
露転　陰茎。
功齢　年功。経験。
些け業　ほんの少しのこと。
然然して　こうして。
陽炎の　「春」の枕詞《まくらことば》。
昏鐘時　黄昏《たそがれ》どき。
声山立てて　大声を出して。

ものは為《し》落《おと》しはとあれこれの心配をする。*さなきだに*さだ過ぎたる人は涙もろなるもので、朋子はここにお爺《じい》ちゃんがいたらどんなに喜んででしょうと泣き出し、傍らにいた登希夫はたちまちとんで逃げる。相変らずの喧嘩《けんか》っ早さで*眶《まかぶら》を黒く腫《は》れあがらせている彼は、宴酣《たけなわ》となれば兄とは異なる*日《ひ》黒《ぐろ》んだ肌と若さの魅力で婦人たちの注目を浴びるのだ。

二年前に結婚した安曇学と禎子の夫妻も祝いのワインを六本持って少し早くからやってきた。ソムリエを兼ねるマネージャーの越野《こしの》は貴夫がイタリア料理店から引き抜いてきた四十代半ばの頗《すこぶ》る優秀且《か》つ洒脱《しゃだつ》な人物である。安曇夫婦は彼と共に地下駐車場の奥にあるワインセラーへ行き、仕入れたワインの説明を受ける。開発室の服部泰子も自らが*為《し》歩《あり》き手配した機材に不具合はないかと気にして、来るなり厨房へやってきた。佐伯社長、刈谷専務が国松龍平たち開発室の連中四人とその他の社員三名を引き連れてどやどやとやってくれば、次いで霧原家の一族、夏子の弟妹を含め主立った六人が来て、これは身内だからというので葉月一族と同じ奥の特別室へ案内される。さらには「寿観」から叔母の計伊子と、小学一年生の娘をつれた麻衣子など五人が来て、これらも奥へ迎え入れられた。

前菜の準備を終えて貴夫がダイニングルームへ挨拶《あいさつ》に出てくれば、*気《け》疎《うと》かった中里さくら、勝也メンドーザたちがいて、いざ逢《あ》ってみればずいぶん*気近《けぢか》く感じられ懐《なつ》かしや*言絶《ことた》えていた和泉礼奈、歌代由比子ら旅団の面面や西条克己にもそれは同じだ。それぞれが職に就き、たいていは結婚もしていて、貴夫の結婚披露宴以来の再会であり、海堂主任教授も加えて話は弾む。ねえ貴夫様。このお店パティシエがいないんでしょ。だったらわたしをパティシエに、あらパティシエールって言うのかしら。わたしに食後のスイーツ作らせて頂戴《ちょうだい》。ずいぶん勉強したのよ。ああ礼奈さん。その希望者は他にもいるんだよ。従姉《いとこ》なんだけど実家が「寿観」っていう和菓子の老舗《しにせ》でね。

真岡《もおか》の葉月家からは窯元《かまもと》を継いだ当主の従祖父《いとこおじ》が祝いの大皿を持ってやってきた。あの大叔父は身体《からだ》が不自由になってから相手が最も厭《いや》がることとの*強《し》い語《がた》りやわしの先祖は熊坂長範《くまさかちょうはん》などの*誣言《しひこと》が過ぎるようになり、とても人前に出せるものではなくなったとのことだった。これらに加えて取引先である外食産業や物流企業の社長や重役、

さなきだに　そうでなくてさえ。
さだ　盛りの年齢。
眶　眼の周囲。
日黒んだ　日に焼けた。
為歩き　あれこれと奔走する。
気疎い　疎遠《そえん》である。
気近い　身近である。
言絶えて　音信が絶えて。
強い語り　相手の聞きたくないことを無理に言う。
誣言　作りごと。

食品機械の社長に重役たち、さらにはコンビニのオーナーたちや銀行の頭取、内装や家具のインテリア・デザイナー、建築設計士などが次次にやってきて、まずは割海老や桜煎も含めた前菜の大皿が各テーブルに並べられシャンパンが配られると、人で満ちあふれたダイニングルームには新たに酒が出され、十二のテーブルにはそれぞれ二品三品の料理が大皿で供される。折よきところで佐伯社長が短く祝辞を述べたあとは献献《こんこん》の*酒寿《さかほかひ》が*熾盛《しじやう》する。双子も出てきてパーティに加わった。

ダイニングルームへ行っても特別室へ入っても瑠璃は人気を独占した。つい先だってこの近くで起った地下鉄サリン事件の話題で昂揚《こうよう》していたグループも傍に瑠璃が来るとたちまち大騒ぎになり、まあ何て可愛《かわい》いの、この子誰の子鰐娘《わにむすめ》ああ例の、葉月さんのお嬢さんよ。やあ瑠璃ちゃん。大きくなったなあ。いくつになったの、ほう四歳か、もうすぐ五歳か。えらい美人だなあ。わが子が褒められていれば佐知子はなんとなく表立って礼も言えず、ただ*下笑《したえ》みするのみであり、むろん夏子とて実の子ではなくともまた下笑ましい。登希夫も瑠璃が実は、さ*丹頬《につら》ふ妹であることの誇らしさからなんとなく周囲の者に真相を*掠《かす》らせたりもするのだが、そのたびに朋子からしろり白《に》眼《ら》まれ首を竦《すく》めるのだ。それにつけても、ああ、*あぢさはふ妹が目の輝き、なんという美しさだろう。

料理で最も喜ばれたのはローストビーフだった。貴夫が短角和牛を*高買いし、ルールズで食べたあの味を思い出しながら苦心して作ったものであるだけに、美味は*蕩《とろ》めく如《ごと》きものであり、全員が*食啖《しょくたん》した。次いで評判がよかったのはこれも大量に高買いした名古屋コーチンの大手羽を唐揚げしたもの、珍味の白子焼き、胸肉の塩焼き、皮の湯引きなどただ一つのテーブルに供された鶏《とり》づくしに全員が群がって*食耽《しょくたん》する。さらには珍味、鯨の腸料理、九州で言うテンドウであり、これこそはかの木下謙次郎が教えの通りに作られた貴夫苦心の作品で、不味《まず》い大腸を取り除いた小腸十二指腸をゆがき、酢味噌で和《あ》えた佳趣に富む逸品を全員が、烏賊《いか》に似ている、口触りが最高、淡泊で甘いなどと口ぐちに賞味して、ついには*食悦《しょくえつ》に至ったのであった。

母や祖母と一緒に奥の部屋とダイニングルームを行き来していた瑠璃は、これが祝いの場であることを*見得《けんとく》し、父親の晴れの場であることも*心得初《こころえそ》めていて、新聞連載

酒寿　酒宴での祝い。
さ丹頬ふ　「妹」の枕詞。
高買い　高い値段で買う。
食啖　むさぼり食うこと。
見得　理解。
熾盛　激しく盛んなこと。
掠らせ　ほのめかし。
蕩めく　夢心地になる。とろとろする。
食耽　食啖に同じ。
心得初め　事情がわかるようになりはじめ。
下笑み　内心嬉《うれ》しく思うこと。
あぢさはふ　「妹が目」の枕詞。
食悦　旨《うま》いものを存分に食べた歓《よろこ》び。

の漫画の少女のように*のめくことはまったくなくて料理には興味がなく、望むのは最後のデザートのみだ。*果物急ぎする娘に応《こた》えて貴夫は双子に手伝わせプディングを用意する。ウエイター、ウエイトレスたちもさすがに貴夫が厳選しただけあっていずれも手際《てぎわ》がよい。五十人もの客を満足させた自信はスタッフ全員の今後の余裕となることだろう。親族が帰ったのは午後九時半。三階の寝室に瑠璃を寝かせ双子を帰宅させたのは十時。宴果てて客が帰ったのは十時半。そのあとスタッフが手早く後片づけをし、反省会を兼ね、残った料理で食事し終えたのは十一時半だった。寂《さ》び返ったレストランの中、夫婦は*しないにあとを見てまわり、エレベーターで瑠璃の寝ている寝室へと向かう。

食材をすべて使い果たしたからには次の日を休業にするしかなかった。これを機にレストラン葉月の休店日は水曜日となる。その日は新たに食材を調達し以前からメニューを考えていた明日の開店日を飾る料理の準備に充《あ》てることとしていたのだ。葉月ビル三階の住まいは万全の什器《じゅうき》備品を備えつけていただけに住み心地がよく、何かと不具合だった近森の家は貴夫に*住み憂《う》しと思え、店までの距離を思うと*住み侘《わ》びた気分になるので、貴夫は住居も銀座へ移そうと決めていた。瑠璃のためには近くに泰明《たいめい》幼稚園がある。翌月、六年間の新婚生活という想《おも》い出を残して近森の家は梨の森不動産が売りに出すことになったのだった。

　開店日も賑わった。すでに予約で席は六割がた埋まっていたが、開店時間の午後五時半には振りの客もふた組来た。顔見知りの客であれば貴夫は厨房から挨拶に出る。夏子の知りあいであれば三階に電話をして降りてきてもらう。その間瑠璃はおとなしくリビングで本を読んでいる。七時になると刈谷専務がやってきた。この人は奥の特別室に通し、前原都美子に世話を任せる。彼はバーのカウンターで都美子にシャンパンを抜かせ、ふたりで乾杯したあと彼女に給仕させてテーブルで夕食をとり、そのあとはソファに移ってワインなどを飲みながら、ふたり仲良く*私語《ささめごと》を語りあうのだ。時には刈谷の肥肉《ふとりじし》の肩に都美子が凭《もた》れかかったりもし、*鳰鳥《にほどり》の二人はこの上なく幸せそうである。貴夫が会社にいる時、社長や専務の援助費は貴夫を介して桐生逸子と前原都美子に渡されていたのだが、以後は手移しのようであり、最近の援助額がどれほどなのか貴夫は知らない。開店日の夜はラストオーダーぎりぎりの十時にやってきた三

ののめく　声高にさわぐ。
しないに　しなやかに対応して。
住み侘びた　住む気をなくした。
果物急ぎ　デザートを早く欲しがる。
住み憂し　住みづらい。
私語　男女の睦言《むつごと》。
鳰鳥の　「二人」の枕詞。

人ひと組の客がいたので片づけ終えるのが遅くなった。逸子、都美子、公子の三人娘は二階の従業員宿泊室で泊ることになる。

貴夫が三階の事務室で越野マネージャーから報告を受け、彼が帰っていった直後、桐生逸子と前原都美子がやってきてデスクの前に並び、*立ち撓《しな》う。貴夫さま、お願いがあります。あの従業員宿泊室なんですが、今見てきたら設備も調っていますし立派だし、それでご相談なんですが、綺麗《きれい》にして使いますので、ふた部屋をわたしたちの部屋に特定していただけないでしょうか。まだ他にも空いたお部屋がありますから、他の従業員が何人も宿泊することは可能なんです。それに。

喋っていた都美子が逸子に顔を向ければ、話を引き継いだ逸子が顔赤らめて言う。あのうつまり、わたしたちふたりは社長と専務の*忍び妻と言えますが、宿泊室をそのわたしたちの、いわば*忍び宿にしていただければ、ホテルへ行かなくてもいいことになります。今日も刈谷さんがご来店でしたけど、明日か明後日には佐伯社長もお見えになります。そんな時の*出合茶屋として使わせていただければ、わざわざ外へ出る必要もないわけで。わかったわかったと話半ばで貴夫は破顔する。君たちはどうせこれから遅くなって宿泊することが多くなるだろうし、いっそ君たちが住まいとして使ってくれればこちらにも好都合だと思っていたんだ。いいよ。綺麗に飾りつけをして、いい部屋にして使ってくれ。ああそれから、と貴夫は意味ありげに声を低めてつけ加える。くれぐれもラヴホテルを思わせる下品なインテリアにはしないようにな。ふたりは笑う。

聞くともなしに隣室のリビングルームでこの話を聞いていた夏子も、思わず笑ってしまう。自分の心身の欠陥とは無縁なあのふたりが、*心恋《うらご》いする男性と*事の紛《まぎ》れを望んでいる様子は微笑《ほほえ》ましくもある。またそのようなまともさに振りまわされている女性一般を顧ればなんとはなしの安心感と、さらには優越感と劣等感、正反対のコンプレックスをふたつながらないまぜに抱いてしまうのだった。

*暮の春、近森からの引越しも終え、瑠璃は近くの泰明幼稚園に入園し、徒歩で通いはじめた。古賀伶栗先生の稽古場《けいこば》には週に三度、夏子が車で送迎する。九月には都内古賀流の大合同で催す発表会があり、瑠璃はそののびらかな*自性を認められて抜擢《ばってき》され、創作舞踊「紅葉」を一人立ちで踊ることになっているのだ。

立ち撓う　しなやかに立つ。
忍び妻　隠し妻。
忍び宿　男女密会の宿。
出合茶屋　忍び宿に同じ。
心恋い　心に秘めて恋しく思う。
事の紛れ　人目を忍ぶ男女関係。
暮の春　春の終り。
自性　本来具《そな》えている真性。

逸子と都美子は二階の百一号室、百二号室をそれぞれ住まいとして、自らの趣味や相手の好みに相応《ふさわ》しく改装し、引越してきた。佐伯社長も刈谷専務も数寄人《すきびと》だから、女ふたりはずいぶん工事費を奮発して室内を*文《あや》どったようであった。佐伯と刈谷も逸子と都美子を目当てに立ち増さり、美味を堪能《たんのう》してから遊び宿たる二階の部屋での*さ寝《ね》さ寝《ね》は、彼らにとってまさにギリシア神話におけるオリンポスの居心地と言えたろう。

レストランは繁盛《はんじょう》し、馴染《なじ》み客は三日にあげずやってきて次つぎと新たな客もついた。貴夫は初めてやってきた客にも挨拶に出た。しかし、恐らくは姿の花たる貴夫に懸《け》想立《そうだ》ちした客が噂《うわさ》を拡げたのであったろうが、その種の男たちが日ごとに増えるのだけは困りものと言えた。彼らは奥の特別室に*心疾《こころと》し、あの*奇《くす》ばしき部屋は何なるぞ必ずや秘密の所行でもって客を饗応《きょうおう》しているに違いなしと、さすがに彼らしく洞察し、あの部屋に席をとってくれと懇願するのだったが、貴夫も越野もあそこは会員制の特別室だからと言って拒否するのが常だった。会員になるという男に対しては、会員の誰かの推挙がなければと言えばたいていは引き下がった。その奥の部屋には貴夫の身内が来れば招き入れた。満夫が取引先の人たちを連れてくることもあったし、計伊子たち「寿観」がらみの親戚《しんせき》が来ることもあった。夏子の親族が予約を入れてきた時だけは佐伯と遭遇せぬよう特に気をつけねばならなかったが、どちらにせよ特別室に入るような人たちはみな予約をして来るからその心配はほとんどなかった。時には、例えば佐伯や刈谷が来ている時に登希夫が学友でもある女友達を突然つれてくるなどのことがあった場合には、逸子も都美子もウエイトレスとしての振舞いをして見せる。登希夫が帰るまで*粋客をソファで待たせ酒を飲ませておけばいいのだ。彼ら*粋方が連れ立って来た時など、特別室の一隅は高級クラブの如き華やいだ趣きを呈した。ただし料理人ふたりが欠けるのでシェフたる貴夫は厨房で大忙しとなるのだったが。

葉月さんの奥さんと附近の人たちから呼ばれ、夏子は銀座を闊歩《かっぽ》した。*有りが欲しと望んでいた銀座に来て彼女は洗練され、見るからに*清し女《すがしめ》となり立ち居振舞いもさっぱとして、貴夫すらああこれぞわが*花つ妻《づま》と感嘆することもあった。触れてはならぬのではなく触れないだけの妻なのだが、誰が彼女の*徒寝《あだね》を想像するだろう。それは

文どる　変化をつける。
奇ばしき　神秘的な。
有りが欲し　住んでいたい。
徒寝　独り寝。
さ寝さ寝　度重ねての共寝。
粋客　粋人の客。
清し女　さわやかな女。
心疾し　敏感である。
粋方　粋人。
花つ妻　触れてはいけない妻。

まさに花妻だからこその変身でもあったのだろうか。瑠璃もまた近所や幼稚園での人気者となった。あれがあの鰐娘という評判に加え、*丹菓の唇がなんともキュートで、日本舞踊を習っているせいか背筋はすきと伸び、気品があるので大人や悪童が*せせらかすこともない。時には幼稚園からの帰途、他の園児たちがぞろりぞろりと*ぞろめいたりもした。

*秋ざれの古賀流発表会。瑠璃の出番は午後四時で、貴夫はちょうど仕込みに忙しい時間だったのだが新橋演舞場は歩いてすぐだったから厨房を三人娘に託して駈《か》けつけた。楽屋に立寄り、古賀伶栗や数人の弟子や夏子に取り囲まれてすでに化粧も着付けも終えた瑠璃をひと言励ますとすぐ客席にまわった。すでに朋子、満夫、佐知子、登希夫、計伊子、麻衣子その他十数人の親戚がのべつ固唾《かたず》をのみ続けているような表情で席についていて、いくらしっかりしているといっても五歳の童女である、大きなトチりをやるのではないかという心配が誰の表情にも窺《うかが》えた。隣席の計伊子が言う。あなたが幼稚園で大天使をやった時を思い出すわ。まさにそれ故《ゆえ》にこそ、貴夫はまったく心配していなかったのだ。*玉梓《たまづさ》のわが妹わが娘、自分同様みごとに演じるにきまっていて、むしろどうみごとに演じるのかを見極めてやろうではないかという心境だったのである。

一面紅葉の美しい舞台を誰もが想像していたのだが、緞帳《どんちょう》があがるとブルーのホリゾントの前にぽつんと、瑠璃はひとりで佇《たたず》んでいた。考えてみればたった三分四十五秒の舞台にそんな贅沢《ぜいたく》な装置が設《しつら》えられるわけはないと誰にも納得でき、むしろそれは洗い朱の小袖《こそで》を着た瑠璃の美しさを燃え立たせるためではなかったのか、紅葉は瑠璃自身だったのである。その可憐《かれん》さに、出番を終えた出演者やその親族友人ばかりである筈《はず》の客はどよめいた。えーうっそー。かわゆーい。琴の音が流れて、瑠璃は浮き立つように舞いはじめる。肩までの黒髪が扇のように靡《なび》けば何も持たない瑠璃の白い手は風に流れる。なんの衒《てら》いもなく無愛想とさえ言える彼女のをどりは瞬時に皆を魅了し尽し拍手とともに緞帳が下りたあとも茫然《ぼうぜん》自失した声があちこちから聞えてくる。ねえ何よ、今の、何だったの。あの子誰。ええー。あの子って、あの鰐娘だったのー。

当然のことながら親族一同はまだまだ続く発表会を、古賀伶栗先生の舞台が終るなり瑠璃と共に歩いてレストランへとやってくる。奥の部屋に入った一同は、貴夫が祝いに用意した沙魚《はぜ》の南蛮漬や目鯛のイタリアンなど＊天《あま》の真魚咋《まなぐひ》を賞味しながら瑠璃の

丹葉　赤い果実。　せせらかす　からかう。　ぞろめく　ぞろぞろと続いていく。
秋ざれ　秋の暮。　玉梓の　「妹」の枕詞。　天の真魚咋　類《たぐ》いなき魚料理。

舞台を褒めちぎるお喋りに忙しく、興奮のあまり他の先生の弟子たちが踊った舞台には*あくたもくたを投げかけるのだ。後片づけを終えた古賀先生もしてやったりの笑みを満面にやってきて座に加わり、わがことのように愛弟子《まなでし》の自慢をする。皆さまはお気づきではなかったでしょうが、実は大きなトチりがふたつあったんですよ。でもわたくし見ておりまして、ああここはトチるのがあたり前なんだ、トチった方がいいんだと確信いたしました。わたくし、瑠璃ちゃんにはいつも大切なことを教えられておりますのよ。

古賀先生が帰っていき瑠璃を三階で寝かせてしまうと、ダイニングルームの客たちにラストオーダーを供し終えた貴夫も親族の宴に加わる。だが、猛夫に今日の舞台を見せたかったと誰かが呟《つぶや》いたのをきっかけに、それまで何となくいつものようではない祖母の様子を貴夫は気にしていたのだったが、朋子は*陸梁《りくりょう》した。周囲が浮き立っていても*そげたち、*渋げで*食細《じきぼそ》だった彼女は、突然登希夫に向けて*息だわしく罵《ののし》りはじめたのである。*孫外《そんはず》れであり、兄と比べりゃ*利根《りこん》と鈍根《どんこん》、*黄口《あくち》も切れぬに*ふたほがみ悪魔の使いか*暗向《あんこう》か、ついには*連枝《れんし》の昵《じつ》を忘れて兄の妻に恋慕《れんぼ》れつの*下焦《したこが》れなどと過去のことを言い立てはじめたので、驚いた満夫と計伊子がその手を按《あん》じて母さんそんなことをここで言わなくてもとたしなめるが効き目はない。

祖母の斜め向かいに座っていた登希夫は彼女の反感を予知した時から*傍目《あからめ》ていたが悪罵《あくば》が高まると青み上戸の顔をさらに青くして立ちあがり、その声を尻《しり》に聞かせて、皺腐《しわくた》ばばあめがと呟きながらカウンターで田中公子にハイボールを注文する。今までになかったことでもあり、親族一同はすっかり興ざめて三三五五席を立つ。ほうら。みんな帰っていくじゃないか。母さんどうしたの。*息精張《いきせいは》って胸のうちを吐き出してしまったあと、息づかしげにぐったりしている朋子を満夫と佐知子は介抱する。こんなこと、よくあるのと訊《たず》ねる貴夫に満夫はかぶりを振る。いいや。こんなことは初めてだ。ワインの飲みすぎかもしれんな。おい登希夫。帰るから、タクシーを呼んでくれ。

そんなことがあったため誰もが行き憂《う》しと感じたのか、ほぼ流例となっていた葉月

あくたもくた　人の欠点短所。　**陸梁**　強く腹を立てる。　**そげたつ**　しょんぼりする。
渋げ　心の進まぬ様子。　**食細**　少食。　**息だわし**　息切れする。
孫外れ　父祖の性格や才能を受け継がぬ。　**利根と鈍根**　明敏と愚かさ。
黄口も切れぬ　世間知らずの。　**ふたほがみ**　「悪し」の枕詞。　**暗向**　馬鹿。
連枝の昵　尊い兄弟の親しさ。　**下焦れ**　秘《ひそ》かに思う。　**傍目る**　眼をそらす。
息精張る　力をこめて気を張る。

家の新年宴会は家族を加えてごく身内十人ほどの寂しいものとなったのだが、ここで瑠璃が弾《はじ》けるような芸を披露して皆を驚かせた。たまたまテレビで演奏されていたモーツァルトのアイネ・クライネ・ナハトムジークにあわせて突然踊り出した和服姿の瑠璃のをどりに、皆が目を丸くした。きちんとした振りもない自由奔放なそれはまさしく乱舞《＊らつぶ》と言えるものであり、本人は乱飛乱外《＊らつぴらんがい》のつもりでも、同い年の子が踊れば藾次《＊らつし》もないと言われたであろうような出鱈目《でたらめ》が、しっかりした基礎があるだけ瑠璃はみごとな芸にしたのである。古賀伶栗先生がこれをご覧になったら何て言われるかしら。即興ができるなんて、この子は天才だぜ。ぶっ飛んでらあ。これはまるで童話か民話の世界ですなあ。

この子はきっと何でも踊れるわよ、そう言って計伊子がチャンネルを歌謡番組に変えると、演歌に乗って瑠璃はみごとに踊る。むろん説明的ではなく、しなを作ったりもしないぶっきらぼうな舞ではあるのだが、その可憐さによって見ている大人にはなんだかこの少女が歌の世界を理解し、艶歌《えんか》の性根を悟っているかに見えるのだ。凄《すげ》えなあ童謡みたいに軽く踊ってらあ。夫が生世《しようぜ》の折ならばとそれまで愚痴をこぼしていた朋子も大喜びで、疲れも知らぬげに舞い踊り続ける孫に喝采《かつさい》を惜しまない。さらには登希夫がラジカセを持ってきてヒップホップのラップミュージックをかければ、たちどころにブレイクダンスなどとはまったく違った獅子舞《ししまい》のような和風の乱舞《ラップ》を見せ、またしても皆をのけぞらせる。かくしてともすれば沈みがちだった宴も瑠璃に助けられ、最後は*幾久幾久《いくひさいくひさ》の囃《はや》しことばで新年を*陸陸《ろくろく》に治めたのであった。

その年もレストラン葉月は*連連の千客万来で*理運に乗り、従業員全員が急ぎ満ち、否応《いやおう》なしに繁盛した。収入が増えたので貴夫は自らも含めて社員の給与を大きく引きあげた。あまりにも多忙な*愛子夫《いとこせ》の身を心配して、夏子はベテラン調理師を雇うよう進言した。男性の料理人が必要だということは開店後から感じていたことでもあり、貴夫は大学時代から通っていたブラッスリーのベテランを引き抜いてきた。三十代なかばの男で腕はよかったのだが、たちまち三人娘との仲が悪くなった。慣れない職場だからと彼女たちが口ぐちに*言い扱うことを嫌い、*反様《かいさま》なことに何やかやと言い荒《すさ》ぶようになり、揚句は辞めてしまったのである。次にはもう少し若いコックを雇い入れ

乱舞　即興の踊り。
乱飛乱外　無茶苦茶に動きまわること。
藹次もない　無茶苦茶だ。
幾久幾久　久しく栄えよ。
陸陸に　安らかに。
連連の　途切れることなしの。
理運　当然の運。
愛子夫　愛する夫。
反様　反対。
言い扱う　あれこれ言って世話を焼く。

たものの、これは甚だしく替え劣りがした上、*胼胝《たこ》擦《ず》れの当ったやり方をする男だったのですぐ辞めてもらい、かくて貴夫はまたしても男ひとりの奮闘を強いられることになる。

そんな時「寿観」の計伊子から朗報が入った。ＡＤ　ＨＯＣを辞めた志賀さんがローマから帰国するというのだった。大喜びの貴夫は厚遇で迎えるから彼女に来てくれるよう頼んでほしいと叔母に懇願した。イタリアでレストラン葉月の評判を聞いていた志賀さんは予定していた仕事を断って快く承諾し、かくて厨房はふたたびシェフ以外女性ばかりという構成になってしまう。当然のことながら三人娘も大先輩の志賀さんには敬意を払い、志賀さんもまるで在り馴《な》れた厨房ででもあるように振舞ってイタリア料理の腕を振るったのである。

さらに六月となり、短大卒業後の二か月、修業と称してパリで遊んでいた双子が帰ってきた。彼女たちがただ食べ歩いているだけであったことを貴夫は知っていたが、これも見習い社員にした。加えて三人娘のそれぞれが自分の得意料理を持ち、*労労《ろうろう》じくなってもきた。だから定番だった貴夫のコース料理に加えてメニューも増えた。貴夫は次第に楽ができるようにもなってきたのである。その暇暇に、さらなる食材を求めて家族を伴い、貴夫は各地へ旅行をする。貴夫の不在をよいことにスタッフが*留守振舞をしていることは知っていたが、単なる*落索《らくさく》の整理だからと貴夫は笑って知らぬ顔をしていた。

その年の秋、*玉かぎる夕べ、貴夫のレストランとは知らず、なんとあの金杉君がやってきた。越野が厨房にやってきて耳打ちするには、彼はもうひとりの客と一緒なのだが、葉月という店名を見てもしやと思い、ウエイトレスに訊ねたところ案の定オーナーが旧友の貴夫であると知り、逢いたがっているとのことである。貴夫はダイニングルームに行き、十年ぶりに金杉君と再会した。彼は今や文壇の評論界を牽引《けんいん》する批評家になっていて、その活躍は貴夫も新聞の文化面や新刊書の書評欄、広告欄で熟知していた。金杉君はなぜか「高校の同窓会などという*流俗の催しには、絶対に出席しない」という方針だったから貴夫に逢う機会もなく消息を知る術《すべ》もなかったのである。今夜来たのは*世覚えの高い金杉君に社会批評の連載を依頼しようとしている新聞社の接待を受けて、旨いという評判のこの店を選んだ学芸部長に案内されてのことであっ

胼胝擦れの当った　経験豊富でずうずうしい。
労労じ　いかにも巧みである。
留守振舞　主人の留守中知人に食事を振舞う。
落索　残りの食材。
玉かぎる　「夕」の枕詞。
流俗　俗世間。
世覚え　世間の評判。

た。わあ、懐かしいよう、と金杉君は泪《なみだ》を浮かべて叫ぶのだ。

他の客が大勢いるところで金杉君ばかりと話すわけにはいかず、貴夫は学芸部長ともども彼を奥の特別室に案内する。おうこんな部屋があるのかいいなあと琥珀色《こはくいろ》の落ちついた重厚な室内に金杉君は感動する。ちょうど佐伯社長が来ていて、奥のソファで桐生逸子と何やら*いそばいながら飲んでいた。その様子を見て、さすがに*世付《よづ》かわしくも*世心《よごころ》を知る文学者の金杉君、この部屋の存在理由をたちどころに理解した様子だった。さらには貴夫が特別に造らせた*至り料理を味わい、越野がお薦めのワインを飲んで歓喜の域に達し、金杉君は自らの感想をお得意の弁舌で*言い適《かな》え*言い敢《あ》えるのだ。ところでね、と金杉君は続けて話す。

以前君に話したことがあっただろう、戦争から帰ってきた人間が最初に書いた小説やドキュメンタリーがその作家の一番の傑作になるのは何故《なぜ》かという考察をさ。ああそうだ。あれ、高校の卒業式の日だったよな。ぼくはよく憶《おぼ》えている。「恐怖と再体験」みたいなタイトルになるって言ったけど、その通りのタイトルで書いた卒論が本になってそれが評判になって、それで評論家として一本立ちになって今に至ってる。君もあの頃から料理に夢中だったよな。ぼくはさ、自分の進路は少年期に志した指標に向けて、恥じることなく心臆《おく》することなく、常識や大人の眼に曇らされることなく決定すべきだって思ってるんだが、それは今日君を見て確固たるものになったよ。

金杉君は言う。自分の住まいを兼ねた事務所は銀座の、すぐそこであるから、これからは*夜さりつ方にはこの店へい通うことになると思うので、また小学生の時のように親しくして貰《もら》いたい。ついては、会員制だというこのすばらしい特別室にいつでも入れるよう、ぼくを会員にしてくれないだろうか。貴夫は佐伯に金杉君を紹介する。著名な評論家をよく知る文化人の佐伯は自分の*余所狂《よそぐる》いを見られて多少*いすすきながらも、愛想よく彼の入会を歓迎した。規定の入会金と会費の*洛叉《らくしゃ》を越野に支払い、さらにソファで痛飲する金杉君に、厨房の仕事を終えてカウンターに立った田中公子が次つぎと洋酒を振舞う。すっかり酔った金杉君は年上の学芸部長に介抱されながら閉店後の十一時半に店を出た。

田中公子と仲良くなった金杉君はそれから三日にあげず行き通い、貴夫が厨房から

いそばい　戯《たわむ》れ。　世付かわし　恋愛経験豊富。　世心　男女間の心理。
至り料理　贅沢な料理。　言い適え　うまく表現し。　言い敢える　すべて言い切る。
夜さりつ方　夜になる時分。　余所狂い　妻以外の女に夢中になること。
いすすく　おろおろする。　洛叉　十万。

出てこなくても彼女をカウンターに呼んで酒を飲み、さらには料理のあとソファに移って彼女を横へ侍《はべ》らせ、共に飲むようになった。貴夫があらまほしと思っていた通りふたりはやがて＊い繋《つが》ることとなる。＊世籠《よごも》りの公子にとってまだ結婚していない金杉君は理想の相手でもあったのだ。まともな結婚を望んでいた彼女は＊一代後家になることを恐れていたのだったし、直感から貴夫の親友であればまさか自分を遊んで捨てることはないと信じていて、まことにその通り、金杉君は誠実だった。

　金杉君との宵の別れがつらくなった公子はついに逸子や都美子と同じ要求をしてきた。百三号室を自分の住まいに特定してくれというのであり、むろん貴夫はこれを快く諒承《りようしよう》した。かくて金杉君は＊彌日異《いやひけ》に通ってきて一具を整えた公子の部屋で＊夜一夜《よひとよ》を過し、＊夜のほどろに帰っていく。逸子や都美子のような妻のいる相手ではないので、閉店までの時間に厨房から遠ざかることもなく、夜の悉《ことごとく》を夜妻として過せるのだ。なぜか金杉君が佐伯や刈谷と、また佐伯と刈谷がうまく行き違うのは三人娘が三人とも厨房から消えて、貴夫が不自由を覚えることのないようにとする佐伯、刈谷、金杉君の心遣いであり、それはきっと彼らと彼女たちが暗黙のうちに、または意図的に言い継《つ》がいしているのであろうと貴夫は想像するのだった。

　こうした特別室や二階のありさまを志賀さんや双子は決して快く思ってはいなかっ

た。双子は*言い知らず、なんとなくいやらしいことが行われているように感じているだけだったが、*夜声八町《よごえはっちょう》、時おり三人娘の住まいから洩《も》れ出てくる息差しを敏感に捉《とら》えて志賀さんは言いましごとを胸に抑えていた。何よ、ここは揚屋じゃないんだ。それでも貴夫の平然とした態度を見れば、なんとなくそれを世の正しい有りようとする彼独自の深遠な哲学がありそうに思えて、何も言えなくなってしまう。そうこうするうちにも金杉君と公子は夜並べて*夢見るうち結婚を考えるに至り、結婚後の*夢語りをするまでになっていた。

　荒玉の年行き代り元旦《がんたん》、古賀伶栗先生の舞踊教室では江東区文化センターを借りて子供のみの発表会が開かれた。店を休みにした貴夫はスタッフ数人を打ち連れて出かける。客席には葉月家の家族親戚常連の十人余も無論居並ぶ。今回はいちいち緞帳を下ろさず簡素な装置の前に子供たちが入れ替わり立ち替わりして踊りを披露する形式

い繋る　自然につながる。　**世籠り**　男女の仲を知らぬ。　**一代後家**　行かず後家。
彌日異に　日増しに。　**夜一夜**　一晩中。　**夜のほどろ**　未明。
言い知らず　どう言えばいいかわからぬ。　**夜声八町**　夜は小声でもよく聞こえる。
夢見る　性交する。　**夢語り**　未来のことを語り合う。

だった。瑠璃の出番は二人立ち、三人立ち、そして最後の勢揃いだが、いずれの踊りも瑠璃のみ灼然《しゃくぜん》として雪を廻らし特に入綾《いりあや》の可憐さはすばらしく、まだ退場しないうちから拍手が起るのだ。

宗家家元でございます。瑠璃さんのお父様とお母様でいらっしゃいますか。今日はこの伶栗さんのお招きで、すばらしいお嬢さんがおられるから是非とも見に来るようにとのことで伺いましたのですが、いやもうお嬢様には驚きました。実は一昨年の合同発表会、私は京都を離れることができませず、拝見しなかったのでございますが、それもみごとなものであったそうで、残念なことでございました。こんなロビーでこんなお話もゆくりなしなことでございますが、実は瑠璃さんのことでございます。単刀直入に申しますと、私の直弟子としていろいろとお教えしとうございます。いえ、京都ではなく、私が上京いたしますたびこちらのお稽古場で手を取って教えて差しあげたく思います。いずれは名取りなどと、ああ、それはまだ気が早うございますが、あはは。それでまあ、私ども古賀流一門に加わっていただき、舞踊公演の際などにはぜひぜひ踊りを披露していただきたいと。はい。もちろんもちろんご返事は後日で結構でございますから。

かぎろ火の春、登希夫は大学を卒業して葉月衣料株式会社に入社し、満夫から営業部勤務を命じられた。否《いな》やはない、いずれは社長になる身なのだ、彼としては*息筋張って勤めはじめた。いかに*聊爾《りようじ》の振舞いが多いとは言え、さすがに葉月家の御曹司《おんぞうし》、その*由《よし》めいた容儀に気圧《けお》されて重役も従業員たちも取引関係者も一様に登希夫へ敬意を払い、次期社長としてのつきづきしさを見ようとするのだ。女子社員の多くもまた彼の鯔背《いなせ》な振舞いに映画俳優を見る心地で、*いた顔つきを向けるのだった。

だがこの時期、バブル経済崩壊後の不況で葉月衣料は売上高の減少に陥っていた。ユニクロなどの製造小売業が消費者のニーズを捉えて売上を伸ばしていたが、古い体質の葉月はグローバル化の激しい業界での価格競争についていけなかったのだ。その一方では海外のブランド品に人気が集って輸入が急増し、いかにファッション性が高くとも国内メーカーの特に高価な衣料は見向きもされないという状況もあり、企業間の格差が増大する中で細元手の葉月はどうしようもなく不振にあえぐばかりだった。

雪を廻らし　舞姿が美しい。　**入綾**　退場する際の舞。　**ゆくりなし**　気兼ね遠慮なし。
かぎろ火の　「春」の枕詞。　**息筋張る**　懸命に努力する。　**聊爾の**　軽がるしい。
由めいた　名門の出らしい。　**いた顔つき**　すっかり惚《ほ》れたという顔つき。

レストラン葉月は*彌栄映《いやさかは》えに繁盛し、贔屓《ひいき》の客も*いしいしと増え続けた。最初は表向きだけの会員制も、豪華な部屋の存在を知った入会希望者が増えてくるときちんとした会則を作らなければしかたがない。だが何しろそれまでのところは三人だけの会員と親族だけの特別室だ。奥の部屋の事情を言い洩らすことのない、よほど*故付《ゆえづ》けた人物でなければ入会させることはできなかった。だから昔経団連の会長をしていた経済界の大物で、現在は千代田財団の名誉会長をしている橘巳之助《たちばなみのすけ》が入会を申し込んできた時にはちょっとした騒ぎになった。秋の*夕さりつ方、予約もなく、粋人らしい服装でたったひとり、*ゆくりもなくふらりとあらわれた橘氏は、挨拶に出た貴夫に噂通りの美味であると料理を褒め、これも噂によれば奥の部屋というものがあり、そこは会員制で何やら秘密の特典があるらしいが儂《わし》も入会させては貰えないかと頼んだのである。

橘氏の名と身分を本人から直接教わり、貴夫はひとりで判断することができず、次の日やってきた佐伯社長に相談した。さすがに佐伯は橘巳之助を、面識こそなかったもののよく知っていたので驚き、これはやはり入会していただくしかないだろうが、ほかの二人にも相談しなければなるまいと言うので、一夕会員三人に集ってもらい、屋上のペントハウスでバックバーの洋酒を飲みながら話合う。あの人は若い頃その道の通人として有名でした。だけど今は八十のご隠居。ご自分でも*徒《いたず》ら人などと言っておられます。もう色気はなくて食道楽一辺倒、会員になりたいとおっしゃるのも、無論われわれとてそうではあるわけですが、ただひたすら美味珍味を求めてのことではないでしょうか。ああ。葉月君は橘老の要求に応えなければならんわけだがそれは大丈夫なのかい。ああ。それなら任せてください。じゃあ、われわれの秘密をもしお知りになったとして、見て見ぬふりをして下さるのかい。その辺はわきまえておられるでしょう。しかし凄《すご》い人が来たもんですね。引退したとは言え大物中の大物ですよ。そのような人が会員であれば何かと心強い。かくして橘氏の入会は認められ、しかしまあわれわれは同じ会員として、*うすすくことなく応援しようではないかということで一件は落居ったのである。

その昔、*色人《いろびと》の名を馳《は》せたという橘巳之助は、会員になると四、五日置きに「葉月」へ通ってきた。ボヘミアン風の洒落《しゃれ》た洋装にステッキを持ち通りすがりの銀座

彌栄映えに いよいよ栄え輝いて。
いしいし 次つぎ。
故付けた 一流の雅趣を身につけた。
夕さりつ方 夕方ごろ。
ゆくりもなく だしぬけに。突然。
徒ら人 役や地位を離れた無為の人。
うすすく おろおろする。
色人 色道の粋人。

雀《すずめ》と挨拶を交しながら夕影の中を*故故しくふらりふらりとやってきて奥の部屋に落ちつく。珍味をご所望ならばぜひご予約をと貴夫が念を押しているのでいつも前日に電話がある。カウンターでカクテルを作らせ一杯やったあとテーブルに移り、その日の特別料理を食べる。橘老は利根真知、利根未知の双子がいたくお気に召したようで、給仕をさせたあとはソファで二人を両側に侍らせワインなどを振舞ってやり、*打ちおおどけた会話を楽しむのだ。双子もこの*ゆおびかな老人にすっかりなつき、会長会長と呼んではしゃぎ、「会長」はやめんかと老人が言っても面白がってさらに会長会長と*いかかるのだった。最初のうち老人は*優形《やさがた》な前原都美子がお気に入りだったらしいのだがさすがは*艶《やさ》隠者、すぐにここが浮き寝の色宿らしいと知り、都美子があの食品会社専務の忍び妻と直感したのだ。むろんとうの昔に*焼け止まりと決めていたから未練もあるわけはない。かくてますます双子との戯れが*転楽《うたたの》しさを加えるのである。

橘老が会員になってからは、厄害な入会希望者を断ることがたやすくなった。資格の有無を審査する会員の中に橘巳之助がいると知れば*裄丈《ゆきたけ》知れた自分を省みて誰しも*汰《ゆ》らえ、入会を断られてがっくりと打ち屈することはあっても、たいていは*いしふしなくあきらめるのだ。橘老はさいわいにも佐伯、刈谷、金杉君の三人とも馬が合い、たまに顔を合わせた時には、貴夫にはとてもついていけない文学、音楽、絵画などの高度な議論で*故立ちするのだった。貴夫が厨房から出てきた時には誰からともなく話題を食物や焼物に転じてくれるのは、まさに風雅な人士の優ばみであったろう。

立派に養い立てた瑠璃が古賀流で頭角をあらわしたため、夏子は誇らしかった。引っ越した当座は近森の家や友達をしきりに懐かしがった瑠璃をなんとか銀座の住まいに*在り付けた*行き向う年の春、古賀流の舞踊会で瑠璃は「羽根の禿《かむろ》」を一人立ちでみごとに十分間を踊り切った。その*打ち傾《かたぶ》いた様子や、さらには乱暴に下駄《げた》の音高く走るさままでが観客を*やよ目にして絶賛の対象となり、やんやの喝采を浴びたのだ。そして瑠璃は泰明小学校の二年生となる。やや*寛《ゆた》けくはなったものの男子女子、同学年すべての子供たちに君臨する勝気さはまったく変らない。

故故し　名門らしい品格と風情《ふぜい》を具《そな》えた。
打ちおおどけた　間抜けておどける。
ゆおびか　人柄の奥ゆかしい。
いかかる　かぶさる。
優形　容貌や振舞いなどが優美。
艶隠者　市中に隠れ住む風流人。
焼け止まり　色遊びをやめた。
転楽し　はなはだ愉《たの》しい。
裄丈知れた　高が知れた。
汰らえ　ためらい止め。
いしふし　恨み。
故立ち　教養を見せる。
在り付け　落ちつかせ。
行き向う　古いものが去り新しいものが来る。
打ち傾く　軽く首を傾《かし》げる。
やよ目　見蕩《みと》れている眼。
寛けく　ゆったりと。おっとりと。

葉月衣料では営業部長がそろそろ登希夫を*持ち扱っている。不況が長引き前年の大型企業倒産や銀行の破綻《はたん》が連続したことで葉月衣料も経営が苦しくなっていた。キャンセルが相次ぐなどの苦境に立たされ、*やら腹立ちに見舞われた登希夫が行く先ざきで、下請けはいうまでもなく得意先でさえ怒鳴り散らすなどし、まとまりかけていた商談を*乱離巨灰《らりこっぱい》にしてしまい工場を*乱顛《らんでん》させるなどの失敗が多くなってきたのである。以前から登希夫に好感を持っていなかった若い社員たちがあれはやはり蕩《とろ》いのではないかと噂しはじめ、満夫も頭をかかえてああの息子が*世の人めくのはいつのことであろうかと嘆くのだ。

*行方なしの登希夫は何かやらかしてしまうたびに同母兄たる貴夫の店にやってきては奥の部屋のカウンターでひとり自棄酒《やけざけ》を飲み、*脂茶《やんちゃ》な彼を憐《あわ》れんだ双子に慰められるのが常のようになってしまった。貴夫はどうやら双子が二人して*様子者の登希夫を憎からず思いはじめたらしいことを察知して危惧《きぐ》の念を抱き、何しろ隣家の双子と実の弟の三角関係となれば、まさか今まで男女を結びつけてきたのと同様の衆生化度《しゅじょうけど》を施すわけにもいかず、またしてもその辺からひと悶着《もんちゃく》起るのではないかと気を病むのだった。

秋から冬へと行き交う空の下の銀座、レストラン葉月はいよよ賑わう。藤谷啓一は同業の画商や有名画家を伴ってしばしば訪れた。新聞社の科学部にいる西条克己は月に二、三度、学者や医者をつれてきた。他の旧友たちも家族連れで月に一度はやってきた。さらに子供が手を離れたからというので以前からパティシエをやりたがっていた麻衣子が厨房に入り、デザートを作りはじめた。ただし週に三日しか来ることができないというので、あとの三日をフランスでパティシエ修業をしてきたという和泉礼奈に来てもらうことにもなり、下働きの掃除婦として喜劇役者じみた剽軽《ひょうきん》な大阪弁の女も雇われ、厨房はいやが上にも女ざかりの女たちで華やぐ。ウエイトレスは結婚したり引き抜かれたりなどで入れ替わりが激しかったが常により*艶《やさ》な娘を集め、逆にウエイターたちは魅力的なこのレストランから離れようとしなかった。

阪神淡路大震災に続き、オウム真理教、毒物カレー事件、薬害エイズ、賃金削減と正社員減少、日本長期信用銀行などの破綻、自殺者三万人を超すなどの、*幾幾と悪いことが起る、満夫に言わせれば*五濁悪世《ごじょくあくせ》の時代が続いて、しかしこんなことがいつま

持ち扱う　もてあます。　**やら腹立ち**　無闇《むやみ》に苛立《いらだ》つこと。　**乱離巨灰**　筋道が乱れ滅茶苦茶になる。

乱顚　混乱。　**世の人めく**　人並みの人間になる。　**行方なし**　行くあてがない。

脂茶　わがまま。　**様子者**　身なりの美しい者。　**艶な**　しとやかで美しい。

幾幾と　いくつも。　**五濁悪世**　濁り多き悪い世。

でも続く筈はない、いずれは景気がよくなるだろうと楽観し、左前の会社をなんとか建て直そうと四苦八苦している内情を隠して、年が改まれば葉月家元旦の新年宴会は殊《こと》さら盛大に行われたのだが、やわかこれが恒例の最後になろうなどとは誰も思っていなかったのだ。真岡の葉月家当主である貴夫の従祖父という遠来の客をはじめとして二十人ほどが訪れ、このところ毎年皆が楽しみにしている瑠璃のをどりにも興じて笑い声が絶えず、宴は深更まで続いた。暗い話題としては真岡の大叔父が*篤《あつ》しれて床につき、もはや顔中が死黒子《しにぼくろ》でいっぱい、*今は限りであろうという従祖父からの報告のみである。

その大叔父が死んだのは*しらまゆみ春の卯《う》の花《はな》月。貴夫はベンツに満夫と計伊子叔母を乗せ、助手席に乗せた登希夫と交代で運転しながら、夏子はクラウンに小学三年生の瑠璃と朋子、佐知子を乗せて真岡へ向う。*親《しん》は泣き寄り他人は食い寄り、ご大家の葬儀だというので招かれもせぬ近隣の者が大勢集ってきていて、本家は*もやついていた。瑠璃がここへ来るのは二度目だったが、評判こそ聞き知っていたものの彼女の舞姿を初めて見る真岡の人たちはその浅らかなきものを着た*慇《めぐ》し姿、*うっきりとしたをどりを驚嘆の眼で打ちまもり、以後は彼女を*珍《うずな》い、持て傅《かしづ》き、子供たちはこの物言う花をば*持て興じ、はてはそのムーンウォークにも似た浮き歩みを真似《まね》てあとを追うのだった。その瑠璃を守《も》り立ててきた夏子は、ここ葉月本家の大家族にもずいぶん鼻が高かった。

その夏子である。最近困っていることがある。*寝聡《いざと》い瑠璃が、深夜何かの按配《あんばい》でエア・コンディショナーのダクトから聞えてくる二階からの*遣繰《やりくり》に*安寝《やすい》を妨げられ、あれは何の声音なのかと訊ねるのだ。ねえ。苦しそうだわ。誰かが苦しんでいるのよきっと。どこかで暴れてるわ。夏子は苦笑しながら、ああ、あれはなんでもないのよと言うしかない。だが*夜聡《よざと》さはそのままで成長するにつれ、幼心地の幼耳に入ったあの声あの音が何であったのかを知ることになるであろう。どう言えばいいのだろう。*や文字の*諸息《もろいき》は控えめに、などと二階の女たちに言えるものではないし、大きな声を出すのはむしろ男性の方だ。貴夫に相談しても恐らくは笑うだけで問題にしないことは

篤しれ　病が重くなり。　**今は限り**　これっきり。　**しらまゆみ**　「春」の枕詞。
親は泣き寄り他人は食い寄り　不幸があれば哀悼《あいとう》の気持で親戚が集るが、他人は葬儀の食い物目当てで集る。　**もやつく**　ごたごたする。
愍し　切ないほど可愛い。　**うっきり**　あざやか。
持て傅く　大切にして仕える。　**持て興じ**　関心をもって扱う。　**寝聡い**　眼が醒《さ》めやすい。
遣繰　男女の交わり。　**安寝**　安眠。　**夜聡さ**　物音で眼を醒しやすいこと。
や文字　房事。　**諸息**　呼吸。

わかっているから、尚《なお》さらどうしていいかわからないのである。

麻衣子が来るようになって貴夫はやや安堵《あんど》した。以前から登希夫のことを*もやくりの種という眼で見ていた麻衣子は、貴夫から彼への悩みを打明けられると、登希夫が飲みにやってきた時には奥の部屋へ行きたがる双子を退けて自らがカウンターに立ち、向いあう従弟《いとこ》と*目競べして*眼の仏燃え立たせ、説教を始めるのだ。真知ちゃん未知ちゃんは利根さんからお預りしている大事なお嬢さんたちなの。双子だからって面白がって*いささめに弄《もてあそ》んじゃいけないわ。いいえ。あなたのことはよく知っているから、あの子たちがだんだん綺麗になっていくのを見て、ただ幼なじみというだけじゃなく今はもう欲望の対象にしていること、わたしにはわかっています。会社でうまくいってないという愚痴はあの子たちの同情を惹《ひ》くためです。

参ったなあ。どうしておれ、こんなに警戒されるんだろうなあ。それならそれでよい、と登希夫は思う。もともと*諸思《もろおも》いに非《あら》ずしてただの戯れ、持て興じて遊んでいただけ。然るにあの*めぎらを立てた物言いは何ごとか。ならばこちらもその気でと、以後は奥に通らずダイニングルームのテーブルに酒を運ばせて、*目数寄《めずき》したウエイトレスを喃破《なんぱ》することになる。

可憐にして柔順、ぽってりと表面が濡《ぬ》れた桜餅《さくらもち》のような岡野優子は、その時期「葉月」で一番の美人と言われていた。登希夫はその彼女に言い寄り、オーナーシェフの弟であることを*催し種《ぐさ》にされて断り切れない娘をうまうましく連れ出し、*妻合《めあ》いなどとほのめかした嘘《うそ》の皮で首尾よく一夜を共にしたのだった。だが、口を拭《ぬぐ》って知らぬ顔をしていれば、その後の大騒ぎにはならなかった。しかしそこが青春の*上傾《うわかぶ》き、もはやおれの女と思い「葉月」のダイニングルームでもこれ見よがしに眴《めくわ》せしたり*目垂《めだ》れ顔で横柄《おうへい》にものを言いつけたりしたものだから越野をはじめとする他の客席スタッフにもたちまち何があったのかを悟られてしまう。

鞍置秋人《くらおきあきと》はソムリエ修業をしている優秀なウエイターで、岡野優子とは将来を誓い合っている仲だったのだが、物堅いとばかり思っていた恋人に背かれて激怒した。登希夫が彼女を弄んだと知ると今度は奴《やつ》と決闘すると言い出し、貴夫や越野も含めて厨房のスタッフまでが内輪割れするほどの騒ぎになってしまった。

もやくり　ごたごた。騒ぎ。　**目競べ**　睨《にら》みあい。　**眼の仏**　瞳《ひとみ》。
いささめに　かりそめに。いい加減に。　**諸思い**　相思相愛。
めぎらを立てる　眼に角を立てる。　**目数寄**　見て気に入ること。　**催し種**　誘い出すタネ。
妻合い　夫婦になる。　**上傾き**　派手で上っ調子。
目垂れ顔　弱味につけ込んで威張る態度。

初めて君に頼む仕事がこんなつまらない後始末で悪いのだが。弁護士となっている*本《もと》つ人《ひと》の安曇学を一夜ペントハウスに招いて、困り抜いた貴夫が相談を持ちかける。なんとかあの不良の弟の尻拭《しりぬぐ》いをしてもらえないだろうか。なるほどあの弟君ならそんなことするくらいは必然だろうねと、安曇は笑いながら言う。まかせておいてくれ給《たま》え。こういう事件は慣れているから。かくて呼び出された登希夫は安曇に懇懇と諭され、言うまでもなく安曇は兄の親友、その尊敬する弁護士の厄介になるまでとなった己を恥じて今度ばかりは登希夫も身をすくめ反省する。彼は登希夫に命じて*夷《うづい》の詫《わ》びを鞍置秋人に入れさせ、次は自分から彼に岡野優子との結婚話を持ちかけ、式の費用を全額負担すると貴夫から二人に約束させ、*徐徐《やくや》く一件は落着した。式ののち二人は*相携《うつから》び「葉月」から去って行ったが、これも全員が*決《うつむな》しとするしかない。その後登希夫が「葉月」から足を遠ざけたこともあって、スタッフは稍《やくや》く心解《うちと》け、店にはもと通りの平和が戻った。

安曇は貴夫が勧めても会員になって特別室へ入ることをなぜか以前から嫌がっているようだった。それは或《ある》いは彼の鋭い*目界《めかい》によってそこに吹く淫風《いんぷう》をわずかに感じているからかもしれなかった。その安曇が夏の*うそうそ暮、連れを伴ってやってきた。厨房にやってきた越野が言うには、その連れというのは安曇が担当している会社の部長であり、貴夫にぜひお目文字したいとやらである。貴夫はダイニングルームに出た瞬間立ちすくんだ。安曇とテーブルを挟み、向きあって掛けていたのは、土屋嘉之だった。男色家の、あの土屋である。

渡された名刺には三光証券・外国為替部長とあった。立派な身装《みな》りだったがそれ以外に変ったところはない。彼は*めたとうらげた様子で貴夫に言う。ずっと来たかったんだが、この安曇さんが常連だと聞いてね、つれてきてもらった。君はまったく昔と同じだね。いったん立ちあがった二人は腰をおろすが、貴夫には同席する気がない。ちょっと掛けませんか。土屋は*睇《めかりう》ち、粘着性の声でそう言うが貴夫は笑って言う。営業中なのでね。おや、という顔で安曇が貴夫を見た。他の客がいて話し込めないのであれば、奥の部屋へ誘うのがいつものことなのに、今夜の貴夫はよそよそしい。安曇は*めかりを利《き》かせた。じゃあ、また後で。安曇があっさりとそう言ったので土屋が

本つ人　昔馴染《なじみ》。　**夷**　無礼。我儘《わがまま》。　**徐徐く**　次第に。
相携び　手を携えて。　**決し**　決定的。　**目界**　見る能力。
うそうそ暮　黄昏《たそがれ》どき。　**めたとうらげた**　無闇に浮き立った。　**睇ち**　流し目をして。
めかり　その場の様子を見て判断すること。

うろめく。あっ。ちょっと待って。彼はあわてて立ちあがり、行きかけた貴夫に縋《すが》るような眼を向ける。*憂き人への直感で、貴夫がそれきり戻ってこないことを悟ったようだ。これからは、ひとりで来てもいいだろうね。恨み寄るようなその目つきに、彼の*梅根性《うめこんじょう》はそのままだと貴夫は判断する。安曇の手前、かまわないよと言うしかない。土屋が安曇を伴って来店したのはまさにそのためだったのだろうが、それだけではおさまらず、土屋は言う。あのさ、ぼくをこの店の会員にしてくれないかなあ。安曇君に聞いたところだとここには特別室というのがあって。

土屋さん、と、安曇が鋭く口をはさんだ。それはあとでぼくの方から、葉月君に話しておきますよ。ああそう。じゃ、よろしくね。土屋はしぶしぶ腰をおろす。厨房に戻った貴夫にはその後、食事をしながらの二人がどんな話を交したのかは不明。彼らが一緒に店を出たのは小一時間してからだったが、土屋とすぐ別れたらしい安曇が戻ってきたと越野から耳打ちされ、貴夫はにやりと笑う。戻ってくるだろうと予見していたのだ。過去のいきさつを打明けねばなるまい。

あの男、君には*えこぜぬ友人だということが、食事しながら話していてわかったと、ペントハウスに導かれてワインを飲みながら安曇は言う。貴夫を待つ間にバックバーのワインセラーからコルトン・シャルルマーニュを探し出したのはさすがと言うべきだろう。あのようなおずしい*人物がなぜ君と親しかったのか話してくれという安曇に応えて、親しかったのではないと貴夫は説明する。大学時代のいきさつを聞いて安曇は驚いた。そんな人種が自分の身近にいたとは信じられない。君が彼を疎《うと》んじたのも当然だ。もう連れてこないでほしいという貴夫に*諾《うべ》な諾《うべ》なと頷《うなず》いた安曇は言う。しかしあいつは、きっと独りでまた来るだろうね、君は来てもかまわないって言ってしまったんだものね。あのうんざい*男は、ぼくが*目《め》角《かど》に立てたところじゃ、簡単に君をあきらめることはない筈だ。いいかい。もしやってきて*夷心《えびすごころ》の執念深さで言い寄ることがあれば、またぼくを呼んでくれ給え。

　冬枯れのすさまじげなる世、葉月衣料株式会社は倒産した。多くの取引先が店を畳み、売掛けの回収がなく、黒字倒産のかたちだったが、先行きの見通しもまったくなく、従業員の給与を長期間未払いにすることは避けたかったので満夫は自己資産の大部を処分し、相応の退職金で、これまでの労苦に報いたのだ。事前に家族会議を開い

憂き人　自分につらい思いをさせる人。　**梅根性**　執念深く、思い込んだら変えない性質。
えこぜぬ　相応しくない。　**おずしい**　強烈で恐ろしい。　**諾な諾な**　もっともだ。
うんざい　阿呆。まぬけ。うざい。　**目角に立てる**　鋭く物を見る。　**夷心**　無神経。

て、これは告げてあった。貴夫も呼ばれて実家に出向いたが、茶の間に集った家族は四人だけ、登希夫は姿を見せなかった。満夫がいくらそうではないと説いても、倒産は登希夫のせいだと言い張る朋子の非難に辟易《へきえき》して家に戻らないのだ。そんな登希夫にますます憤《いきどお》って、朋子はいつまでも恨みごとを吐き続ける。あの悪餓鬼めが、取引先と片っ端から喧嘩して親の会社を破産させおった上に、枝を連ねた兄の食堂の給仕女にむ*たと手を出して騒ぎを起すとは、*生《いけ》どう掏摸《ずり》もいいところだ。あんな人間は早くくたばっちまえ。くそ。あんな人間は早くくたばっちまえ。

流年《りゅうねん》夢がましく、一時の栄華は夢幻泡影《むげんほうよう》、一栄一落これ春秋とはいうものの、六十なかばにして資産を没却したるは昔《いにし》へ人にも言い訳立たず、＊うれむぞこの＊先生き廻《めぐ》らいていけるものやら。女夫争《めおといさか》いにもならず定年退職と思わばよしなど＊故《ゆえ》びたる妻の声に励まされ、この先は我が子貴夫の世話になって＊廻《めぐ》らわざるを得ぬ情けなさは言う術《すべ》もなし。梨の森不動産が本社ビルや工場などを高値で購入してくれたその売却金で駅前に小振りの洋装店など設け、＊妻男相具《めおあいぐ》して働きはじめたは翌睦月《むつき》のこととなり。

＊魚《うお》の棚に伊勢《いせ》湾や瀬戸内の鯛《たい》が豊かに並ぶ＊魚島時《うおじまどき》、レストラン葉月は＊栄耀食《えようぐい》する客でいっぱいになる。貴夫からいくらすげなくされても独り通ってくる土屋嘉之は、どんな胸算か常に入口近くの定まった席をとり、たまに他の客のテーブルへ挨拶《あいさつ》に来る

むたと　分別なしに。　**生どう掏摸**　罵言。　**うれむぞ**　どうやって。
生き廻らいて　長いこと生きて、世を渡って。　**故びたる**　奥ゆかしく由緒《ゆいしょ》ありげな。
廻らう　人の中に交って生き永らえていく。　**妻男相具して**　夫婦一緒に。　**魚の棚**　魚屋。
魚島時　陰暦三、四月。鯛の豊漁時で美味安価。　**栄耀食**　贅沢《ぜいたく》な食べ方。

貴夫を*むつけた顔で遠くから*見くるべかすのだった。あの男はなぜいつもあの席を予約するのだと越野に問えば、彼は笑いながら言う。あの*押柄《おしから》の男はよほど特別室の会員になりたいようで、佐伯社長や刈谷専務がやってきて奥へ行こうとすると立ちあがって前に立ちふさがり、*えりわり親しげに何やかやと話しかけております。お二人にはご迷惑なことでしょうが、話しかけるなと命ずることもできず、いやはや困ったお人です。私の顔を見るたび会員に推挙せよと胸《むな》から摑《つか》まんばかりに押し事されるのも厄害なことです。

その日は前日に橘巳之助から予約が入っていたので、いつものことだが貴夫は*胸走り、文献を調べ冷蔵庫にある旬《しゅん》の食材を考え、今日の珍味を雉《きじ》のたたきと決める。骨や屑肉《くずにく》などをまず包丁の背で叩《たた》いて骨を粉にする。泥のようになったものを団子に丸めて肉と一緒に煮れば、髄の高い香気が雉肉に風趣を添えるのだ。下拵《したごしら》えの*方《みざかり》、越野がやってきて耳打ちするには、またしても土屋氏がお見えで、いつもの席におられますとの報告だった。開店して四十分、貴夫にいやな予覚があり、そっとダイニングルームを覗《のぞ》くと*うらやかに立つ橘氏の前に土屋がいて*海老腰《えびごし》になり、*襟元に付こうという魂胆で何やら訴えかけているのだ。その横には越野が困った表情で立ちすくんでいる。貴夫は厨房《ちゅうぼう》から出た。

ゆくらかに近づくと、まず巳之助老に挨拶をする。ようこそいらっしゃいました、まず奥へお通りを。ほっとした顔で老人は奥口へと向かう。*慨《うれ》たしとばかりに何か詰《なじ》ろうとする土屋に、おっかぶせて貴夫は言う。この越野に案内させるから、あとでペントハウスへ来てくれないか。二人だけでじっくりと話そうじゃないか。たちまち土屋は*むず折れて笑顔になり何度も何度も頷《うなず》くのだ。ああそう。いいとも。いいとも。ペントハウスか。いいねえ。行くよ。行くよ。

橘老人に供する雉料理を双子に委《ゆだ》ねて貴夫がペントハウスに行くと、土屋はすでに待っていて銀座の夜景を眺めながら越野が作ってやったらしいマティーニを飲んでいた。見上げ皺《じわ》を寄せて貴夫の顔を打ちまもり、彼はほっと*息嘯《おきそ》をつく。そして*胸潰《むねつぶ》らわしげに、ああ三十《みそぢ》を過ぎても君は*彩《みさお》ある*艶《やさ》な男、*えならぬ美しい男よなあと、お定

むつけた　気に食わない。
押柄　押しの強い性格。
方　真っ最中。
襟元に付く　富貴の人に媚《こ》び諂《へつら》う。
むず折れて　急にもろく折れて。
彩　世俗を超えた美しさ。

見くるべかす　眼をぎょろつかせて見る。
えりわり　わざわざ。
うらやか　おだやかで柔和。
慨たし　相手の仕打ちがいきどおろしい。
息嘯　嘆息。
艶な　優美な。

胸走り　どきどきして。
海老腰　前屈《まえかが》み。
胸潰らわし　胸の潰れるような。
えならぬ　あり得ぬほどの。

りの褒め言葉で口説こうとするものの、すぐに効果なしと判断して次は貴夫の*揺《ゆる》ぎどころを探りはじめるのだ。君が割烹着《かっぽうぎ》を着てもそれはまるで聖衣みたいで、教祖のように見えるね。そう言えばこのレストランの様子は秘密めかしていてまるきり何かの教団だ。ああ。きっとそうだよね。君は秘教のカリスマなんだ。あっ。もしかして邪教かな。あはは。食堂のスタッフも厨房のスタッフも、もちろん会員も、それから他の多くの客も、みんな君を崇高なものとして崇《あが》めている新興宗教の教徒なんだ。葉月真理教。はははははははは。きっとそうなんだろうね。ぼくもぜひ教徒にしてもらいたいもんだ。そうなれば会員にもしてくれるんだろう。え。そうだろ。

　貴夫がただ笑っているだけなので、土屋は心に蠢蠢《うごうご》と蠢《うご》ついていた恨みごとを述べはじめる。これほどまでに君を想《おも》い続けてきた自分、こんなにも通い詰めに通ってきている自分、大学時代以来、他の客よりはずっと縁《えに》深き筈《はず》の自分に対して、君のよそよそしさはあまりにも*むげつけないのではないか。そう言いながらも久しぶりに間近で見る貴夫の愛男《えおとこ》ぶりはやはり目極楽、またしても*艶《えん》げてしまうのだが、まったく無反応の貴夫につい業《ごう》を煮やし、とうとう脅迫まがいの*無性闇《むしょうやみ》を吐くのである。あのう、この店はさあ、売春宿みたいなこと、やってるだろ。いやいや知ってるんだよ。知ってるんだ。教祖の君に忠節を誓う女たちが特別会員たちに身体《からだ》を売っている。君はマグダラのマリアに囲まれて幸せだろうけど、やはりそれが世間に知られちゃ具合が悪い筈だよね。橘巳之助なんて凄《すご》い人物も客なんだから、たちまち醜聞が伝わり悪い評判が立って店仕舞いしなきゃならなくなるだろうね。ぼくだってさ、この店から足を遠ざけるわけにはいかない。君がいつまでもぼくを嫌う限りはぼくだって君をそれ相応に見知らさなきゃ気がおさまらないんだ。君の秘密にずいぶん近づいたことでもあるのだし。

やあ。土屋さんもお見えでしたか。安曇学は白銀色の光線のように陽気な声でペントハウスに入ってくると、土屋と向かいあうソファに掛けた。おやおや。この人をお呼びになったんですか。急に丁寧な言葉となり、土屋は憤《いきどお》りを押し包んだ涙声で貴夫に訊《たず》ねる。実はその通り、安曇を呼ぶよう越野に言いつけてあったのだが、いやいやたまたま立ち寄っただけですよと、そ知らぬ顔で安曇は言う。貴夫と安曇の私生活及び仕事上の密接な関係を知る土屋にはもう何を言い出すこともできない。甚《いた》しく気落ちし、ただ憮鬱《ぶす》として二人の世間話を聞いているだけだ。

揺ぎどころ　心を動かす糸口。　**むげつけない**　不人情。
艶げる　気を惹《ひ》く態度をとる。　**無性闇**　無茶苦茶。

*菊月のある夜のこと、全員店を閉める準備にあわただしい時、ちょっとお話が、と越野が耳打ちした。登希夫さまのことでと言うのでふたりはペントハウスにあがる。いつものように仏陀《ブッダ》の笑みを浮かべた越野は、向きあった貴夫にこんな提言をした。お父様の会社が倒産して以来、登希夫さまは失意の日日を送っておられます。どこにも就職ができないご様子で、時おりご来店なさると奥の部屋にも行かれず、いつもひとりで静かにお食事をして帰られます。以前のことを深く反省しておられるようなのですが、どうもお気の毒でなりません。いかがでしょう。登希夫さまを私に預けていただけませんでしょうか。多少厳しい指導をすることになりますが、僭越《せんえつ》ながら一人前の大人の男にしてさしあげたいと思うのです。

登希夫については心配もし*奥まけてやらずばと考えていたもののレストランで雇うことにはためらいがあった貴夫にとって、越野の方からそう言い出してくれたのは願ってもないことだった。でも何をやらせるつもりなんだい。無論オーナーの弟御ですからウエイターというわけにはいかんでしょう。マネージャー見習いということにして、私についていただきます。いやそれは実にありがたいと貴夫は喜び、さっそく次の日から登希夫を出勤させて身柄を越野に委ねる。心配なのは真知と未知の双子だった。登希夫には近づかぬよう志賀さんや麻衣子を通じて言い含めてはいるのだが、登希夫が来店する度にやはり*見が欲しとして厨房から覗いては騒いだりもしていたから油断がならない。彼に*睦《むつ》れてはならないと改めて釘《くぎ》を刺す。レストラン葉月の正式な社員となった登希夫は見るからに*麗《うるわ》しだち、生れ変ったように越野の教育を素直に受け入れて、態度もそれなりに板についてきたのだった。貴夫の眼からも、越野は厳しかった。そして登希夫はそれに耐えていたし、自分を鍛えようとする気にもなっているように見えた。

*冬草の*離《か》れにし人は訪れもせず、これでもう三か月、前原都美子は来なくなった刈谷貞治を待ち続けながら*徒臥《あだぶ》している。いったいどうしたのだろう。何の連絡もない。*睦魂《むつたま》逢《あ》い百夜《ももよ》共に過した彼《か》の人はわたしに*底根《ぞっこん》などと言いながら、今はもはや移し心の君なのであろうか。今夜は来るか明日の夜はと、奥口のドアを誰かが開けるたびに顔をあげて兎《うさぎ》のように耳を立てる厨房での彼女の様子は、皆の同情を誘った。今

菊月　陰暦九月の異称。　**奥まける**　将来のことを考えてやる。　**見が欲し**　見たい。
睦れる　まつわり戯《たわむ》れる。　**麗しだつ**　真面目《まじめ》な様子をする。　**冬草の**　「離れ」の枕詞《まくらことば》。
離れ　疎遠《そえん》になる。　**徒臥し**　ひとり寝。　**睦魂**　睦まじい魂。
底根　心の底。

日は予約の客で満杯だと全員が噪《そそ》き立っている時もうつろな眼差《まなざ》しで*漫《そぞろ》き、乱れ心を見せてしまう都美子の表情は貴夫にも見て取ることができる。

　刈谷専務は最近来ないみたいだね。都美子が可哀想《かわいそう》だな。左様。お越しになりませんなあ。もうだいぶになります。佐伯社長は何も言わないのかい。佐伯様は何もご存知ないようでして。以前、刈谷様のことを佐伯社長に訊ねてあげようかと桐生さんが言ったらしいんですが前原さんは顔色を変えたそうです。そんなことは絶対にしてくれるなと懇願したそうでして。何があったのかなあ。何か思い当たることはないか。実は私、あの土屋というかたが刈谷様のお家《うち》のかたに、前原さんのことを密告なさったのではないかと思っておりまして。だいぶ以前のことになりますが、あのかたが刈谷様と名刺を交換なさっているところを見たことがあります。あの土屋というかたは執念深いお人でございます。土屋が刈谷氏の住所をつきとめて奥さんにこの店のことを告げ口したと言うんだね。で、刈谷氏は奥さんからここへ来ることを禁じられたと言うのかい。はい。あるいはそのようなことではないかと。

　*繁栲《しきたへ》の袖《そで》の別《わかれ》は惜しけれど、*見慣れ磯《そ》慣れて別れるのは尚更《なおさら》のこと。たまにベッドの隅に恋しい人の落髪《おちがみ》を一本見つけただけで泣いてしまったりもする都美子の乱り心地は、周囲に目立ちはじめていた。厨房のスタッフが*虫ごなしにと彼女の周囲にそれ

となく集って*素《そ》知《し》り端《は》知《し》りで*うらがそうとする折でさえ、外方《そっぽう》を向き*朧朧《おぼおぼ》しているのだった。あの人に代わる人はいない。あの人との結婚は望んでいないけれど、あの人が去ってもわたしは一生結婚しないだろうし、*不産《うまず》の地獄に堕《お》ちることだって厭《いと》わないわ。でも逢いたい。とても逢いたい。ああ。今夜は雪。

ついに見かねて桐生逸子がある夜、佐伯に言う。都美子は絶対に言うなって言ったんだからそのつもりで聞いてね。えっ。刈谷、そんなに長いこと来ていないのか。おかしいなあ。会社にはちゃんと出社しているんだが。ぼくと違う日に来ているものだとばかり思っていたよ。いやいや。詰ったりはしない。それとなく探ってみよう。何を言うんだ。これでも社長だ。そんなへまはしないよ。

年が明けても月に二、三度、懲《こ》りもせず土屋はひとりで店にやってきた。最近は特に*大鎌《おおかま》となり、いかにも*面黒いという表情でワインを飲み、ウエイターたちには*身反《みそ》

漫く　そわそわする。　**繁栲の**　「袖」の枕詞。
見慣れ磯慣れて　馴染《なじ》み深く、離れられなくなり。　**虫ごなし**　気晴らし。
素知り端知り　会話の断片。　**うらがす**　楽しませる。
朧朧　ぼんやり。　**不産の地獄**　不生女《うまずめ》の落ちる地獄。
大鎌　意地悪く口喧《やかま》しい人。　**面黒い**　面白くない。　**身反り**　見下すこと。

りして接し、出てくる料理すべてを*謗《そし》らわしげな顔で食べ、さすがにオーナーを呼べと言うには気後れし、マネージャーを呼べと言っては越野に難癖をつけるのだった。それでも登希夫に対しては、その貴夫に似た面差しから心そそられるものがあったらしく、ある時には登希夫を招き寄せて何やら口説き文句を並べ立てたのだった。最初から土屋をひと目見ただけで*面嫌《おもぎら》いし、*見ま憂《う》しとしていた登希夫がたちまち点目となってぞぞ*髪立て、逃げ戻ってくる様子を見てウエイトレスたちがくすくす笑う。

　真知、未知の双子は早くも二十六歳、恋を恋する年齢となっていた。短大時代の友人や食堂業界の若手たちが催す合懇《ごうこん》にしばしばでかけたものの、何しろ二人並べば*見え紛いする*面道具《おもてどうぐ》と*身《み》様《ざま》だからそれぞれに好みの相手を見つけるということがなかなかに困難であり、業界の若手男性ときてはいけもせぬ草食性ばかり。それでもとある試写会で池田君、久米《くめ》君という高校時代の友人に遭遇し、この二人は勤務先も同じ一流商社、共に似通った活面《いけめん》であったところからたちまち意気投合して何度か四人で逢ううち、真知は池田君、未知は久米君とみなれそなれて恋人同士となったのだった。こうなれば毎日でも彼氏と逢いたい真知と未知である。貴夫や橘巳之助老人、さらには佐伯社長にも懇願して、*みづたまる池田の君、*みつみつし久米の君を特別室の会員にしてもらう。夜ごと彼らの来店を待ち侘《わ》びる二人がそれぞれ自分たちの部屋を持ちたいと言い出した時、貴夫は驚かなかった。いつの間にか*生《お》い為《な》りて料理を任せることさえできるようになった双子であれば、そのまま*追枯《おいがら》しにするよりは愛を育《はぐく》んで成熟した女性になってもらいたい。それが以前から*思い集めていた貴夫の願いである。ただそのため百四号室、百五号室が双子に占められてしまって、他の従業員が宿泊できる二階の部屋は百六号室だけになってしまったのだ。あまりのことに志賀さんはもう何を言う気にもならず、あきらめてしまっている。恋人を得て有頂天になり、楽しそうに*おそばえながら働く双子を見ては、*耳がましいと注意する気さえ*思いくづほれてしまうのだ。

刈谷専務に関する佐伯の報告は意外なものだった。刈谷夫人が血液の癌《がん》になり入退院を繰り返しているというのだ。*奥妻の身を心配して刈谷は退社後もすぐ夫人のもと

誇らわし　けちをつけたくなる。　**面嫌い**　顔だけで嫌う。　**見ま憂し**　見るのもいや。
ぞぞ髪立て　ぞっとして、身の毛がよだつ。　**身様**　からだつき。　**見え紛い**　区別がつかぬこと。
面道具　顔の造作。　**生い為り**　成長し。　**みづたまる**　池田（人名）の枕詞。
みつみつし　久米（人名）の枕詞。　**おそばえ**　戯れ。　**追枯し**　酷使して駄目にする。
思い集めて　いろいろと考え合せて。　**奥妻**　大切な妻。　**耳がまし**　うるさい。
思いくづほれ　気持が挫《くじ》ける。

へ駆けつけている毎日なのだという。それを聞いて都美子は心穏《おだ》しくなり、ひとり寝も苦にはならなくなった。もし刈谷がそんな身の夫人を思い扱うこともなく、「葉月」に通うような*無道心であれば、そもそも都美子が恋い慕うような刈谷の*覚え柄も皆無であったろう。その後刈谷からは佐伯を通じて都美子に数か月分の*見継ぎが齎《もたら》されたが、そんなものは今の彼女にとってどうでもよかったのである。

　橘巳之助は*老いの入前《いりまえ》、次第に我儘《わがまま》になってきて*無明闇《むみようやみ》にまだ味わったことのない旨《うま》いものが食べたいと言うようになった。甘いものが食べたい、しかもそれは菓子果物の類《たぐ》いではなく腹に残るような主食に類したものでなければならぬと言い出したのだ。貴夫は志賀さんと相談しゴルゴンゾーラ風味の苺《いちご》のリゾットを作ることにした。研がぬままのイタリア米をサラダオイルで炒《いた》め、白ワインを振りかけ、アルコールを飛ばしてからブイヨンを加えつつ炊《た》いていく。炊きあがる前に縦半割りにした苺を加え、ゴルゴンゾーラチーズを溶かしながらさらに炊く。火をとめてからグラナパダーノ、冷たいバターの塊を手早く混ぜあわせ塩胡椒《こしよう》で味を調えるのであるが、これを味わって巳之助老は狂喜した。天国の花畑に等しい美味であると絶賛し、これをある新聞のインタヴューで話したものだから、食べたいというその多くは女性客が殺到して注文し、メニューにない特別料理であるからと説いても納得せず、しかたなく貴夫は日替りで来てくれているパティシエの麻衣子と和泉礼奈にこの料理を任せ、二人はそれぞれの出勤日、*そきだくも多忙な数時間に見舞われたのだった。

*さつきの短夜、土屋は来店した時から*たいだいしく酔っていた。その日はちょうど次男の勤務ぶりを気にした佐知子がひとりで来ていた。*族類にもかかわらず奥の部屋には通らないで三階から降りてきた夏子とダイニングルームのひと隅のテーブルで向かいあい、食事をし、話しあいながら登希夫の様子を遠くから観察していたのだった。*大上《おおうえ》さまがお越しだというのでスタッフが緊張しているさなか、土屋はいつもの席をとって苺のリゾットが評判のようだから味を見てやるという意味のことを言葉*峙《そばだ》てて言う。すでに舌は縺《もつ》れて髪も*みさみさだ。

小学四年になって背も高くなり、踊りを習っているため立居振舞いもますます大人っぽくなった最近の瑠璃の様子を夏子から耳果報とばかり眼を細めて佐知子が聞いて

無道心　無慈悲。　**覚え柄**　人望の質。　**見継ぎ**　援助費。
老いの入前　晩年。老後。　**無明闇に**　無茶苦茶に。でたらめに。
そきだくも　甚だしく。　**さつきの短夜**　陰暦五月のすぐ明ける夜。
たいだいしく　足もとが怪しくて歩くのもおぼつかないほどに。　**族類**　一族。　**大上**　貴人の母。
峙て　尖《とが》らせて立てる。　**みさみさ**　ぐしゃぐしゃ。

いる時に、入口近くの席でその騒ぎは起りつつあった。なんだこの料理は。甘ったるくて食えたもんじゃない。おまけにこの米はなんだ。固くて咽喉《のど》を通らない。これが評判の料理とはあきれてものが言えん。お前じゃだめだ。支配人を呼べ。支配人を。越野が出ていって説明する。あの、どうぞお静かに。苺だから甘いのは当然なんです。米はイタリア米なので少し固いかと思われますが、そこがおいしさの秘密でして。だが土屋には耳の辺《はた》の風である。貴様は人を馬鹿《ばか》にするのか。酔っておぞくれた*土屋は越野の笑止顔が気に食わず、身せせり*しながらさらに怒鳴る。おれが気に食わんのでわざとこんなに不味《まず》く作ったんだろうが。わかっとるんだぞ。よし。シェフを呼べシエフを。あたり前だ。オーナーだ。葉月を呼べ葉月をと今や大乱れの乱れ焼。そろべくそろの返事して、戻ってきた越野もさすがにどうしたものかなあと苦笑する。ウエイターたちが越野のまわりに集って、みそごい*奴めと囁《ささや》きあうのを耳立ちした土屋はますます腹を立てた。何しとるんだ、早く呼ばんかと酔眼朦朧《もうろう》、もはやおのれを大物に思い擬《なずら》えてさらに大声を出す。

　ではぼくが行ってきます。何やら考えがある顔つきの登希夫が聳《そび》やかに胸を張り、越野があわてておい待てと言う声にも空知らず*して、どうなることかと周囲の客が見守る中を土屋のテーブルに近づいて行く。佐知子と夏子は話に夢中で、まだこの事態に気づいてはいなかった。にこやかに土屋のテーブルの横に立った登希夫は、貴夫に*思い纏《まつ》わして自分をうち眺めている彼の耳もとへ跼《せくぐ》まった。おい。この男色野郎。何を言うのかと眼を丸くしていた土屋への言葉は低声《こごえ》であり、周囲の客には聞えない。てめえ、兄貴に惚《ほ》れて色惚けしやがったこの男色のスパイ野郎が。お前なんざあ鮃《ひらめ》みたいな顔で偉そうに料理の味を口にできる人間かよう。てめえのきいきい声は聞き飽きたんだよこの腐れ珍宝《ちんぽ》のど田舎もんが。効果は絶大であり、土屋は顔を赤く染めて激怒した。貴夫の弟だと思って*思い弛《たゆ》んでいた矢先、いきなりの罵詈《ばり》を周囲に知られぬよう戯れているかの如《ごと》き笑顔で耳に吹き込まれ、逆上し、前後を見失ったのだ。彼は力まかせに登希夫の顔面中央へ拳固《げんこ》を叩きこんだ。たちまち鼻血に顔を染めた登希夫がフロアーへ仰向けに倒れ臥しても土屋の怒りはおさまらない。椅子《いす》を倒して立ちあがり、登希夫の腹の上に飛び乗って怒りにまかせその顔を*妄《みだ》りて右、左、右、左、右、左と際限なく殴り続ける。反抗せず殴られたままになっている登希夫の顔が血に

おぞくれた　気が強くて愚かな。
身せせり　身を揺すること。
そろべくそろ　投げやり。
みそごい　しつこい。
空知らず　知らぬふりで。
思い纏わし　慕う気持を纏《まと》わらせ。
思い弛んで　油断して。
妄りて　無闇に。

染まり、鮮血が周囲に飛び散り、横の男女があわてて席を立ち、血しぶきから逃れる。

ああ。登希夫がまた何か仕出かしたんだ。青くなった佐知子はそう言ってすくみ、椅子から立ちあがれない。夏子は見延べて状況を知る。いいえ違います。登希夫さんがお客さんから殴られているんです。ああ。どうしましょう。どうしましょう。ふたりは自席でただおろおろするだけだ。ウエイター三人が駆けつけ、土屋を登希夫から引き離し、引き倒そうとしてその肩に手をかけた。土屋はその手を振りはらい、ますます興奮してわめき、登希夫の胸を踏んづけて、立ちあがりざま近くのテーブルからフォークを取り、振りまわしはじめる。あっ。土屋さん。やめてください。あの、落ちついてください。越野の呼びかけも土屋の耳には入らない。

この夜、特別室では池田君、久米君が食事のあと、真知、未知の双子とそれぞれソファで*せせくりあっていたのだが、ダイニングルームの騒ぎを聞いて厨房のスタッフと共に表の部屋へ駈《か》け出た。血まみれの登希夫を見る*まさかりに双子は悲鳴をあげ、登希夫の名を連呼しながら駈け寄る。そして池田君と久米君はふたりに*追い次《すか》い、土屋を両側から取り押さえた。さいわいにも久米君が柔道初段であったのだ。登希夫さまあ、登希夫さまあ、双子は血の海の中で、なかば失神状態の登希夫にとりすがり、泣きわめいている。

　皆に取り押さえられた土屋は貴夫の指示により、こんな事件を惹《ひ》き起してはじめて奥の特別室へ連れていかれたのだった。今や自分の振舞いを省みて酔いも醒《さ》め、皆に取り囲まれ非難を浴びる中、そんぼりした土屋はある程度*思い閉じめておとなしくなっていた。やがて近づいてくるサイレンの響きに、さては誰かが警察へ通報したかと*ぞんぞ顔の土屋だったが、それは佐知子がつき添って登希夫を近くの病院へ運ぶための救急車だった。*見許した貴夫が全員に、身内の喧嘩《けんか》だ、警察には電話するなと命じたのである。

　急報を受けて安曇学がやってきた。彼は貴夫以外の人間を特別室から*まくし出して言葉による*瀬越しを土屋に掛け、もはや*世智弁聡《せちべんそう》もままならずただ*身もんだいする彼に、警察沙汰《ざた》にされ、この狼藉《ろうぜき》が会社に知られて困るのであれば、二度とこの店に出入りせぬようにと強く戒め、誓わせ、さらに*底を押したのだった。貴夫もまた登希夫

せせくる　いちゃつく。
追い次い　続いて追い。
見許す　見て咎《とが》めない。
世智弁聡　小賢《こざか》しさ。
まさかりに　その時に。
思い閉じめ　あきらめて。
まくし出す　追い出す。
身もんだい　身を揺すること。
ぞんぞ顔　ぞくぞくして怖気づいた顔。
瀬越しを掛ける　虐《いじ》める。
底を押す　念を押す。

の入院費を支払うと土屋から言い出したことで思い宥《なだ》らめ、彼を解放する。*身もざくり、*道狭《みちせば》き姿となった土屋が、周囲の客が*みそみそと囁き交わす中、都顔《みやこがお》した田舎者などと聞こえよがしの*耳擦《みみこす》りを浴びながらダイニングルームを出て行き、フロアーの血が洗い流され血のついた椅子やテーブルクロスが片づけられて、ようやく*怱劇《そうげき》は終りを告げる。

いやもう登希夫さまには驚きました。あのかたは自分を殴らせるつもりで出ていったのですわ。何をおっしゃったのか聞えませんでしたが、あの狂乱状態に追い込むためには相当あの男の神経にこたえるひどいことをおっしゃったに違いありませんや。無抵抗のまま殴らせ続けたのも驚嘆すべきもので、もちろん大怪《おおけ》我《が》も覚悟の上だったのでしょう。あのかたは*生いなおりなさいました。はい。登希夫さまは男になりです。

登希夫は頬骨を折り、土屋から踏んづけられた時に肋骨《ろっこつ》まで折っていた。何日かの入院の間には縁類姻族やレストランのスタッフが代るがわる見舞いに訪れる。朋子は相変わらずの毒舌で、ふん、やっぱりお前は*削者《そげもの》だよと言ったが、その眼には優しい光があった。そのあとから来た双子は、眶《まかぶち》を黝《くろ》くしほとんど閉じているように*目《ま》皮《かわ》を腫《は》れあがらせた見る影もない登希夫の姿を見るなり、例によってわあわあ泣き叫ぶ。

病院を出てから朋子はあきれて満夫に言う。いったい何だねあの双子は。大袈裟《おおげさ》にぎゃあぎゃあ泣きわめいて。あれは泣き女か。

土屋が来なくなってレストラン葉月には穏《おだ》ひしき日日が訪れる。登希夫も全快し、食堂スタッフとして復帰した。その年の暮、刈谷夫人の訃報《ふほう》が佐伯によって齎されレストランを代表して貴夫が葬儀に参列した。刈谷の様子から、夫人がまさに彼の*思い妻であったことを知る。都美子にはまだ当分、*見る目なしの状態が続くであろう。

小学校の学芸会では毎年、瑠璃が同級生たちの踊りの振付をしていた。彼女自身は自らを踊りのプロであると自覚しているからか、教師から勧められても踊ることはなかった。それはまた、あまりにもみごとなをどりを見せて、ライバルである級友の誰かれから猜《そね》ましとされることを避けるためでもあったのだろう。一方、古賀流内で彼女はいささか*ぞんきと思われていたものの天才ぶりは隠しようもなく、踊りの会の楽屋でふざけて*移り舞をして見せる時などは伶栗先生はじめ大人たちが驚き、宗家家元

身もざくり　だらしないさま。　**道狭き**　人目をはばかる。　**みそみそ**　ひそひそ。
耳擦り　当て擦り。　**怱劇**　忙しく慌《あわ》ただしいこと。　**生いなおる**　成長して改まる。
削者　変わり者。　**目皮**　瞼《まぶた》。　**思い妻**　いとしく思う妻。
見る目なし　逢う機会がない。　**ぞんき**　我儘《わがまま》でそっけない。　**移り舞**　誰かの舞を真似た踊り。

のをどりを滑稽《こっけい》に真似《まね》て踊るなど見る者の腹を抱えさせることもあった。家元に見られたら、と思い、つき添いの夏子はずいぶんはらはらしたものである。
＊あなにやし愛《え》乙女《おとめ》よ。瑠璃は小学五年生になり、急に宿題が多くなり、難しくなった。遅くまで自分の部屋や、時には書斎の貴夫の机で勉強している瑠璃は、しばしば厨房にやってくる。なにしろ東大出身者が多いから、わからないところはその誰にでも教えてもらえるのだ。もう可憐《かれん》なというような年齢ではなく、背も伸び、大人の女性とさほど変らぬからだつきだが、なにしろ可愛《かわい》く美しいので女たちは手が空いている限りはけんめいに教えてやる。だから成績は優秀であり、学校では常にリーダー格なのだった。あの移り舞のすばらしさは、＊みつなき同級生たちに振付をしてやる時、しばしば彼女たちの下手な踊りのよくない部分を誇張して踊って見せてやったりもするからこそ上達したのだと言えよう。そして同級生たちは自分を真似て瑠璃に踊られるとたちまち欠点を悟り、なんとかして振りを正そうとするのだった。あなたは踊りの先生になる素質があるわ、担任の教師は瑠璃にそう言ったりもする。
満夫と佐知子が駅前で経営する洋装店はよく繁盛《はんじょう》した。伝手《つて》を以前の同業者に求めて＊枕《まくら》を割り、品質の高い＊当世仕出しの婦人服をとり揃《そろ》えて＊高張りせず、極めて良心的だったからよく売れ、羽振りのよかった昔のことで＊贅張《ぜいば》ることもない満夫や佐知子の

人柄で贔屓《ひいき》の客もついた。だが収益がさほどあるわけでもなく、せいぜいが佐知子に家事を委ねるために、以前自分の会社の社員だった娘を女店員として一人雇うことができた程度のことである。だが満夫はそれで満足していた。会社を畳む折やその後の*まうら悲しさによる*ぞは労《つか》れからも解放され、今は思い長閑《のど》まっていたのだ。

秋ざれて雨のそぼろな宵、厨房の都美子が奥口の扉が開く耳近き音に、はっと紅潮した面輪をあげる。刈谷貞治が来たのだった。奥の部屋へと走り出た都美子は自分とさほど背丈の変らぬ刈谷の前に立ち、言葉の出ない彼をしばらくは*目勝《まか》ちしていたものの、*思い念に負けてその胸に倒れ込む。彼は彼女を*纏《ま》き彼女は*せきせきと*咳《せ》き吐《たぐ》るのだ。まるでフランス映画のシーンみたいだ。奥のソファに田中公子といた金杉君はそう思い、感動する。厨房にいた貴夫は境のドアのガラス越しにこの情景を見て、かくも激しい情熱の*ぞもとは何なのかと考える。焼けつくほどの情愛に違いないのだろ

あなにやし　ほんとにまあ。
当世仕出しの　今流行の。
まうら悲しさ　心悲しさ。
思い念　恋い慕う執念。
咳き吐る　せきあげる。
みつなし　才能がない。
高張り　高値で売る。
ぞは労れ　疲労の蓄積。
纏く　抱く。
ぞもと　根源。
枕を割る　苦心する。
贅張る　見栄を張る。
目勝ち　強く見据えること。
せきせきと　切切と。

うが、自分にはまったく無縁の感情だ。時には狂気に犯されもし、時にはこの上もなく無様とも見え、滑稽でもあり、さらには愚鈍の域にまで堕ちたりもする普通一般の愛欲というもの。その心理と行動。羨《うらや》ましいと思ったこともなければ、況《ま》いてそれを体験してみたいと望んだことさえない。だからそんな彼らが哀れとも思うが、愛《いと》しくもあるのだ。そして貴夫には金杉君がふたりの姿をこの上なく美しいものと見た如き感動もなかった。

長い思い寝の月日は過ぎ、添い臥しの時間が都美子と刈谷に戻った。夫人の死後も刈谷から音沙汰がなかったのは強《あなが》ち*撒心《まきごころ》ではなかったと知り、都美子は今までの*空路《そらぢ》を行くような不安から解き放たれ、心穏んで思*おゆらくに身を投げ、*瀬枕の愉悦に浸る。思う子の情熱に刈谷もほだされていつ果てるともない夢見に耽《ふけ》るのだ。

ああ。またやってる。二階からの物音が聞こえてくると瑠璃は胸*だくめいて、もう宿題どころではない。かすかな音ではあるのだが耳聡《みみざと》い瑠璃には大きく響いてくるのだ。母に訴えても笑っているのは、ただの*正無事《まさなごと》と思っているからなのか、強いてそう思おうとしているのか。二階へは昼間、宿題を教えてもらうために誰かれの部屋を訪れる。どの部屋も美しく調えられていて、特に魅せられてしまうのはいずれの個室もそれぞれいい香りでいっぱいだからだ。しかし夜遅く、閉店後の誰それの部屋からの息遣いと物音は瑠璃を悩ませる。女十一歳、男の子よりはずっと*およすげている上に、踊りを習いに来ている通常よりはずいぶんと色めかした大人の男女に立ち交り、その*艶《えん》がりながらの*耳雑談《みみぞうたん》を耳聞きし、稀稀《まれまれ》に御居処《おいど》を触られたりもしているのだから、そうした知識ゆえに、階下で女たちと客の誰彼が、*思うどちあの部屋でこの部屋で際限なく*たぐり続けているのは瑠璃にとって明らかなのだ。もう我慢できないと思い、とうとう瑠璃は決心した。

壁際《かべぎわ》に料理や食品化学に関する本が原書も含めてずらりと並んでいる貴夫の書斎へ休日の昼過ぎ、瑠璃は入ってくる。机に向って何か書いている父親の前へ、どう切り出そうかと思う思う進み出て彼女は言う。お父さん今ちょっといいかしら。何だいと言いながら顔をあげた貴夫は真赭《まそほ》のシャツを着て*香色《こういろ》のパンツを穿《は》いた瑠璃の*嬋娟《せんけん》たる姿を真正面から正正《まざまざ》と真近に見て驚く。もうこんな美しい女になったのか。大人じ

撒心　見捨てる気持。
空路　心許《こころもと》ない旅路。
思おゆらく　思われること。
瀬枕　枕を交すこと。
だくめいて　どきどきして。
正無事　戯れごと。
およすげて　ませて。
艶がり　思わせぶり。
耳雑談　内緒話。
思うどち　相愛の人びと。
たぐり　淫乱《いんらん》し。
香色　黄色がかった薄赤色。
嬋娟たる　あでやかで美しい。

ゃないか。以前は近くで駄菓子を買うための小遣いをねだりによくここへやってきたものだが、歌舞伎《かぶき》の子役を真似て*少勧《ちとくわん》などと叫ぶ時の愛らしさは例えようもなく、切ないほどだった。それが今やこんな知的な美人に。世の男どもにとってはいい女だなあといったところか。

お父さん。わたしお祖母《ばあ》ちゃんたちの家に行きたいの。ずっとあそこにいたいの。ここは二階から悦痴《えっち》な声や音が聞こえてきて勉強できないのよ。ねえ。お父さん。お父さんはなんでうちの女の人たちとお客さんとが二階であんなことするのやめさせないの。あれ、よくないことじゃないのかしら。

*瞻《まば》りしてくる瑠璃に閉口して貴夫は呻《うめ》く。ああ、そういえばこの子は人並み以上に潔癖なのだった。まして男女の営みは厭《いや》らしいものと許さぬ年ごろ小学五年の女の子。そうかあ。もう早あの声音の何たるかを知っている歳《とし》だったんだなあ。防音は完璧《かんぺき》と思っていたのだが、ああいうものを聞いたとすればもうここに住み続けるのが*憂しと思うは当然かもしれぬ。困った。わが信念など説いても理解できる筈はなし、ここは親気《おやげ》を失わず、何とか*紛らで逃れるしかあるまい。

あれはなあ、人間として当り前のことをしてるんだよ。子供の頃は誰でもそうだが、みなあれを見たり聞いたりして面白がったり嫌らしがったりするんだけど、あれが皆、大人になったら誰でもするほんとの姿だ。でもまあお前が気にするのも無理はない。大人はあれを秘密にして、ほかの人や子供に聞かれないようにしなけりゃいけないことなんだからね。よしよしわかったわかった。あんなことが勉強に差し支えると大変だ。お母さんと相談して、どうすればいいか考えておいてあげようね。

その夜、まくらづく妻屋の語りで貴夫は瑠璃の望みを夏子に言う。あの子の言う通り、ぼくは瑠璃を本宅へ帰そうと思うんだ。あの子もそろそろ真実を知らなければならない歳になってきた。あの家にいればしぜんに知る機会もあるだろうし、時期を見て本当の父母から教えられてもいいんじゃないだろうか。いつまでも隠していると、*立て立てしいあの子のことだ、なぜ隠していたかと怒り狂うことだってあり得るからね。どちらにせよ、ぼくたちが話すよりはほんとの親たちから打明けてもらった方がずっといいように思うんだが、君はどう思う。

ああ。とうとうその時が来てしまったのねと夏子は*真悲《まがな》しく、今までけんめいに

少勧　「ちと勧進」。　**瞻り**　見つめること。　**ま憂し**　思うだけで厭《いや》になる。
紛ら　ごまかし。　**立て立てし**　気性が激しい。　**真悲し**　切なく悲しい。

*親がり親めいてきたのにと瑠璃が手離《たばな》れを惜《たば》い、涙に*纏《まつ》われてしまうのだ。一日一日と成長する瑠璃の成長を一日たりとて欠かさず*見まくほしとは思うものの、他に為《せ》む方なく、貴夫に言う。ごめんなさい。泣いたりして。そうよね。本当の親をよそにして私たちだけが瑠璃の愛情を占有しちゃいけないのよね。お義母《かあ》さんやお祖母さんが瑠璃をじっと見てらっしゃる眼は、本当に悲しそうだわ。なんでこの子と一緒に住めないのか、そう思って私たちを恨んでらっしゃるようにも思えることがありました。瑠璃は本宅へ行くべきです。小学校は、あの家の近くの公立へ行かせるしかないのかしら。あなたの行った智徳学園には、六年生から転入できるのかしら。三学期からは無理だわよね。でも、できるかしら。手続きは早くするべきだわ。

瑠璃を預かってほしいという貴夫の申し出に、理由を聞く前から朋子も満夫も佐知子も大喜びした。休日の*掻暗《かいくら》み時、本宅を訪れた貴夫は、今の環境が年頃の瑠璃にとって*皆色《かいしき》よくないことはおわかりと思う、だから唯一《ゆいいつ》の頼*もし所であるこの家に置いて彼女を守《まぼ》らえてもらいたい、さらにはまた、実は自分が*胤腹《たねはら》ひとつの兄であるということも。*そそくれぬように折を見て、必要ならばそもそもの起因から話してもらってもかまわないから、すべてを語り尽してもらいたい。実の親であり祖母であるあなたがたから話してもらうのが最善だと思うしそうすべきだと思うがいかがなものかと頼んだ。*恩でもない恩でもないと朋子が有頂天になって言う。いつかはお前がそう言ってくるのをわたしたちは待兼山《まちかねやま》のほととぎす。満夫も喜びの笑みを浮かべている。なんだか有頂天のようだ。瑠璃の方から言い出してくれてほんとによかった。せっかくお前たちが育ててくれた娘を、一方的に引き取りたいとは言い出し難かったんだよ。そして祖母と父と母は貴夫に誓うのだ。*侘傺《たくさい》したとは言えわが家はまだまだ娘ひとりを育てるくらいの資産はある。瑠璃はわれわれが傅《かしず》き娘として美しく育てよう。

　さいわいにも智徳学園は瑠璃を五年の三学期から受け入れてくれた。年越し早早、瑠璃は本宅に越してきて、貴夫の部屋を自室に宛《あ》てがわれる。いきさつは知らぬものの登希夫もまた玉梓《たまづさ》の妹とうすうす悟っている瑠璃をその丹菓の唇、*細りすわりの貴き美人として迎え、瑠璃もすぐに、幼い頃にはよく*肩駒《かたくま》してもらったおじちゃん、最近*血性《ちしょう》が抜けた登希夫を、叔父さん叔父さんと呼んでなつくようになった。学園で

親がり親めく　親らしく見せ親らしく振舞う。
纏われ　からみつかれ。
見まくほし　見ていたい。
搔暗み時　暮れ方。
皆色　まったく。
頼もし所　頼れるところ。
胤腹ひとつ　同じ両親。
そそくれる　機会を逃す。
恩でもない　言うまでもない。
侘傺　落ちぶれること。
細りすわり　ほっそりとしたさま。
肩駒　肩ぐるま。
血性　血の気。

は貴夫の担任だった城戸先生が教頭になっていて、他にもあの美しかった葉月君のことを記憶している先生が何人もいたため、瑠璃は歓迎された。かくて葉月本家は朗*朗らと霞敷《かすみし》く春を迎える。

『女強盗ダフネ』という小説を書いて売れっ子になった作家のエミリオ・カノーヴァが来日して、毎晩のようにレストラン葉月へ通ってくるようになった。この大男はもともとＡＤＨＯＣの常連で志賀さんと交際していたのだが、彼女が辞めて日本へ帰ってしまったので遠くイタリアの空から長く彼女を想い続けていたのだ。古臭い犯罪小説ばかり書いていてそれまで一握りの読者しかいなかったエミリオが、ついに『女強盗ダフネ』の爆発的成功とその映画化によって大金を得、我意*に志賀さんさえ受け容《い》れてくれるなら日本に永住してもいいという決意でやって来たのである。志賀さんも満更ではない様子で、わたしのような眉目悪女《みめわる》をよくまあ追いまわしてくれるもんだなどと言いながら彼のお気に入りの浅草に一軒家を買い、共に暮らしはじめたのだった。

せっかく日本に来たのだから、日本を題材にした犯罪小説を書きたいとエミリオが言うので、志賀さんが阿部定のことを教えてやると大喜びし、さっそく資料を集めてイタリア語に翻訳してくれと言うエミリオの頼みを志賀さんは聞いてやらぬわけにはいかず、彼の日常の世話もあり、彼女は隔番にしか出勤できなくなった。そのため彼女が休んだ日の厨房は双子がわたしたち三つ子ならよかったのにと言うほどまでにそれぞれが千手観音のような働きを続けなければならなくなったのである。

*秋草の結びもめでたく、金杉君と田中公子は長過ぎた春を終えて結婚した。葉月のスタッフ全員が出席した山の上ホテルの披露宴で居並ぶ文壇の*賓《まろうど》に対し、東大出の才媛《さいえん》を*妻儲《めもう》けした金杉君は*矜《ほこ》りかだった。金杉君の事務所を兼ねた住まいは以前から変らず、すぐ近くだったから、ハムさんは百三号室から引っ越した。一時はハムさんのような*秀《ほ》つ手《て》に辞められたらえらいことだと皆が思っていたのだったが厨房の人手不足を知る金杉君は彼女がレストランで働き続けることを快く許してくれたのである。今後自分も客人《まらひと》として葉月へ通う以上ハムさんの独占は*慢勝《まんが》ちであると思ったからだ。だがその年の暮、今度は*丸ぬかしの双子の片方である未知が、久米君と結婚すると言

朗ら朗ら　晴ればれと明るい。　**我意**　自分勝手。
秋草の　「結び」の枕詞。　**賓**　客。　**妻儲け**　結婚。
矜りか　得意。　**秀つ手**　優れた人。
慢勝ち　身勝手。　**丸ぬかし**　そっくりそのまま。

い出したのである。病の床にある祖父が、一日も早く孫の顔を見たいと言うのです。久米君は申し訳なさそうにそう説明する。だがそれは口実に過ぎず、実は祖父と、嫁つまり久米君の母親との仲が悪く、おじいちゃんとしては一度久米君につれられて家にやってきた未知を大いに気に入り、このような誉め草に事欠かぬ娘は*万が稀なりとして、自分の世話をしてもらいたいと*見乞《みご》いしたのであり、こんな娘さんに看取って貰《もら》えたなら必ずや*命終《みょうじゅう》して極楽へ行けるからというその老人の我意はいよいよ結婚式という時になって明かされたのだった。

　未知が退職しなければならないことを知った真知は地踏鞴《ぢだだ》を踏んで怒った。この忙しい時に辞めるとは何ごとなの。ハムさんだって結婚しても辞めなかったじゃないの。わたしが皆に申し訳立たないわ。なんで孫の嫁に老いぼれの世話をさせるのよ。ついに双子は内輪割れしてしまい、怒る真知を皆が宥めるのに苦労することになる。*永日の*皆暮《かいく》れ時、明治記念館で挙げられた結婚式には、さすがに真知は両親と共に列席したが、定休日でなかったため貴夫も他のスタッフの多くも出席することができなかった。

　瑠璃がいなくなって暇ができた時から勉強し、夏子は厨房の人手不足を助けるため調理師免許を取得した。瑠璃はすでに貴夫が通った京陽中学へ通学していたし、まことの両親から孫娘として育てられていたから、もはや何の心配もない。厨房に立ってからは*不堪《ふかん》ながら貴夫やスタッフの指導を受け、もともとは旅団のメンバーで味覚は鋭かった夏子だけに、料理の腕は月日に添って*つがもなく他のスタッフに*追い及《し》いた。

*がまが時の銀座。美しい*江浦草髪《つくもがみ》を風になびかせて橘巳之助がやってくる。米寿を目前にしたこの老人はへそまがりで、狂牛病が*真脹《まつぷく》らの際にはTボーン・ステーキが食べたくなって貴夫を困らせ、今夜も今夜とて鳥インフルエンザ大流行とあっては是非とも鳥や卵を食わねばならぬとレストラン葉月へ出かけてきたのである。奥の部屋に通れば佐伯峰雄が来ていて、桐生逸子の給仕で食事をしている。よき話し相手とばかりさっそく同席を求めて巳之助老は、彼も*風流士《みやびお》、我も*遊子《みやびお》、風雅の士同士の語らいは*尽きし無しである。手羽元の香草風味照焼きと烏骨鶏《うこっけい》卵の茶碗蒸《ちゃわんむ》しに充分満足大満悦いや*千倍千倍と老人は機嫌がいい。食後のワインと語らいには双子の片方が結婚

万が稀　極めて稀。　見乞い　見かけたものをねだること。
命終　死ぬこと。　永日　春の日の永いこと。　皆暮れ　すっかり暮れる。
不堪　未熟。　つがもなく　訳もなく。　追い及く　追いつく。
がまが時　夕暮れ。　江浦草髪　白髪。　真脹ら　真っ盛り。
風流士・遊子　風流人。　尽きし無し　果てがない。　千倍千倍　大満悦。

してしまってやや寂しいものの、まだ利根真知がいる。

久米未知となった未知は、真知と*稜稜《そばそば》しくなったため滅多に葉月へ来なくなった。久米君も特別室の会員であることをやめてしまった。挙式直後、一度だけ挨拶がてら夫婦で来店したことがあったが、我は*神の木なりという上《かみ》の品《しな》ぶった未知の*顔さがが気に食わないというので真知は*ふしくり、無《ぶ》塩《しお》で通したのだった。変らないのは佐伯峰雄と桐生逸子のふたりである。*珍珍鴨《ちんちんかも》の脚《あし》変るまじこの世の限りとばかりに*呢話《ちわ》をくりひろげ続けているのは立派であるとさえ言えよう。

ハム子、今や金杉公子は肥満しはじめた。もしや*月澱《つきよど》みかとスタッフは心配した。子供ができたのではと厨房に立てまいと思ったからだが、実はしあわせ肥《ぶと》りであったようだ。ハム子は自分の容姿を*河豚《ふぐ》の横飛びなどと形容し渾名《あだな》通りのロースハムにたとえたりして、もはや*陋《かたな》しと自嘲《じちょう》するのだが、以前より*ぼっとり者になったというので誰にも好かれ、特にハム子と出逢うまで女友達には事欠かなかった金杉君も、*増花《ますはな》としてさらに妻を愛《め》でるのだった。

年が明けると今度は都美子に結婚話が起った。独り身となった刈谷はすでに自分の世話が*皆式《かいしき》でき兼ねる年齢になっていたので、今まで*陰妻《かげめ》の立場に甘んじていた都美子を正式の妻とし、共に暮したいと思いはじめたのである。*不日《ふじつ》*片まけになるであろうことはふたりの愛の経緯とその一部始終を見てきたレストラン葉月の関係者全員が思っていたことだったし、利根真知も含めてみなが大いに祝福した。厨房から都美子がいなくなっても、今は夏子という手足《てだ》れがいるのだ。かくて*遅き日の大安吉日、ごく内輪のみの披露宴が行われたが、あまりの幸せに上《かみ》づりした都美子が一瞬*眩《まぐ》れ入るなどの騒ぎがあり、いやいやこれも吉祥吉祥と列席していた常珍《つねめず》らし好きの橘老人が大喜びする。

その日、満夫は六時半に店を閉めた。近所の主婦や会社帰りの女性が客だから、六時半になって客がいなければ店を閉めるのだ。佐知子から頼まれていた*前栽物《せんざいもの》を駅前の八百屋で買い、徒歩で家に戻る。遅くとも七時半、夕食は登希夫を除いた家族全員

稜稜し　冷ややか。　**神の木**　定まった夫のいる女。
上の品　上流階級。　**顔さが**　顔つき。　**ふしくり**　腹を立てて。ふくれて。
珍珍鴨の脚　男女が情を通じて懇《ねんご》ろであること。　**昵話**　色事。
月澱み　妊娠。　**河豚の横飛び**　肥った女。　**陋し**　容貌《ようぼう》が醜い。
ぼっとり者　しとやかで愛嬌《あいきょう》がある。　**増花**　今までの恋人より優れた女。　**皆式**　少しも。
陰妻　隠し妻。　**不日**　日ならずして。　**片まけ**　その時がくる。
遅き日　のどかな春の日。　**眩れ入る**　気を失う。　**前栽物**　野菜・青物。

が揃ってとることになっていて、満夫はこれが楽しみなのである。茶の間に皆が揃ったことを二階の自室にいる瑠璃が鋭い聴覚で聞き澄まし、降りてくる。今年中学二年、*月に日に異《け》に美しくなる瑠璃が姿を見せるのを、皆が楽しみにしているのだ。八十九歳になる朋子も孫娘と同居するようになってから若返り、元気になった。

家族が待つ部屋に入ってきた瑠璃の顔景色はしかし、いつもと違っていた。祖母たちの前に、ねえ、これどういうことなのと差し出したのは母子手帳だった。母として記入しているのは祖母である筈の佐知子なのである。壁に古賀流舞踊発表会のポスターを張るため画鋲《がびょう》を捜してあちこちの小《こ》抽出《ひきだ》しの底をさぐっていた彼女は、衣裳簞笥《いしょうだんす》の奥にあったその手帳に眼付《がんつ》き、一挙に真相を悟るということもなく、なんとはなし不審の念を抱いたままで家族に問い質《ただ》したのだ。ああ、それを見つけたかと満夫は大きく唸《うな》り、すべてを明かす時が来たと知って佐知子は胸*だくつき、何も言えなくなってしまう。

いつか本当のことを話そうと思っていたんだけどね、*つづらかに見つめる瑠璃を見つめ返し、自身を落ちつかせようと故意にゆっくり朋子は話しはじめる。お前さんが高校へ入ってからと思っていたんだけど、それを見つけたのなら話さなくっちゃね、もう中学二年なんだからね。言い終わった母に眼でうながされ、その時がくればぼくが話すと家族の了解を得ていた満夫が、まずそもそもの発端からゆっくりと説き起しはじめる。つまりは貴夫が幼児期に遭遇した*禍有《まがあ》り以後の長い長い家族の歴史を*審《つぶさ》に、*委曲《つばら》を尽し、*付きともなしの物語を語る満夫を*気嵩者《きがさもの》独特の据わった眼で睨《にら》みつけながらも、瑠璃は口を挟まず聞き続けるのだ。

それでも満夫が語り終えるのに八分とはかからず、瑠璃にはもっと長い時間に思えたのだったが、決して悪企《わるだく》みの*千三つではないから許してほしいと最後に父から頭を下げられた時には、瑠璃のみならず朋子も佐知子も眼を赤く泣き腫らしていた。じゃあ、おばあちゃんじゃなくて、おかあさんだったのね。ひいおばあちゃんじゃなくて、おばあちゃんだったのね。そしておじいちゃんは、あっ、おじいちゃんはわたしのほんとのお父さん。それから、ああ、登希夫おじちゃんはお兄ちゃんだったのね。堪忍《かんにん》して頂戴《ちょうだい》、堪忍して頂戴と泣いてくり返す佐知子に、泣きながら瑠璃は叫ぶ。あたり前じゃないの。だってわたしを産んでくれたんでしょ。お兄ちゃんが育てると言って

月に日に異に　月増し日増しに。　だくつき　どきどきして。　つづらかに　眼を丸くして。
禍有り　凶事がある。　審に　周到に。　委曲　まんべんないこと。
付きともなし　途方もない。だしぬけの。　気嵩者　勝気者。　千三つ　嘘《うそ》つき。

くれなきゃ、わたしって、この世に存在しなかったのよね。みんなで寄って集《たか》ってわたしを育ててくれたのよね。だからわたし、みんなに、みんなに感謝しなきゃいけないのよね。*香菓泡《かくなわ》に誰彼なく次つぎと掻《か》き抱からい、瑠璃は泣き続け、女たちは泣き続けるのだ。その夜遅く、誰もが寝ている筈の時間に帰宅した登希夫が、お兄ちゃんと叫ぶ瑠璃に*婚《ま》きつかれて驚愕《きょうがく》したのも当然であった。

次の日の放課後、瑠璃は貴夫たち夫婦を訪れる。午前中に満夫から電話があり、夫婦は昨夜あったことをすでに知っていた。貴夫にも夏子にも瑠璃は*気生《きなり》な態度をそのままに見せて夫婦を安心させる。まず書斎にやってきてやや*つれなし作りに同母兄たる貴夫にはお兄ちゃんだったのねと笑いかけ、騙《だま》していたことを咎《とが》めることもない。相談するのは以後のこと、特に互いへの呼称だ。いきなりお兄ちゃんなんて呼んだら皆がおどろくわ。そうだなあ。ふたりだけの時はお兄さん、お兄ちゃんでいいが、誰かがいる時は今まで通り、お父さん、父さん、パパなどを使いわけないと。だけどお前、そんな器用なことできるのかい。わたし莫迦《ばか》じゃないんだから。兄妹は笑いあう。

夏子はリビングルームで瑠璃を待ちながら早くも*ひたぶる心を抑えかねていたのだったが、やってくるなり胸に抱きついてきた瑠璃の*褄外《つまはず》れに救われるのだ。ご免なさい。ご免なさい。今まで母になり澄ましていたことを泣いて詫《わ》びる夏子に瑠璃は*隔《きゃく》心《しん》なくありがとう、ありがとうと感謝をくり返す。自分の娘でもないのに育ててくれたのよね。わたしみたいにわがままな子を、よそのお母さん以上に一所懸命養ってくれたのよね。もうどう言っていいかわからないわ。これからもお母さんって呼んでいいかしら。夏子さんだなんてよそよそしくて、とても言えないわ。これからも今までみたいに矯口《ためくち》たたいていいかしら。夏子はただ泣くのみ。やがて瑠璃も*極隅《きわずみ》に達してわっと泣き出し、女ふたりはいつまでも抱きあったままだ。

香菓泡に　思い乱れて。
気生　気持を偽らず飾らぬ態度。
ひたぶる心　つのる気持。
隔心　打ち解けない心。
婚く　腕をかけて抱きしめる。
つれなし作り　何でもないような様子をする。
悽外れ　態度。振舞い。
極隅　極限。限界。

実家にても銀座にてもひとつ娘なる瑠璃が＊振懸《ふりかか》りは中学にても引き勝れ、＊日並べて高校生となりてもその＊煌《きら》らかなること類を見ず。高校の同級生や先輩はもとより附近の男たちも＊気《け》清《きよ》く＊きらぎらしい瑠璃が姿を見ればたちどころに＊霧の迷いに＊ぐなつき狂惑し＊一向《ひとむき》に懸け懸けしき様を示すものの瑠璃には＊褻事《けごと》、つれなし顔の＊際高《きわだか》さ。＊兄《せ》なな兄《せ》なな兄ろ兄ろと慕う男と言えばただ兄人の貴夫と登希夫のみなり。

高校二年生となった瑠璃は、小学校や中学で踊りを教えた同窓生たちから、また教えてほしいとしばしば頼まれるようになった。教えることは好きだったから、自宅で踊りを教えたいと言いはじめた瑠璃に、満夫は言う。大広間を少し改造して、あの床の間のあたりを舞台にすれば稽古場《けいこば》はできるだろうが、しかしそれは宗家家元に対して＊不心底《ふしんてい》ではないのかね。流派に所属していながら勝手に弟子をとって教えたりしてはいかんと思うよ。名取になってから、少なくとも師範の資格を得た上で、古賀流の許可を得ないことにはなあ。

それでも教えたいという瑠璃のたっての頼みでしかたなく、伶栗先生を通じて是非とも名取師範にと葉月家は家元に願い出た。家元は乗り気だったのだがさすがに古賀流内では古参者が*火《ひ》頬張《づらは》り、*物狂《ぶっきょう》なというので論争が巻起る。そらまあ、高校生を名取や師範にしたらいかんという決まりはおへん。そやけど瑠璃ちゃんのあの踊り、あれは当流の名取とするにいささか*ひちちかに過ぎると思いますんやが。そうそう。家元はいつも荒っぽい踊りを見ると、大昔京都で踊りながら門づけしてた乞食《こじき》になぞらえて、松千代《まっちよ》な踊りとおっしゃる。あの瑠璃という娘の踊りなどまさにその松千代《まっちよ》な踊りと言うてもよろしいのではおまへんやろか。いやいや、あの娘の踊りはやや男性的ではあるもののけっして松千代《マッチヨ》などという無茶苦茶な乞食踊りではないと瑠璃が

ひとつ娘　姉妹のいない女の子。　振懸り　容姿・動作・振舞い。　日並べて　日を重ねて。
煌らか　輝くばかりに美しい。　気清し　さっぱりとした。　霧の迷い　心の悩みと迷い。
きらぎらしい　容姿が整って美しい。　際高　気位が高い。
ぐなつく　ぐにゃぐにゃになる。　一向　ひたすら。
兄なな・兄ろ　共に兄の愛称。　不心底　義理知らず。
火頬張る　論争の興奮で真っ赤になる。
物狂な　常軌をはずれた行為に心外である。
ひちちか　活気があり、ぴちぴちしている。

贔屓《ひいき》の家元は言う。あれはきちんと基礎ができた上での*けざやかさです。彼女は*古格《ふるかく》な踊りも心得ております。十年以上の修業をしてますから資格は充分。名取りや師範には若過ぎると他の流派のお人が言わはっても、そこは*立派《たては》の違いと主張したらよろし。あの瑠璃ちゃんの*金骨《きんこつ》は稀《まれ》に見るもので、決して*家損《けそん》にはなりまへん。家元がそこまでおっしゃるならと、幹部一同しかたなく、とにかく瑠璃に試験を受けさせることと決める。京都へ行き、名取試験と師範試験を同時に受けた瑠璃は、どちらの課題曲もそれぞれの*一差《ひとさし》をみごとに舞い終え、古賀瑠璃となったのだった。

舞踊教室を開くまでには*天骨無《てんこちな》い出費があった。とにかく名取試験の受験料や、師範試験の受験料や、家元と伶栗先生への謝礼や、古賀流への寄付や、葉月家一階大広間を稽古場にするための改築や、檜舞台《ひのきぶたい》や看板や小道具や、その他その他で*おとけしい金がかかり、葉月本家だけではまかないきれず満夫は貴夫に援助を乞う。貴夫が大喜びで出資したことは言うまでもない。

教室を開くと、意外なのは若い男たちが大勢入門してきたことだった。その多くはふだんから瑠璃の美しさや*機分《きぶん》に憧《あこが》れていた近隣の大学生、商店主、若旦那《わかだんな》などであり、中には評判を聞きつけてずいぶん遠くから通ってくる者もいる。こういう男たちと、同窓生だった娘たちを一緒に稽古させることはできない。そこで男たちは土曜日の午後四時から娘たちは日曜日の午後一時から教えることになる。朋子も佐知子も嬉《き》嬉《き》として茶菓を出すなど弟子たちの接待をし世話を焼くのだった。

そもそもが若い男弟子たちは瑠璃に向けた一向の*楽欲《ぎようよく》から弟子入りしてきたのであり、ひとかどの舞踊の名手になろうなどとは思っていない者がほとんどである。しかしいざ稽古場での瑠璃が和服着備《きそな》えて*木形《きなり》な態度で教えはじめると、いつも通学する彼女を*ひょうまづいているような態度ではとても好意は得られぬ、悪くすると破門の憂《う》き目に遭うやも知れぬと悟り、けんめいに踊りを学ぼうとする。だが伝統的芸能とは無縁な現代的生活を送ってきた彼らのほとんどには、踊りの才能が皆無であった。

彼らに対して瑠璃は容赦がなかった。激しく叱責《しつせき》するくらいならまだ優しいのであり、扇子でもって彼らの頭を*手繁《てしげ》く打擲《ちようちやく》した。普通の扇子ではなく舞扇だから、これは踊りで扇を投げたり、指ではさんでまわす要返《かなめがえ》しをするため丈夫にできている上、

けざやか　はっきりしている。
古格　古風。旧式。
立派　流派。
金骨　平凡を脱した趣き。
家損　家の恥。
一差　舞の一曲。
天骨無い　意外な。
おととけしい　巨大な。
機分　生まれつきの器量。
楽欲　欲望。
木形　気持を偽らず飾らぬ態度。
ひょうまづく　嘲《あざけ》りからかう。
手繁し　手厳しい。

要の部分には鉛の錘《おもり》が仕込まれている。この舞扇を逆さに持ち、力を籠《こ》めて頭頂を*ひっしょなしに打たれるのだからたまったものではない。眼がくらみ、頭が朦朧《もうろう》とする。そして男たちの中には、これがまた堪《こた》えられないと喜ぶ者もいて、稽古帰りにはこんな*ひょうひゃくも出るのだ。いやあ今日はまた、わたくし、一度ばかりすばらしい鳥舞《トリップ》をさせていただきましてな。ひっひっひっひっひっ。

　この年の九月、サブプライムローン問題がきっかけでアメリカでは住宅バブルが崩壊し、リーマン・ブラザーズが破産した。このリーマン・ショックは世界的な金融危機へ連鎖し、日本でも株価の大暴落でさらなる不況に陥るのだが、レストラン葉月はそんな*苦輪《くりん》など*つれもなしとますます繁盛《はんじょう》した。いかなる不況であろうと*美物《びぶつ》に慣れた人間が旨《うま》いものを断つことなどとてもできない筈《はず》だと貴夫は思っていた。

　実は前年の十一月、日本で初めて出たミシュランガイド東京版にレストラン葉月は載っていなかったのだが、これは和洋中エスニックなんでもありの料理店というので居酒屋並みに扱われたのであろうとスタッフは解釈していた。越野支配人によれば、調査員らしき者が来たことは一度もないということで、これはあくまで噂《うわさ》に過ぎないが、彼らはたいてい二人で来店し、一人がコース、一人がアラカルトで注文する、メモを取るなどの行動でそれと判断できると言う。この東京版はひどく不評であったし、葉月が載っていないのはおかしいという批判がそのジャンルのメディアに発言することの多い橘巳之助老はじめ何人もの常連客その多くは料理評論家から出たのだった。二〇〇九年版の調査が行われているという*浮説を心配した越野支配人の提案で、葉月ではスタッフ会議が開かれた。越野の主張はこうだ。各国料理の食材を毎日仕入れているから当店は他店に比べて支出が非常に多い。居酒屋類似の店と思われないためにも、何らかの料理に専門化したらどうか。これに対してさまざまな意見が出たが、最後は貴夫の発言で会議は終了する。

まずミシュランにどう対処するかということで意見が分かれたようだが、わたしは昔からミシュランをあまり信じていないので、無視してよいという意見に賛成だ。志賀さんが言ったようにミシュランを見て大勢の観光客に来られるのはわたしとしても願い下げだからね。以後、もし取材や撮影の申込があったとしてもお断りすることにしておこうじゃないか。それから食材に費用がかかり過ぎるという指摘は、この店に賭《か》けたわたしの理想に反するもので、いかに越野さんのご意見とは言え受け容《い》れ難い。

ひっしょなし 容赦なし。 **ひょうひゃく** 冗談。 **苦輪** この世に満ちた苦しみ。
つれもなし なんの関係もない。 **美物** 旨い食べ物。 **浮説** 噂。風評。

余った食材は今まで通り賄《まかな》い料理や留守振舞いが落索の整理となり、無駄にはならない筈だよ。

その年の十一月、ミシュラン東京二〇〇九年版が出た。調査員が来たことは知っていたものの越野は、いよいよ掲載が決まってからの写真撮影を拒否した。しかし掲載拒否した他の店と同じく葉月も写真のないままで掲載されたのだった。一つ星であった。以後、レストラン葉月は、二〇一〇年版でも一つ星、二〇一一年の東京・横浜・鎌倉版では二つ星となる。

年が明け、久米君と離婚した未知が利根未知に戻って「葉月」に帰ってきた。久米君の祖父が亡《な》くなり、庇護《ひご》する人がいなくなった未知は姑《しゅうとめ》からさんざ*虐《せた》げられ、久米君との*女夫事《つまごと》も冷えきってしまって以来、ひどく*くづほれ*瘁《かし》けていた。もはや*上張《かみば》ることもなく*贅《ぜい》こきもせず、うち萎《しお》れて店にやってきてまた働きたいと言う未知が哀れであり、もう真知も*びかしゃかしたり*附子顔《ぶすがお》を向けることもない。厨房《ちゅうぼう》に戻った未知をスタッフが歓迎し、姉妹の*向背《きょうばい》も仲のいい昔の双子に戻る。池田君によれば久米君は自分の努力不足を恥じてもう二度と「葉月」へ顔を出すことはないと言っているようだった。

可哀想《かわいそう》たあ惚《ほ》れたってことよ。利根未知に同情した登希夫は、急速に彼女と接近した。百五号室に戻った彼女を夜ごと訪れて*出事《でごと》を行っているらしいという登希夫を、そして未知を、貴夫は許し、真知も志賀さんもそして麻衣子も許した。謂《い》わばふたりを*長成《ひとな》したのは彼らの周囲のわれわれであるというスタッフの想《おも》いがあり、それがふたりへの*景迹《きょうしゃく》となったのだ。そうとも。あのふたりはもう大人なんだ。

瑠璃は早稲田大学に入り、文学部に学ぶようになっても舞踊教室を続けた。大学の男子学生のみならず女子学生もたくさん入門してきて、週に二日の稽古では追いつかず、受講の時間をなんとかやりくりして週に四日を稽古日に充《あ》てることとなる。やがて千代の春を迎え、葉月家は安泰であった。登希夫が未知に*妻問いするのは時期の問題であったし、それと同時に池田君が真知に求婚するであろうことも想像できるのだった。

あいたたたたたた。また打った。最近貴夫は身体《からだ》のあちこちを調理台の角、食卓や

虐げられ　虐待《ぎゃくたい》され。　**女夫事**　夫婦の関係。夫婦仲。　**くづほれ**　気力、体力が挫《くじ》ける。
痒け　しおれて。やつれて。　**上張る**　上品ぶる。　**贅こき**　自慢をし見栄《みえ》を張ること。
ぴかしゃか　拗《す》ねてつんつんする。　**附子顔**　不機嫌に苦り切った顔。　**向背**　仲違《なかたが》い。
出事　性交。　**長成した**　成長させた。　**景迹**　思い遣《や》り。
妻問い　求婚。

事務机の角などにぶつけたり、ドアに手や指を挟んだり、コード・ペンダントの照明器具に頭や額をぶつけたりすることが多くなった。熱した調理器具に触れてしまうこともあった。いずれも以前から数限りなく体験してきた箸のちょっとした痛みなのだが、ここ何年かはその都度、貴夫にとっては*双《そう》なき人であったかの祖父、猛夫のことが思い出されてならないのだ。晩年の猛夫もまた、不注意から身体のどこかを建具や家具にひどく打ちつけてはなさけない声で痛みを表明するのだったが、そんな時にはきまって同じ嘆きの言葉をくり返したものであった。ああ痛い痛い。あと何年生きるのかは知らんが、死ぬまでにあと何回こんな痛い目にあえばよいのかなあ。百回かなあ。いやいや。二百回くらいかなあ。もっとかなあ。やれやれ鬱陶《うっとう》しいことだなあ。まるで*庭訓《ていきん》のように貴夫はその言葉を記憶しているのだ。そして祖父猛夫は、最初の打撲で意識を失ったとはいえ、まさに全身打撲という、その痛みの極《きょく》の中で絶命したのではなかったか。してみれば何度も繰り返されていたあの繰り言はまるで自らの死と死に方を予言していたように思われてならないのだ。だが当時の貴夫はそんな猛夫の泣き言を耳にするたび、おかしなことを言うお祖父《じい》ちゃんだなあと不思議に思ったものだ。なぜそのようなちょっとした痛みを、しかもまだ感じてもいない未来の痛みを恐れるのだろう。痛みを前提にしたスポーツだって、たくさんあるのだ。陸上部にいた時だって体技に失敗し何度も痛い目に遭っている。幼時の貴夫が暴漢に性器を切断された瞬間の痛み、おそらく一生のうちそれ以上の痛みに襲われることはないであろう痛みは、そしてそれに続く患部の痛痒感《つうようかん》と内臓的な激痛の記憶は、すでになかった。それならなぜ今になってしばしば痛みと共に猛夫の言葉を思い出すようになったのか。祖父猛夫が痛みをまるで自分の死の予兆であるかのように感じていたらしいのと同様、何か自分に、あるいは自分の周囲に大きな不幸が起る、これは予覚でもあるのだろうか。

その日のその時間、レストラン葉月の厨房にいてその夜の料理の下拵《したごしら》えをしていたのは貴夫と夏子、志賀さん、桐生逸子、金杉公子そして真知と未知の七人だった。大阪弁の掃除婦もいた。客席スタッフはまだ越野と登希夫が来ているだけだ。蝦夷鹿《えぞしか》の肉を下拵えしていた貴夫は突然の眩暈《めまい》に襲われた。何ごとと身体を立て直した時に大きな揺れを感じ、激しい地震と知る。女たちの悲鳴。調理器具がいっせいに身を揺すってヒステリックに鳴る。食時《けどき》*にはまだ遠く、さいわい火を使っている者はひとりもいないようだ。久しぶりに貴夫のカストラートが厨房の空気を劈《つんざ》く。皿を押さえろ。

双なき人　比類ない人。　**庭訓**　家訓。　**食時**　食事の時刻。

全員が食器棚に駆け寄り手を伸ばして重ねられた食器類を抑える。*怪顚《けでん》に囚《とら》われたのは掃除婦だけだ。何やこれ。これ何や。これ何やねん。怖いがな。怖いがな。おっそろしいがな。ああ。どないしょ。どないしょ。バケツをひっくり返して床に水を溢《こぼ》し自分も倒れてしまう。越野と登希夫が厨房に飛び込んできて女たちを助ける。

揺れは長く長く続いたが、唯一《ゆいいつ》の不祥事と思えたのは、真岡《もおか》の葉月家から当主の従祖父が持ってきてくれた祝いの大皿がいちばん上の棚から落ちて壊れたことだけだった。他に被害はないか。ありません。全員、地震が一段落するとそのままへたへたとあちこちの椅子《いす》に腰を落してしまう。皆おどおどしながら激しい揺り返しが*来及《きし》かぬことを祈るばかりだ。まだ揺れてるがな。ああ。まだ揺れてるがな。気分悪いがな。ほんまにもう、わて気分悪いがな。*卦体《けたい》なことやなあ。これ、卦体の悪いことやなあ。

厨房の隅の小さなテレビに全員の眼が釘《くぎ》づけだ。観測史上最大のマグニチュード9・0を記録した大地震は宮城県沖が震源でその震源域は岩手県沖から茨城県沖にまで及び、地震は北海道から関東までの広い範囲に被害を与えている。震度は宮城県の栗原《くりはら》市が7であり、東京は5強だったとテレビは報じた。長い時間続いたこともあり、スタッフ全員が冗談ではない、あれはとても5強どころのものじゃなかったと口口に言う。だが、皆の驚きはそれで終らなかった。時の程を置いては次つぎに押し寄せる巨大な津波が東北地方の、貴夫がいつも食材を調達している市町村を*虚空無意気に呑《の》み込んで行き、その有様のあまりの凄絶《せいぜつ》さに、迸《ほとばし》り出るのは悲鳴と嘆声ばかりである。

東京のすべての電車が停ったと報じられてしばらく後、最初の電話があった。今夜の予約を取り消したいという電話だった。同じような電話がいくつもかかり、貴夫は休業を決め、登希夫に命じてまだ電話のない客に今夜の予約の取消しを求めさせ、客席スタッフにも出勤無用と電話させる。この分では明日も明後日《あさって》も休むことになるだろうと予測した貴夫は、さらに都内の大渋滞を予想して志賀さん、桐生逸子、金杉公子の三人をタクシーで早いうちに帰宅させた。後片づけを終えて越野支配人と掃除婦は従業員宿泊室に泊らせ、真知未知のふたりもそれぞれの部屋に泊る。すでに都内は車の混雑によって通行不能となっていたからだ。登希夫だけは家や家族を心配して徒歩の群衆に身を混え帰っていった。貴夫は小学生の時に金杉君と、恐らくはその経路もほぼ同じであろう銀座から文京区のわが家まで、歩いて帰ったことを思い出す。

自室でテレビを見ながら、貴夫は際限なく*流涕焦《りゅうていこが》る。ああ、この町のあの漁師た

怪顚　気が顚倒《てんとう》する。　来及く　重ねて来る。　卦体　変。縁起。
虚空無意気　無闇《むやみ》やたら。　流涕焦る　涙し悲しむ。

ちはどうしたのか、この農村のあの人たちはと、惨禍の*苦域を眺めて胸潰《つぶ》れる思いだ。仕入れに出かけた時に逢《あ》ったひとりひとりの顔がまざまざと思い浮かぶので、とても堪《たま》らない。あの大皿が落ちて割れたことを不吉に思い、何世帯もの*近類が一緒に住んでいる真岡に電話をすると、さいわいにも誰ひとり怪我《けが》はなかったものの、登り窯《がま》は壊れてしまい、数多くの作品は多くが割れてしまったとのことである。見舞いに行かなくてはなあ、と貴夫は思う。両親も祖母も無事で家にも家具にも被害はないという報告の電話が入る。瑠璃はまったく*動無《どうな》しで、何度も襲う揺り返しにもまるで鞦韆《ぶらんこ》に乗ってるみたいと笑いながら泰然自若たるものだ、*愛《は》しきやしわが妹ながらあれは女傑であると、登希夫は真から感心している様子だ。

さらに何日も店を休み、テレビを見ながら貴夫は涙を流し続ける。石巻市の小学校の校庭跡が映し出された。その校庭で点呼をとっていた時に襲ってきた津波によって八十四人の児童と教職員が死亡・行方不明という報道に、貴夫は嗚咽《おえつ》を堪《こら》えることができない。死の瞬間、彼らの脳裡《のうり》にあった意識の断片が貴夫には聞こえるのだ。

（この音何この音）（えっ。ぼく死ぬの。ぼく死）（海がこっちへ来）（お母さん）（すまん。お前らすまん）（あっ。苦い）（友達と。みんな一緒に）（これは何。何。何）（神様。神様。神）（わたしのリカちゃんと熊《くま》の）（急いで早くあっちへ逃げ）（鼻に。

痛い)(点呼なんかしていたから)(エミちゃんの髪の毛)(怖い。怖い)(プールだと思って)(死ぬ)(恐ろし。恐ろし)(今から逃げ)(あっ。苦し)(おしっこが)(テレビでしょ。テレビでしょ)(南無《なむ》)(あっ。鹹《から》い)(怖い)(お父ちゃん。お父ちゃん。助け)(先生も一緒なんだから)(みんな。ごめんね。ごめんね)(大変だ。えらいことだ)(こんなの嫌よ。嫌)(好きだったのに)(あっちにお兄ちゃんが)(怖い)(わたしたちの責任)(マリア様。マリア)

滂沱《ぼうだ》と涙を流し続けていた貴夫は、一度だけ義憤に駆られた。もうあれから何日も経《た》つにかかわらず、避難所によっては未《いま》だに一日一個の握り飯しか配られていないという報道に貴夫は立ちあがる。いかなる*罪代《つみしろ》でこのような*苦果《くか》が科せられるのか。これはもう、人間の生活ではない。被災地へ支援に行こうという声は貴夫の周囲でもあがっていた。安曇学や藤谷啓一が、京陽の文化祭で作ったあの旨い焼そばを被災地で*食手向《けたみ》したら大喜びされるであろうと言っていたのだ。あれなら簡単だし、われわ

苦域　苦に満ちた現世。　**近類**　血縁の近い親類。　**動無し**　動揺せず。
愛しきやし　愛すべき。　**罪代**　罪ほろぼし。償い。　**苦果**　報いとして受ける苦。
食手向　飲食物をすすめる。

れにも作れるから。しかし、と、貴夫は言う。せっかく行くのだ。焼そばだけ供していたのでは*不《ふ》慧《けい》不充分である。わたしが行く以上は行く先ざきで現地調達したどのような食材であれ、いかなる料理でも作れるという、まさにこんな時こそ発揮されるべきわたしの技術が生かされなきゃならないだろうね。被災地の、特に避難所にいるのは*ひだる神に取り憑《つ》かれた*ひだるき人たちであり、寒さのために*凍餒《とうたい》している。温かくて栄養価の高い食べものを求めているんだ。ここはわたしの腕の見せどころかな。

葉月が来てくれるのなら*鬼に鉄撮棒《かなさいぼう》、いやそれならば彼が間違いなくリーダーである。すべてを彼に一任しよう。かくて支援隊は組織される。佐伯食品からは保冷車、冷蔵車としても使える冷凍車を佐伯の厚意により無料で借り出すことができた。ここにありったけの食材を積載し、運転するのは貴夫である。閉店していた間にレストランに届いた各地の食材に加えて、佐伯が提供してくれた食品、さらに調味料、食用油、ミネラルウォーターなどが*ふすふすと積み込まれた。

藤谷は絵画を運ぶための大きなバンを提供し、彼が運転する。積むのは鍋釜《なべかま》食器類、竈《かまど》を作るための煉瓦《れんが》や焼そば用の大きな鉄板などである。在在所所をめぐる*野暮れ山暮れの旅になるから寝具も必要だ。貴夫は仕入れに使っているレストランのライトバンを登希夫に運転させることにした。登希夫が行くなら未知も同行を求め、それならと真知も行くことになる。安曇学も妻の禎子を同行させるため、ライトバンは女たちの衣裳《いしょう》や手具足*でいっぱいになった。安曇が運転するのは彼が持っている古いステーションワゴンである。これには禎子、真知、未知それに桐生逸子が同乗する。かくてメンバーは貴夫、登希夫、安曇学、禎子、藤谷、真知、未知、桐生逸子の八人となる。他はそれぞれの仕事や家庭があって行けず、夏子も留守を守る。それぞれがおっ*とって使えるだけの現金を持ち人員資材打ち具して*貴夫たちは銀座を出発した。

最初に向うのは真岡の窯元である。国道二百九十四号線で栃木県に入ったが、このあたり被害は少なく、真岡の窯元に到着してから聞いたところでは半壊した家屋は百余棟、負傷者が五人に過ぎなかった。一行は葉月本家で歓迎され、広い座敷で一泊する。たくさんあった食器類などの作品のほとんどは、並べて置いていた型鋼の棚が全部倒れたため、全滅だと教えられる。そして翌日、車四台を連ねた支援隊は茨城県に

不慧　賢明ではない。
ひだるし　空腹である。ひもじい。
ふすふすと　どっさりと。
おっとって　おおよそ。ただちに。
ひだる神　人に取り付いて空腹にさせるという神。
凍餒　凍えと飢え。
野暮れ山暮れ　長い旅路。
打ち具して　携えて。
鬼に鉄撮棒　鬼に金棒。
手具足　女の日常の手回り品。

入り、鹿島灘《なだ》に向う。太平洋に近づけば次第に被災の大きさが眼に見えはじめ、道路は液状化で陥没し、沈下していて、進むのが困難となる。津波に襲われた地域に入るとその惨状にみな言葉がない。海岸一帯は瓦礫《がれき》が山をなしていて、それがどこまでもどこまでも続いているかに見えた。護岸は流され、漁船が沈没し、転覆し、陸上に打ち上げられている。漁港の建物も船宿も津波で流されていた。乗用車もトラックも海から遠くの陸地、丘の斜面にまで押し流されている。避難所のひとつ、まちづくりセンターに着いて知人の消息を訊《たず》ねるが、いつも蛤《はまぐり》や大鮃《おおひらめ》を送ってくれていた人は未だに所在不明だ。一同はここで初めて悪臭という、テレビによっては報道され得べくもない事実を知る。長時間車の中にいた女たちは*樋殿《ひどの》に入れず、困ってしまうのだ。

まずは車内で*昼当飯《ひるとば》をとったあと、男たちが避難所の前に煉瓦で竈を作る。女たちは近くのボランティアセンターに行き、料理に使えそうな食材を貰《もら》ってきた。以後、このような現地調達だの作業だのを繰り返しながら、支援隊は海岸を、*三災七難の地を、どこまでもどこまでも北上するつもりなのだった。むろん福島第一原発の周辺は迂回《うかい》しなければならないだろう。

近くに散乱する瓦礫の中から廃材を集めてきて竈で燃やすという作業が進む傍らで貴夫は焼そばの具材を選び、調理しようとしていた。

ぽつり、と、雨。

テントを張れ、と貴夫は命じる。その時貴夫の眼は、避難所の入口から支援物資を貰ってきたらしい年構えの男が白いポリ袋を提げて出てくる姿を捉《とら》えた。貴夫は凝然とする。今、すれ違った男に声をかけられ、振り返って言葉を返した顔。あの顔だ。あの顔ではないか。平面的で、鼻の周囲だけが陥没しているかにも見え、顔の輪郭が中央部から迫《せ》り出しているようにも見える顔。そしてあの時、埃《ほこり》で灰色に見えた額に垂れている脂気《あぶらけ》のない髪は*旧《ふ》り増《まさ》り、ほとんど真っ白だ。忘れまいとして何度もデッサンを描き続けたあの顔の人物が今、貴夫の前を、*事しもこそあれ時しもあれこの被災地で、貴夫に気づかぬまま前を通り過ぎて行こうとしている。

しばらくいなくなるから。鉄板を洗っている真知に貴夫はそう言い、男のあとを追う。全員がそれぞれ自分の仕事に*夢中作左衛門、貴夫が場を離れたとて誰も気にはし

樋殿　便所。
三災七難　三種の災害と七種の災難。
事しもこそあれ時しもあれ　事もあろうに時も時。
夢中作左衛門　何何に夢中の。
昼当飯　旅先の昼飯。
旧り増り　ずいぶん歳《とし》をとって。

ない。貴夫は長い割烹着《かっぽうぎ》の*蹴纏《けまと》いに悩みながら男を見失うまいと急いだ。男は背を丸め降り出した雨から遠ざかろうとするかのように、急ぎ足で両側に瓦礫の積み重なった道路を歩いて行く。右側の瓦礫の彼方《かなた》には白い波立ちの黒い海が見えている。ほぼ一間の距離にまで近づき、貴夫はさらに歩幅を詰めながら声をかけた。すみません。ちょっと待ってください。

誰も待つ者のない半壊したわが家へ戻ろうとしていた老齢の金丸作司《かねまるさくじ》は、背後からの声に歩きながら振り返ったが、白く長いものを纏って顔もよくわからぬ*恐気《こわげ》な男に怯《おび》え、あっ、*怖者《こわもの》なう、恐ろしやとばかりに急ぎ足となる。だが、お待ちくださいお願いしますという上品な*声《こわ》ざしに立ち止まり、相手に向き直った。背の高いその男も一間ほどの間をおいて佇立《ちょりつ》する。雨が少し激しくなり、附近は*寂《さ》び返っていて暗いから男の面立ちはさだかでない。

貴夫は金丸に少し近づいた。その間隔は三尺ばかりだから、金丸は*徳若《とくわか》な貴夫の美貌《びぼう》を間近にし、神聖さに満ちた美しさに少したじろぐ。貴夫はゆっくりと言った。わたしのことが、おわかりですか。あっと叫び、金丸はポリ袋を投げ捨ててその場に*這臥《はいぶ》した。嗄《しわが》れた声で彼は叫ぶ。葉月さま。葉月貴夫さま。

稲妻が空を裂き、雷鳴が轟《とどろ》く。雨は沛然《はいぜん》と道路に爆《は》ぜ返った。稲光で貴夫の顔立ちは金丸作司に鮮明となる。ああ、ああ、ああ。彼は地面に*ひらがる。舌も*強《こわ》りて恐ろしく、呻《うめ》き声を洩《も》らしながら金丸は言う。いつかこんな時が来ると思っておりました。きっとこんな日が来ると。貴夫が何を訊ねることもなく金丸の口からは徐徐に徐徐に、やがてはさまざまな言葉が迸り出、噴出するが、それはまったく前後の脈絡なき断片だ。作業服を泥だらけにして、大地に臥《こ》い転《まろ》び*足摺《あしず》りしつつ謝罪、それまでのいきさつ、懺悔《ざんげ》、胸のうちを順序立てもせず述べ立てる金丸作司の姿が、*空めずらかな*時明《ときあか》りに照らし出される。風がごうと吹けばこれは地獄の*業風《ごうふう》か、今がおのれの*果口《はてくち》か、もはや*避所《さりどころ》なしと*反側《こいふ》したままの金丸が覚悟を決める。

聞き果てた貴夫が話を組み替え筋道立てたところではこうだ。金丸作司というこの

蹴纏い　足が裾《すそ》にからまること。　**恐気**　こわいと思う気持。　**声ざし**　声の様子。
怖者なう　恐ろしい者。「なう」は同意を求める気持。
寂び返って　静まり返って。　**徳若**　いつまでも若若しい。　**這臥す**　腹這いになって伏せる。
ひらがる　ひれ伏す。　**強りて**　こわばって。　**足摺り**　足を地にすって激しく嘆く。
空めずらかな　空に神異の。　**時明り**　雨空が時おり明るくなること。
業風　地獄の大風。　**果口**　破滅のきっかけ。　**避所**　免れるすべ。
反側し　倒れ伏し。

男は親の代からこの町で鉄工所を営んでいた。父親が益子《ましこ》焼《やき》に目がなく、真岡の先代とは顔見知りだったことから、作品を並べる型鋼の棚を乞《こ》われて納品したりもしていたのだが、その折に作司はたまたま遊びに来ていた東京の葉月家一族を見かけ、幼い貴夫の美しさに心を奪われたのだった。まさに天使の見来《げんらい》ではなかろうか。これほど美しいものがこの世にあろうとは。以後、作司は*九界《くかい》に囚われの身となり、かの愛しき童子に心染ませることとなる。煩悩《ぼんのう》の犬は追えども去らず、淫欲《いんよく》の闇《やみ》に惑い続け、瞼《まぶた》に浮ぶは貴夫という子の蠱惑《こわく》的な美貌ばかり。このままでは焼野の雉子《きぎす》の焦れ死にかと自分が恐ろしくもなり、なんとかしなければ*黒闇《こくあん》地獄《じごく》、思いは募っていっそのことあの子を殺し自分も死のうという気にまで極《こう》じたのだった。

それとなく窯元から東京の葉月様のお宅を聞き出し、わたしは上京しました。上野駅近くの安宿に泊り、毎日のようにお宅の周辺、あなたが通う幼稚園の周囲を経巡って、あなたがお家に帰る姿、あなたがご近所の子たちと遊ぶ姿を盗み見ては生臭い欲望の溜息《ためいき》をついておりました。あの犯行を思い立ったのはその頃からだったでしょうか。むろん殺すなんてことができる筈はないのですが、その苦しみから逃れるためにはそれ以外にどんな方法があったでしょうか。五歳の男の子では犯すこともできません。ならばあの子の美の根源を切断してわがものとすれば。そうするほかその時の苦しい境涯を過去のものにしてしまえることが思いつかなかったのです。美の源を切断して奪うその瞬間の、脊椎《せきつい》を駈《か》け昇っていく快感を想像するばかりで、他のことは考えられませんでした。そしてあなたがあの空地でひとりになるのを見かけたあの日の狼藉《ろうぜき》、あの恐ろしい蛮行となったのです。滅多に独りにはならず、いつも人から見られているあなた様と二人だけになれる二度とない機会ゆえの切迫した蛮行でもありました。申し訳ございません。あなた様の一生を台なしにしてしまいました。ああ。すみません。無論お詫《わ》びしてすむこととは思っておりません。いったいわたしはどうすればよろしいのでしょうか。

以後、金丸作司は自らの犯した罪に震えあがり、おのれを*癡《たくらた》と罵《ののし》り、業に沈む日日を送ることとなる。ああ性の根源、生の根源を奪った自分の行為は、善根を断つというまさにかの*天魔波旬《てんまはじゅん》の業ではないか。あの葉月貴夫という幼童の未来、人としての快楽、子孫繁栄という人間の使命を自分は断ち切ってしまったのだという罪過に怯え、*三界無安《さんがいむあん》の生活がえんえんと続いたのである。あの子が着ていた薄茶と白の海賊

九界　迷いの世界とその境界。　**黒闇地獄**　十八小地獄の一。　**癡**　愚か者。
天魔波旬　人の善事の邪魔をする魔王。　**三界無安**　どこにも平安の場所がないこと。

縞《じま》の半袖《はんそで》シャツが瞼に浮び、まるで歌っているような長く続く疳高《かんだか》いさえずりが耳に残り、それはいつまでも消えることがなかった。もう窯元へはとても行けず、東京へ行くこともなく、以後は結婚もせず子供も作らず、どのような*科送《とがおく》りにも堪える気持でひたすら*褻晴《けは》れなき*過怠《かたい》の生活を送ることとなったのだった。

　雨が小降りになった。自首して出る勇気も持てぬこの辛《つら》さ、この苦しみ、いかにして*得脱《とくだつ》は可能なのかと地べたで這《は》う金丸に貴夫は言う。どうぞ立ってください。通って行く車の中から人が奇異の眼で見ています。だが金丸は立とうとせず、頭《こうべ》を深く垂れ下げたままだ。金丸に近づき、前に*跼《くぐま》ってその肩に手を置いた貴夫は、わたしにはあなたを罰する気など毛頭ありません、とうにあなたを許していますので、どうかお立ちくださいと頼むのだった。許す、という言葉に少し驚きながらも、ゆっくりとさまたれた顔をあげる金丸に貴夫は言う。むしろわたしはあなたに感謝すべきなのかもしれません。

　色欲から解き放たれリビドーの呪縛《じゆばく》もなくエディプス・コンプレックスとも無縁だったため自分が如何《いか》に自由で平和な半生を送ることができたことか。そんな自分には喪失したものの大きさもわからず、失わしめた者への怒りも憎しみもある筈がないのだと、それが金丸にどれほど理解できたかを慮《おもんぱか》ることなく貴夫は語り続ける。欲望に振りまわされている男女をおかしさと憐《あわ》れみで眺め続けてこられたのも通常の人間には及ばぬことであったろうし、諍《いさか》いや暴力沙汰《ざた》ともほとんど関わりなく生きてこられたのも闘争心の根源が断ち切られていたためであったろう。肉親を見るにつけ本来強い自我を持って生まれてきたであろう筈の自分が、自ら求めることもなく*聖心地《ひじりここち》の生涯を得られたことは幸せであったと言えよう。

今、あなたを許します、と貴夫は言う。でも、お願いがひとつだけあります。はい、と神妙に顔をあげた金丸の眼を見つめて貴夫は言った。あなたがわたしから奪って持ち帰ったわたしの男性生殖器、あれは今でもわたしのものです。あれをお返し願いたいのです。金丸は一瞬、*化転《けでん》の表情を見せたものの、すぐ申し訳なさそうな顔に戻って吃《ども》りながら話しはじめた。最初のうち、わたしは夢中になり、あれを膚離《はだえ》さず身につけておりました。出しては眺め、頰ずりし、自身の陰部に押しあてるなどして夢心

科送り　罪の償い。
過怠　過失の償い。
跼る　背を丸くしてしゃがむ。
化転　気が転倒し狼狽する。
褻晴れ　日常と晴れの場と。
得脱　生死の苦界を脱し菩提《ぼだい》を得る。
聖心地　欲望や執着を捨てた聖人のような気持。

地になり、醜い快楽に耽《ふけ》っておりましたのですが、そのうち体温と湿気で腐敗しはじめましたから初めてこれはいかんと思い、すぐホルマリン漬けにしましたものの、もはや原形をとどめぬ物になってしまったのです。無論あれは大切に保存してはおりますが、もとの姿にしてお返しすることはできません。それでよろしければ、あのガラス瓶はわたしの家にございます。しばらくお待ちくだされば、今すぐにでも取ってまいります。ご一緒くださっても結構でございます。ああ。お越しいただけますか。ありがとうございます。ありがとうございます。

それから約一か月ののち、貴夫たち一行は菸《よ》零《れ》菸《よ》零《れ》になって東京へ帰ってきた。レストランでは戦場から凱旋《がいせん》してきた兵士たちを迎えるように、居残り組が慰労会の用意をして待っていた。葉月家の祖母や両親や瑠璃、叔母の計伊子、佐伯社長と刈谷専務、金杉君や池田君もやってきた。ひと風呂《ふろ》浴びた支援隊組がやっと人心地ついた顔で特別室へ入ってくると、居残り組が拍手で迎える。乾杯のあと、海岸線伝いに岩手までの往路復路がいかに困難であったか、現地調達した食材を調理して貴夫の指示により*人別《ひとわ》きせず*びびることなく振舞ったことなどを安曇学が報告する。未知と真知は顔造りもままならず特に化粧水が奪いあいになったことなど女の身での被災地の体験談を物語るのだ。

登希夫は慰労会が始まってまもなく、*比翼連理の未知と共に百五号室へ籠《こも》ってしまう。実は旅先でふたりは、*たまゆらの*昵《ち》契《けい》さえままならなかったのだ。特に登希夫は車の後部座席で他の女たちと共に*きの字形《じなり》になって寝ている未知の*高胸坂《たかむなさか》を見るたびに心騒がせるものの、昼間すれ違いざまそっと*手房《たぶさ》に触れるのが精いっぱいで、もはや辛抱我慢も限界だったのである。未知とて*同腹中《どうぶくちゅう》であり、一か月ぶりの*婚合《くなが》いをこれ以上は先に延ばせぬ思いだった。それに続いて真知と池田君も百四号室へ向う。むろん一同みな見て見ぬふりである。

夜が更《ふ》けて聞きごとを聞くだけ聞いた人たちは次つぎと宴を後にする。まず葉月家の縁戚《えんせき》が帰っていき、佐伯と逸子が百一号室へ籠ったあとは刈谷と都美子が帰っていき、志賀さんが去り、越野支配人と客室スタッフがいなくなると、あとに残ったのは貴夫、安曇学と禎子の夫妻、金杉君と公子の夫婦である。安曇と金杉君は今度の災害

人別き　相手によって態度を変える。
比翼連理　男女の仲睦《むつ》まじさの喩《たと》え。
昵契　男女が戯《たわむ》れてする会話。
高胸坂　寝ている胸の高さ。
同腹中　同じ思い。
びびる　物惜しみする。
たまゆらの　ほんの少しの間の。
きの字形　身体を折り曲げた窮屈な寝かた。
手房　手首。手。腕。
婚合い　性交。

から思うことを論じはじめ、貴夫と禎子と公子はただ傾聴するのみだ。金杉君は文学の立場で稿を草したばかりであり、安曇学は現地を見てきたばかりだから、議論は尽きない。話し終えたのは深夜の二時だ。しかしこの時、したたかに酔った金杉君が呂《ろ》律《れつ》のまわらぬ舌で最後に振るった突拍子もない長広舌がなぜか貴夫の心にはいつまでも残ったのである。

「人類の滅亡なんてことは四十年も前、終末論全盛の頃よりも前の昭和元禄《げんろく》時代から文明批評や罪障意識も籠《こ》めて一部でずっと言われ続けてきたことだったし、そもそもが産業革命の時から予言として叫ばれてきたことでもあったんだけど、この災害と原発事故で、ぼくは人類の絶滅する時期が、想像されていたよりもずっと早まって近づいてきたように思うんだ。車の両輪のようになって自走してきた科学技術文明と資本主義経済の破綻《はたん》が今同時に起っていることは間違いないところなんだし、ヘーゲルがナポレオンの勝利を歴史の終末への転回点としたのとはちょっと違うけどこの大震災がまさに終末への折り返しの時点だったんじゃないかとぼくは思うんだ。今を境にして人類の衰退が始まり、そして滅亡するんだという認識は災害以後多くの人が持った筈だが、あまり誰も言わないよね。これからどうするかを、誰かが考えなきゃいけないと思うんだ。これからはやはり、リビドーやコンプレックスの呪縛から脱した高みで論じられる、静かな滅びへと誘《いざな》い、闘争なき世界へと教え導く哲学や宗教が必要になってくるだろうね。その場合にはナショナリズムを排除しなければ、その布教を世界に敷衍《ふえん》することはできない筈だ。どうせ滅びるなら仲良く和やかに滅びに到《いた》ろうではないかと諭すんだ。飢餓による資源の奪いあいやナショナリズムが残るとしても、キリスト教や仏教みたいに理想だけは高く掲げなきゃね。日米関係もＴＰＰも領土問題も最終的には食糧問題に包含され収斂《しゅうれん》される。世界国家に領土は不必要という認識にまで登り詰めれば、残り少ない食べ物を分けあいながら、幸福に、そして穏やかに滅亡していけるだろうよ。そしてこの哲学なり宗教なりの中心にある食糧問題を教導する最初の小さな集団の指導者は、葉月貴夫を置いて他にないと思うんだがねぼくは。その教義はおそらく今まで葉月が実行してきたことと合致する筈だ。そう。葉月は教祖だ。カリスマだ。現に多くの信者だっていることだしね。あはははは。しかしまあ、馬鹿《ばか》なこと言ってるなあおれ。葉月に新興宗教やれなんてさ」

四日後、その間に新規の産地からも食材を仕入れてレストラン葉月は営業を再開した。開店を待ち兼ねていた常連客が次つぎに訪れてスタッフも以前の日常に戻る。橘巳之助老もやってきては、食中毒事件が起ったばかりのユッケが食いたいなどと相変らずの臍曲《へそまが》りを言う。そんなある日、大学から帰宅途中の瑠璃が珍しく銀座に立ち寄り、貴夫の書斎にやってきた。昼過ぎのビルの三階。窓から射《さ》し込む陽光の中に見るほぼ一か月ぶりの妹だったが、その美しさに今さらながら驚いたのは、あきらかに彼女のつづらかな眼の、内側から放射されているような煌めきによるものだった。その光が何によるものか、貴夫は知っている。瑠璃はあきらかに恋をしていた。今まで多くの恋する女を見てきた彼にとってそれは明白だったのである。それはまた、抑圧されれ隠されなければならないような悲しい恋でないことも確かだった。

瑠璃は心に浮き立つものを抑えきれないといった様子で、家のこと大学でのことなどを語りながら、よく見知っている筈の書斎の中をさも愉《たの》しげに歩きまわる。やがて目の高さの書棚で光っているガラス瓶の中を覗《のぞ》き込んだ瑠璃が、短く細い紐革《ひもかわ》がついた小さな皺《しわ》くちゃの袋のようなものを見ながら訊ねる。ねえお兄ちゃん。この瓶の中のものは何なの。珍しい漢方薬か、香料か。何か貴重なものなの。ああそれか。それはね瑠璃。貴夫は笑いながら言う。それがぼくの贖罪羊《スケープゴート》だったんだよ。

SPECIAL THANKS TO
日本料理店主人　佐藤憲三氏
テアトロクチーナ　オーナーシェフ　村上孝之氏
GLOBE副編集長　国末憲人氏
（肩書きは単行本刊行時のものです）

解説

東浩紀

筒井康隆氏の文庫に解説を寄せるのは、一六年ぶりである。一九九九年に、いちど『邪眼鳥』の解説を担当したことがある。ぼくはまだ二〇代だった。

一六年前のその原稿を読み直すと、思想用語をちりばめるなど、背伸びが目立ち顔が赤くなる。いまならば違ったふうに書けると思うし、だから今回は違う文体で書こうと試みている。けれども、そんなこの解説も、一六年後に読み返せばやはり的外れで赤面することになるかもしれない。

そして一六年後でも、的確な解説が書けるかどうか心もとない。そもそもぼくは、そのときでも筒井氏の年齢に追いついていない。一六年後でもぼくは六〇歳。筒井氏は前掲書表題作の「邪眼鳥」初出時で六二歳、本書収録の『聖痕』初出時で七八歳を迎えている。老境を迎えた作家が、言葉や文学に、そして人生にどのような思いを抱くものなのか、ぼくはなにもわかっていない。そしてわかる日が来るのかもわからない。

と、年齢の話から始めたのは、ぼくはじつは「老い」こそが、「邪眼鳥」以降、この二〇年ほどの筒井氏の作品を読み解くうえでもっとも重要なキーワードだと考えているからである。

筒井氏の作品歴をどのように区分するか、ひとによって考えはいろいろだろうが、八一年の『虚人たち』を大きな転機とすることにあまり異論はないと思う。六〇年代に始まった筒井氏の作家活動は、『虚人たち』の成功（同作は第九回泉鏡花賞を受賞している）を画期として、それ以前のSF／エンタメ／ナンセンス作家としての時代と、以降の純文学／前衛／メタフィクション作家の時代に分けることができる。前者の代表作が『東海道戦争』であり『時をかける少女』であり『家族八景』だとすれば、後者の代表作は『虚航船団』であり『夢の木坂分岐点』であり『残像に口紅を』だと言うことになる。むろん、同じ作家が書いている以上作風は連続しているのだが、現象として、二つの時代では、おもな発表媒体が変わっているし、読者層も変わっている。おそらくいま四〇歳以下の読者には（一部のマニアを除き）、筒井康隆がSFのひとであるという認識はほとんどないだろう。

筒井氏はいまでも純文学作家であり、メタフィクション作家である。その点では『虚人たち』以降の三〇余年の歩みは一貫しているが、周知のように、そのあいだ筒井氏はいちど「断筆宣言」を行い、三年ほど創作を止めている。前掲の中編「邪眼鳥」は、じつはそこからの復帰第一作である。

そしてぼくは、断筆と復帰以降、氏の小説は、同じメタフィクションといっても微妙に実質を変えたように感じている。どういうことか。

ひとことで言うと、同作以降の筒井氏は、『虚人たち』以後、いやそれ以前のSF作家時代から長く続けてきたナンセンスでメタな文体への志向を、文学的な実験としてではなく、むしろ「老いのリアリズム」として捉《とら》え返そうとしているというのが、ぼくの読みである。一人称と三人称の混淆《こんこう》、時間の錯綜《さくそう》、記憶の混濁、性的な連想に満ちた粘着質の語りといった氏の作品の特徴は、視点を変えてみると、老人のいささか「惚《ぼ》け」の入った世界観そのものだと言うことができる。おそらく筒井氏は、あるときそれをはっきり自覚したのではないか。「邪眼鳥」がすでに老人（正確には死者）を主人公にしているが、その意図がよりはっきりしているのが、九八年の『敵』であり二〇〇八年の『ダンシング・ヴァニティ』である。そこではメタフィクションは、試みられているのではない。痴呆《ちほう》として生きられているのだ。

さきほども記したように、ぼくはまだ四〇代で、老境の作家が本当のところなにを考えるものなのか、さっぱりわかっていない。その意味では以上も勝手な思い込みにすぎないが、ただひとつ、つぎのようには言えると思う。

ナンセンスにしても前衛にしてもメタフィクションにしても、この国ではどこか、若い作家が行う「やんちゃ」なものという印象がある。とくに、虚構の虚構性だけが取り出されたメタフィクションについては、幼稚な試みとすら思われている。デビュー当時は尖《とが》った作風を試みるにしても、ある時点で現実に回帰し落ち着いた「大人」向けの歴史小説や恋愛小説を書くようになる、それが作家の成長であり成熟だというのが多くの読書人の常識だろう。

けれども筒井氏は、そのような成熟を断固拒否し続けてきた作家である。文壇をおちょくり、批評家をバカにし、断筆宣言をしたと思ったら撤回し、問題作を発表し続けてきた作家である。そんな氏が、六〇代七〇代の老境を迎えて、ナンセンスや前衛やメタフィクションこそが老いのリアリズムなのであると、いくら成熟がメタフィクションを拒否したとしても、最終的にはメタフィクションの光景こそが現実として戻ってくるのだと読解可能な小説をつぎつぎと発表してくれている。文学を愛する後続世代にとって、これほど勇気を与えてくれるメッセージはない。

ぼくたちは虚構が好きだ。そしてぼくたちは必ず老いる。けれども両者はなにも矛盾しない。なぜならば、死ぬときにぼくたちのまわりにあるのは、きっと現実ではなく虚構だけだからだ。筒井氏の文学は、そんなメッセージを届けてくれているのだとぼくは信じている。

前置きが長くなってしまった。さて、本作『聖痕』は、そんな筒井氏が二〇一三年に発表した、本稿執筆の時点で書籍化されている最後の長篇である（最近新たに長篇が発表されているが、そちらの単行本化は本文庫刊行の直後となる）。本作にもまた、人称の混淆や性の隠喩《いんゆ》に満ちた偏執症的な描写など、氏独特の文体が存分に盛り込まれている。物語の柱は『家族八景』から『ダンシング・ヴァニティ』までお馴染《なじ》みの「一族もの」であり、加えて、いまはもう使われない雅語や隠語を注釈つきで挿入するなど、『残像に口紅を』を想起させる実験も用意されている。それゆえ、この小説はいっけん典型的な筒井文学であるかのような印象を与える。

けれども、以上のように「邪眼鳥」以降の歩みを「老い」の問題として理解すると、じつは本作がその枠に収まりきらないものであることがわかる。そして本作の凄《すご》みは、ぼくの考えではむしろそちらにある。筒井氏はこの小説で、なにか新しいことをやろうとしているのではないか。

本作では老いがテーマになっていない。登場人物に老人（になっていく人物）は何人かいるが、語りの起点となるのは彼らではない。本作は、ひとことで言えば、いまだ高度経済成長の名残があった六〇年代から震災後の現在まで、四〇余年の日本社会をある家族の物語として描いた小説である。その記述には作家自身の経験が反映されており、本作は部分的に自伝の要素ももっている。にもかかわらず作家は、なぜか主人公を自分よりも三〇歳以上年下の若い世代に設定している。主人公「葉月貴夫《はづきたかお》」の誕生年は、八五年のプラザ合意、九五年のオウム真理教事件など、本文で参照される事件から逆算するに、六七年から六九年のあいだだと推定される。物語が結末を迎えても、貴夫の年齢は四〇代半ばにすぎない。

これはなにを意味しているのだろうか。結論からいえば、ここで作家は主人公を息子の分身として設定している。息子というのは、文字どおり筒井康隆氏の「現実」の息子のことである。じつは本作は初出が『朝日新聞』の連載小説であり、そこで挿絵を担当したのが、息子である画家の筒井伸輔《しんすけ》氏だった。伸輔氏は六八年生まれであり、前述の貴夫の年齢とぴたりと符合する。この『聖痕』という小説はそもそも筒井親子のコラボレーションとして構想された作品なのであり、そこで筒井氏はパートナーである息子を主人公の原型に設定したわけだ。

小説の内容を知る読者ならわかるように、これはなかなか凄みのある、ぞくりとするような設定である。主人公の貴夫は、冒頭で性犯罪者によりペニスと陰嚢《いんのう》を切除され、機能だけでなく性欲そのものを失ってしまう。つまりは筒井氏は、この小説で、息子をその分身（伸輔氏）の目のまえで去勢している。

小説内では去勢は必ずしも否定的な意味をもっていない。貴夫の成功は性欲から解放されたことに起因するし、無欲は彼に聖者の風貌《ふうぼう》を与えている。けれども同時に、本作が失われたペニスを探す物語であることも事実である。実際に貴夫は、震災後の東北でホルマリン漬けになった萎《しな》びた性器に再会し、結末では娘に見せて「ぼくの贖罪羊《スケープゴート》」と呼んでいる。六八年に（物語内で事件が起きるのはその五年後だが）去勢された主人公が、二〇一一年の震災を機にペニスを取り戻す、ただし萎びて機能を失ったものとして——そのように要約すれば、本作のプロットはあたかもこの四〇余年の文化と政治の関係を象徴するかのようであり（ペニスとしての国会前デモ？）、そこからはさまざまな興味深い政治的社会的読解を引き出すこともできるだろう。けれどもこの解説の文脈でそれ以上に重い意味をもってくるのは、なぜ筒井氏が、その自分の息子の人生に去勢の物語を重ねなければならなかったのか、という問いである。

言い換えれば、なぜ作家は、昭和から平成にかけての「去勢された国」の歩みをたどるにあたって、父殺しならぬ息子殺しを描かねばならないと考えたのか？　そしてそこには、筒井氏のどのような日本観が、そして家族観と社会観が窺《うかが》えるのか？

ぼくに息子はいない。老境の作家の心情がわからない以上に、息子を抱えた作家の気もちもわからない。だからこれ以上の深読みもまた慎みたいが、それでもつぎのことは指摘できるように思う。

前述のように、本作ではいっけん老いはテーマになっていない。表面的にはメタフィクションの構造も見られない。にもかかわらず、本作はやはり、「邪眼鳥」以降の問題系を正面から引き継ぎ発展させた、ある種独特なメタフィクションだとぼくは考える。なぜならば、ここで作家は、自分の現実の半生を振り返るにあたり、現実に存在する息子を虚構化し、その視点を乗っ取り去勢化するという、とても入り組んだ過程を経ているからである。

老いたひとはときに自己と他者の区別がつかなくなる。年齢がわからなくなり、妻を母親と、夫を父親と取り違える（じつはぼくのまだ存命の九九歳になる祖母がそうなっている）。妻を母親と取り違えるということは、自分を息子と取り違えるということだ。しかしそれは単純な悲劇でもない。自分を息子と取り違えること、それは別の見方をすれば、自分の魂が、身体＝欲望の死を超えて次世代へと永遠に引き継がれてゆくことを意味するからだ。

魂は、輪廻《りんね》のために、欲望を断念しなければならない。貴夫の去勢＝聖痕はその断念の証《あかし》として刻まれたのであり、それはまた、七〇年代から二〇一〇年代までの日本社会の空虚な繁栄＝作家の空虚な人生の寓意《ぐうい》でもある。老いた父親が、自分と息子の区別がつかない状態で夢うつつに虚構の半生を回顧する、『聖痕』を支えるのはおそらくはそのような感覚である。

最後に蛇足を。分析なく思いつきの印象だけを記せば、この『聖痕』という小説で、ぼくは筒井氏は、なにかしら「老いの彼方《かなた》」を、つまり死を超えたものについて書きたかったのではないかと考えている。

さきほども記したように、『聖痕』までの筒井氏は、死ぬときにぼくたちのまわりにあるのは虚構なのだ、だからこそ虚構は尊いのだとメッセージを発していた。けれどもこの小説では氏は、現実は死を超えないけれど虚構こそが死を超えるのだと、だからこそぼくたちは文学を読むのだと、そんなメッセージを発し始めているように感じるのだ。

そしてぼくには、まさにそのメッセージこそが、さきほどもちらりと触れた未刊行の最新長篇『モナドの領域』のテーマそのものであるように思われるのだが――しかし、これ以上の読解はさすがにやりすぎというものだろう。『聖痕』を経、『モナドの領域』以降の筒井氏がこれからどこに向かうのか、読者として、そしてまた人生の後輩として、楽しみに待ち続けたい。

（二〇一五年一〇月、作家・思想家）

この作品は平成二十五年五月新潮社より刊行された。

筒井康隆著

狂気の沙汰も金次第

独自のアイディアと乾いた笑いで、狂気と幻想に満ちたユニークな世界を創造する著者のエッセイ集。すべて山藤章二のイラスト入り。

筒井康隆著

おれに関する噂

テレビが突然、おれのことを喋りはじめた。そして新聞が、週刊誌がおれの噂を書き立てる。黒い笑いと恐怖が狂気の世界へ誘う11編。

筒井康隆著

笑うな

タイム・マシンを発明して、直前に起った出来事を眺める「笑うな」など、ユニークな発想とブラックユーモアのショート・ショート集。

筒井康隆著

富豪刑事

キャデラックを乗り廻し、最高のハバナの葉巻をくわえた富豪刑事こと、神戸大助が難事件を解決してゆく。金を湯水のように使って。

筒井康隆著

夢の木坂分岐点

谷崎潤一郎賞受賞

サラリーマンか作家か？　夢と虚構と現実を自在に流転し、一人の人間に与えられた、ありうべき幾つもの生を重層的に描いた話題作。

筒井康隆著

虚航船団

鼬族と文房具の戦闘による世界の終わり――。宇宙と歴史のすべてを呑み込んだ驚異の文学、鬼才が放つ、世紀末への戦慄のメッセージ。

筒井康隆著
旅のラゴス

集団転移、壁抜けなど不思議な体験を繰り返し、二度も奴隷の身に落とされながら、生涯をかけて旅を続ける男・ラゴスの目的は何か？

筒井康隆著
ロートレック荘事件

郊外の瀟洒な洋館で次々に美女が殺される！史上初のトリックで読者を迷宮へ誘う。二度読んで納得、前人未到のメタ・ミステリー。

筒井康隆著
パプリカ

ヒロインは他人の夢に侵入できる夢探偵パプリカ。究極の精神医療マシンの争奪戦は夢と現実の境界を壊し、世界は未体験ゾーンに！

筒井康隆著
懲戒の部屋
—自選ホラー傑作集1—

逃げ場なしの絶望的状況。それでもどす黒い悪夢は襲い掛かる。身も凍る恐怖の逸品を著者自ら選び抜いたホラー傑作集第一弾！

筒井康隆著
最後の喫煙者
—自選ドタバタ傑作集1—

「ドタバタ」とは手足がケイレンし、耳から脳がこぼれるほど笑ってしまう小説のこと。ツツイ中毒必至の自選爆笑傑作集第一弾！

筒井康隆著
傾いた世界
—自選ドタバタ傑作集2—

正常と狂気の深～い関係から生まれた猛毒入りユーモア七連発。永遠に読み継がれる傑作だけを厳選した自選爆笑傑作集第二弾！

星新一著

ようこそ地球さん

人類の未来に待ちぶせる悲喜劇を、卓抜な着想で描いたショート・ショート42編。現代メカニズムの清涼剤ともいうべき大人の寓話。

星新一著

ほら男爵現代の冒険

〝ほら男爵〟の異名を祖先にもつミュンヒハウゼン男爵の冒険。懐かしい童話の世界に、現代人の夢と願望を託した楽しい現代の寓話。

星新一著

ボンボンと悪夢

ふしぎな魔力をもった椅子……。平和な地球に出現した黄金色の物体……。宇宙に、未来に、現代に描かれるショート・ショート36編。

星新一著

マイ国家

マイホームを〝マイ国家〟として独立宣言。狂気か？　犯罪か？　一見平和な現代社会にひそむ恐怖を、超現実的な視線でとらえた31編。

星新一著

夜のかくれんぼ

信じられないほど、異常な事が次から次へと起こるこの世の中。ひと足さきに奇妙な体験をしてみませんか。ショートショート28編。

星新一著

たくさんのタブー

幽霊にささやかれ自分が自分でなくなってあの世とこの世がつながった。日常生活の背後にひそむ異次元に誘うショートショート20編。

聖《せい》痕《こん》

新潮文庫　つ－4－53

平成二十七年十二月一日発行

著者　筒《つつ》井《い》康《やす》隆《たか》

発行者　佐藤隆信

発行所　株式会社 新潮社

郵便番号　一六二―八七一一
東京都新宿区矢来町七一
電話 編集部(〇三)三二六六―五四四〇
読者係(〇三)三二六六―五一一一
http://www.shinchosha.co.jp

価格はカバーに表示してあります。

乱丁・落丁本は、ご面倒ですが小社読者係宛ご送付ください。送料小社負担にてお取替えいたします。

印刷・大日本印刷株式会社　製本・株式会社大進堂

ISBN978-4-10-117153-1　C0193